BASTEI
LÜBBE

EVA ROSSMANN

Ausgejodelt

BASTEI LÜBBE

BASTEI LÜBBE TASCHENBUCH
Band 14815

1. Auflage: November 2002

Vollständige Taschenbuchausgabe

Bastei Lübbe Taschenbücher ist ein
Imprint der Verlagsgruppe Lübbe

Lizenzausgabe mit Genehmigung des Folio Verlag Wien Bozen.

Für die Taschenbuchausgabe wurden einige
geringfügige Änderungen vorgenommen.
Lizenzausgabe 2002 by Verlagsgruppe Lübbe GmbH & Co. KG,
Bergisch Gladbach
Umschlaggestaltung: Gisela Kullowatz
Titelbild: Picture 24 – Guido Brebach
Satz: hanseatenSatz-bremen, Bremen
Druck und Verarbeitung: AIT Trondheim
Printed in Norway
ISBN 3-404-14815-0

1

Er fiel mir direkt vor die Füße. Seine dunklen schulterlangen Locken waren dank einer halben Dose Haarspray noch immer perfekt, seine mit grünen Glitzerfäden durchzogene Trachtenjacke funkelte wie eben noch auf der Bühne, die unglaublich blauen Augen standen weit offen. Offen war auch der Mund. In beide Mundwinkel hatten sich tiefe Falten gekerbt, aus dem linken Mundwinkel floss Speichel. Ich wusste sofort: Downhill-Sepp war tot.

Normalerweise schreit man, wenn einem eine Leiche vor die Füße fällt. Oder man läuft davon. Ich aber stand ganz still da und konnte gar nicht anders, als ihn anzustarren. Aus den Lautsprechern schallte der volkstümliche Sommerhit »Grüne Wiese, grüne Kühe, grünes Haus«. Das Telefon in der Künstlergarderobe begann zu klingeln und riss mich aus meiner Trance. Ich umkreiste den Toten vorsichtig, hob ab, ließ den Hörer aber wieder fallen. Was hätte ich auch sagen sollen?

Ich rannte zur Tür und stieß beinahe mit dem Regieassistenten zusammen.

»Was hat er denn?«, fragte der Assistent.

»Er ist tot«, antwortete ich.

»Warum tot?«

Dumme Frage. »Holen Sie die Verantwortlichen!

Und die Polizei!« Dafür waren Assistenten schließlich da. Und ich war froh, an ihn delegieren zu können. Denn langsam, ganz langsam bekam ich weiche Knie. War das der Schock? Oder war es deswegen, weil ich den ganzen Tag nichts gegessen hatte? Wie konnte ich in dieser Situation nur an Essen denken?!

Es dauerte nur einige Augenblicke, und schon war der stellvertretende Fernsehdirektor da, hinter ihm zwei aufgeregte Mitarbeiterinnen mit Stöpseln in den Ohren und einem Minimikro vor dem Mund. Der stellvertretende Fernsehdirektor ging neben Downhill-Sepp in die Hocke und legte zwei Finger an dessen Halsschlagader. Der Schweiß rann ihm dabei über die dicke Oberlippe. Als er bemerkte, dass seine Krawatte wie ein zu kleines Leichentuch am Bauch des Sängers lag, stopfte er sie mit einer raschen Bewegung zurück ins Sakko, so, als sei der Tod ansteckend.

»Schnell, einen Arzt!«, rief er. »Und jemanden von der Sicherheit.« Eine Mitarbeiterin gab den Befehl über ihr Mikro weiter. Erst jetzt nahm mich der stellvertretende Fernsehdirektor wahr und fragte mich wenig freundlich: »Was machen denn Sie da?«

»Ich hatte mit ihm einen Interviewtermin.«

»Das hat sich ja wohl erledigt. Gehen Sie! Sofort!«

»Aber ich habe ihn gefunden.«

»Sie gehören nicht zum Sender, das ist eine interne Angelegenheit.«

»Das glauben Sie doch nicht im Ernst.«

»Sie ist vom Magazin«, zischte eine Mitarbeiterin ihrem Chef zu. Als ob man in der engen Garderobe nicht jedes Wort verstanden hätte.

»Sie werden keine Fotos machen.«

»Ich bin Redakteurin, keine Fotografin«, erklärte ich und sah mich zum ersten Mal mit beruflichem Interesse im Raum um. Mein Blick schweifte über einen Spiegel, einige Schminksachen, Notenblätter, eine dunkelblaue Aktentasche, einen Kleiderständer mit Jeans und einem grob gewebten Leinenhemd.

»Gehen Sie!«, wiederholte der stellvertretende Fernsehdirektor.

»Ich nehme an, dass die Polizei mit mir reden will. Außerdem: Berühren Sie ja nichts!«

Er zuckte zusammen und stand auf.

Eine dumme Sache für sein Unternehmen: Gerade noch hatte Downhill-Sepp in der großen Volksmusikshow seinen Schlager »Die letzte Abfahrt« gesungen, und jetzt lag er da. Tot. Und er war ausgerechnet einer Journalistin vor die Füße gefallen.

Immer mehr Menschen drängten sich vor der Garderobe im schmalen Gang. Die Tür stand halb offen, und ohne Downhill-Sepp wegzuziehen, konnte man sie nicht schließen. Das Gemurmel wurde lauter. Ein Mann sagte: »Das war Mord, das kann nur Mord gewesen sein.« Wenig später kämpfte sich eine Frau mit langen blonden Haaren durch die Schaulustigen und warf sich mit einem Schrei über den toten Volksmusikanten.

Ich wollte nichts wie weg, mich irgendwo in Ruhe niedersetzen. Ich taumelte durch die Menge der Neugierigen, die, bemüht mehr zu sehen, gerne Platz machten. Am Ende des Ganges stand ein Mädchen mit weit aufgerissenen Augen. Seine blonden Haare waren zu straffen Zöpfen geflochten, und es wirkte in seinem rosa Trachtenröckchen seltsam unecht. Mir fiel sein Name nicht ein. Das Mädchen war der Kinderstar der Show, aber jetzt kümmerte sich niemand um die Kleine.

»Wo ist denn deine Garderobe?«, fragte ich.

Sie schüttelte nur den Kopf und lief davon.

Zwei Stunden später saß ich in einem der Sitzungszimmer des Fernsehzentrums, beantwortete die Fragen eines Kriminalbeamten und verstand endlich, warum das in Österreich »zu Protokoll geben« heißt. Es war ein höchst bürokratischer Vorgang, bei dem die Angabe der Adresse zumindest so wichtig zu sein schien wie das, was ich über den Tod von Downhill-Sepp erzählen konnte.

»Name?«

»Mira Valensky.«

»Können Sie das buchstabieren?«

Ich konnte.

»Beruf?«

»Freie Redakteurin beim Magazin, ich arbeite für das Ressort Lifestyle. Ich war heute Abend hier, um an einer Reportage über das Leben der Superstars ...«

Er unterbrach mich. »Geburtsdatum?«

Ich nannte es ihm und verriet ihm, dass ich somit 38 Jahre alt war. Weiter vertraute ich ihm an, dass ich einen Meter zweiundsiebzig groß war, 74 Kilo wog und braune Augen hatte. Okay, beim Gewicht hatte ich etwas geschwindelt, aber 74 hörte sich deutlich besser an als 76, und immerhin hatte ich ja seit ewig nichts gegessen.

Über das Leben der Superstars der volkstümlichen

Musik sollte ich berichten, jetzt war einer von ihnen tot. Offenbar Herzversagen. Ich bin kein Fan von Volksmusik. Egal, ob sie »echt« ist und in originalen Trachten und mit ursprünglichen Instrumenten gespielt wird oder ob sie bloß volkstümlich klingt, verstärkt wird und alles herum auch eher Talmi ist. Aber wenn ich einen Auftrag für eine große Reportage bekomme, nehme ich ihn im Allgemeinen an. Immerhin muss ich von etwas leben, und meine Schildpattkatze Gismo auch.

Mir war klar, dass die Story durch den Tod von Downhill-Sepp noch wichtiger werden würde. Ihn kannte in Österreich jeder, sogar ich. Denn Downhill-Sepp war vor rund zwanzig Jahren Abfahrtsweltmeister geworden. Und bis kurz vor seinem Tod hatte er auch noch sehr fit ausgesehen. Seine Stimme war nicht eben die eines Opernsängers gewesen, aber moderne Tontechnik vermochte so einiges. Ich versuchte, mich an Textpassagen seines Liedes »Die letzte Abfahrt« zu erinnern, aber mir fiel keine ein. Jedenfalls war Josef Unterholzer, Künstlername Downhill-Sepp, heute zum letzten Mal abgefahren.

»Niemand stirbt einfach so«, sagte der Chefredakteur und blickte Beifall heischend in die Runde. Einige der Teilnehmerinnen und Teilnehmer der Redaktionskonferenz nickten. Auch sie waren Mitte vierzig, und wer will schon wahrhaben, dass man mit Mitte vierzig einfach tot umfallen konnte? Normalerweise versuchte ich, mir Redaktionssitzungen zu ersparen. Der Hauptgrund dafür war, dass sie schon um 9 Uhr begannen. Aber mir ging auch das Ritual auf die Nerven: Die Akteure waren ein Chefredakteur, von seiner Wichtigkeit überzeugt und mit den neuesten Erkenntnissen der allerteuersten Führungskräfteseminare gefüttert, Redakteure, die sich anbiederten, Redakteurinnen, die noch nie etwas gesagt hatten. Storys und Ideen wurden verkauft, und schlussendlich musste es so aussehen, als wären die Themen dem Chefredakteur selbst eingefallen. Dazu kam noch mein alter Freund Droch, Chef des Politikressorts und Zyniker, der heute wieder einmal besonders unausstehlich war. Während ich von der Volksmusiksache erzählte, lächelte er die ganze Zeit über spöttisch. Weil seine Politiker ja um so vieles besser waren ...

»Passt bloß auf!«, sagte er. »Wenn Mira über eine Leiche stolpert, gibt sie sich mit Herzversagen nicht zufrieden.« Als ob ich es mir ausgesucht hatte, dass damals im Wahlkampf der Mediencoach ermordet worden war. Ich wollte schon aufbrausen, lächelte dann aber möglichst süß und erwiderte: »Wirst du mir wieder helfen?«

Droch verzog angeekelt das Gesicht.

Die nächste Ausgabe des Magazins erschien erst in vier Tagen. Der Tod von Downhill-Sepp bestimmte freilich schon heute die Titelblätter der Tageszeitungen.

»Mehr, wir brauchen mehr!«, forderte der Chefredakteur und sah mich eindringlich an.

»Ich habe ihn gefunden, das ist doch gar nicht so schlecht, oder?!«

»Nicht schlecht, zugegeben. Aber wir brauchen die Hintergründe, wir brauchen die trauernde Witwe, die Familie, den Fernsehdirektor, die Todesursache.«

»Und seinen Hund?«

»Und seinen Hund. Einen Rauhaardackel, nicht wahr?«

Ich hatte keine Ahnung.

»Er hatte einen Setter, der mit dem Rauhaardackel ist Hias.« Das war Peter, gierig darauf, diese Reportage zu bekommen. Er kannte sich mit diesem volkstümlichen Zeug aus, aber ich brauchte die große Story dringender denn je. Das Minus auf meinem Bankkonto war durch die Anschaffung eines idiotischen multifunktionalen Fitnessgerätes beträchtlich gewachsen. Zweimal hatte ich auf dem Gerät herumgeturnt, jetzt schlief Gismo auf dessen schwarzer Lederbank. Ein teurer Katzenschlafplatz.

»Das Leben und Sterben der Superstars der Volksmusik«, sagte ich.

»Genau!«, sagte der Chefredakteur. »Wenn Sie mir mehr übers Sterben liefern, wird es die Titelgeschichte.«

»Mehr über das Sterben, mehr über das Sterben«, wiederholte ich in Gedanken, als ich wieder am Schreibtisch saß. Im Takt klopfte ich mit dem Kugelschreiber auf meinen Block. Mehr über das Sterben. Mehr, als dass er vor mir tot zusammengebrochen war? Ich konnte mich in allen Einzelheiten an seinen Gesichtsausdruck erinnern. Er hatte wie gewisse tote Fische ausgesehen – ein letztes Luftschnappen, dann nichts mehr, nur große Augen und ein offenes Maul.

Lächelnd und winkend, einer ältlichen Besucherin noch ein Küsschen auf die Wange drückend, hatte er fünf Minuten zuvor die Bühne verlassen und war in seine Garderobe gegangen. Er war zwei Minuten allein in der Garderobe gewesen, maximal. Er hatte mir noch die Tür öffnen wollen, es aber nicht mehr geschafft. Mehr über das Sterben.

Nicht, dass ich von seinem Tod allzu tief bewegt war, aber die Vorstellung, zu seiner Familie zu fahren, alle auszuhorchen, gemeinsam mit einer Schar von sensationsgierigen Medienleuten vor dem Haus zu lauern, erschien mir wenig erstrebenswert. Diesen Teil konnte Peter erledigen. Doch wenn mir der Hauptteil der Story bleiben sollte, musste ich etwas Handfestes liefern.

Ich konnte den Typen von der Kriminalpolizei, diesen Protokollierer, anrufen und ihm unter einem Vorwand, zum Beispiel, dass er vergessen hatte, meine Schuhgröße zu erfragen, neue Informationen entlocken. Haha, Mira! Hauptsache lustig. Verdammt, entweder mir fiel rasch etwas Besseres ein, oder ich musste doch selbst die Familie von Downhill-Sepp aufsuchen. Allein das Haus! Es war in den Frühnachrichten zu sehen gewesen. Eine Monstrosität aus hellem Holz mitten in einem Landschaftsschutzgebiet in den Tiroler Bergen. Neugeschnitztes, Neurustikales, Neureiches – allein für das massive Balkongeländer musste ein ganzer Wald gefällt worden sein. An allen Fenstern gab es Rüschen und Spitzenvorhänge und hinter dem Haus eine grüne Alm und einen hohen, kahlen Berg im Hintergrund und natürlich einen blitzblauen Himmel. Die Blonde, die sich gestern über ihn geworfen hatte, war seine Frau gewesen. Lange blonde Haare, dabei war sie auch schon Mitte vierzig, und die viele Schminke machte das nur noch deutlicher. Echte Trauer? Warum nicht? Nicht alle stehen auf intelligente Männer, und erfolgreich war er jedenfalls. Vielleicht auch ganz sympathisch. Allerdings kursierte das Gerücht, dass er ein Faible für junge Männer hatte. Auch schon etwas. Downhill-Sepp erlag einem Herzinfarkt und war schwul.

Ich würde den Kriminalinspektor, oder was immer er war, doch anrufen. Ich konnte ihm ja sagen, dass ich das Gefühl hatte, irgendetwas Wichtiges übersehen zu haben. Ich müsste daher noch einmal in die Garderobe, das würde mir sicher auf die Sprünge helfen. Ob er darauf eingehen würde?

Peter war mir dankbar und versprach, den Familienteil der Reportage pünktlich zu liefern. »Du bist der Boss«, sagte er und verschwand mit dem Segen des Chefredakteurs nach Tirol. Mir war absolut klar, dass er die erste Chance nützen würde, mir die gesamte Story abzujagen.

Es stellte sich heraus, dass der Polizeibeamte von gestern bloß ein kleines Würstchen war, das zufällig Journaldienst gehabt hatte. Ein Chefinspektor Müller hatte den Fall übernommen, bestritt allerdings, dass es sich überhaupt um einen Fall handelte.

»Routinemäßige Untersuchungen nach einem überraschenden Todesfall, nicht mehr«, nannte er es. Und wenn ich glaubte, noch etwas zu wissen, dann könne ich ihm das auch am Telefon sagen. Es gebe keinen Grund, deswegen noch einmal zum Fernsehsender zu fahren.

»Kennen Sie denn die Todesursache schon?«, fragte ich.

»Das kann ich Ihnen weder in Ihrer Eigenschaft als Augenzeugin noch als Journalistin sagen.«

»Ich frage Sie als Journalistin. Woran ist er gestorben? Glauben Sie, dass Sie das verheimlichen können?«

»Wir verheimlichen gar nichts. Wenn die Untersuchungen abgeschlossen sind, gibt es eine Pressekonferenz.«

»Also gibt es noch Untersuchungen.«

»Sie können die Schlussfolgerungen ziehen, die Sie wollen.«

»Verzögern Sie die Ermittlungen?«

»Mit Sicherheit nicht.«

»Aber Sie sind an den Dingen, an die ich mich zu erinnern glaube, nicht sonderlich interessiert.«

»Woran glauben Sie sich zu erinnern?«

»Es ist mehr ein Gefühl ... aber wenn Sie der Sache konsequent nachgehen, sollten Sie mir die Chance geben, die Garderobe noch einmal zu sehen.«

»Wenn ich Ihnen nicht nachgebe, schreiben Sie, dass wir die Untersuchungen schlampig führen. Wenn ich Ihnen nachgebe, schreiben Sie über das, was Sie als Einzige noch einmal genau sehen konnten. Und dummerweise werden Sie sich dann doch an nichts für die Ermittlungen Interessantes erinnern können.«

»Ich kann Ihnen nicht versprechen ...«

»Das habe ich mir gedacht.«

»Was also?«

»Was?«

Meine Güte, der Typ war zäh. »Sind Sie eigentlich von der Mordkommission?«

»Wieso?«

»Also, das wird ja nun wirklich nicht der Verschwiegenheitspflicht unterliegen. Das kann ich auch ...«

»Bin ich nicht. Sonderermittlung.«

»Und was ist so besonders an dem Fall?«

»Ein ehemaliger Abfahrtsweltmeister und Star der volkstümlichen Schlagermusik stirbt plötzlich im Alter von 44 Jahren.«

»Wäre er Briefträger oder Buchhalter gewesen, würden Sie sich also nicht darum kümmern.«

»Sie etwa?«

Eins zu null für ihn.

Wir vereinbarten, uns am nächsten Tag im Fernsehzentrum zu treffen.

»Nur zwei Minuten und nur, weil ich ohnehin noch einmal mit dem Fernsehdirektor reden wollte«, beeilte Müller sich hinzuzufügen.

Den Rest meines Arbeitstages verbrachte ich vor dem Computer. In allen Details beschrieb ich Downhill-Sepps letzten Auftritt in der Show und seinen allerletzten Auftritt, bei dem er mir vor die Füße gefallen war.

In der U-Bahn knurrte mein Magen so laut, dass es schon peinlich war. Der Gedanke an gedämpften Fisch war mir ebenso zuwider wie der an rohe Salate oder gekochtes Gemüse. Selbst Garnelen erschienen mir ohne Knoblauchbutter, Sauce oder Ähnliches schrecklich langweilig. Warum kommt ein Mensch, der so gerne isst und kocht wie ich, auch auf die Idee, zehn Kilo abnehmen zu wollen? Die Sache mit dem multifunktionalen Fitnessgerät hatte ich schon als gescheitert verbucht. Eigentlich fühlte ich mich – abgesehen von meinem Hunger – ausgesprochen wohl. Ich hatte auch bisher mit der Tatsache, dass ich dem klassischen Schönheitsideal nicht vollkommen entsprach, gut leben können. Ein paar Kilo mehr, warum nicht? Besser als magersüchtig und unglücklich.

Ich betrachtete die Gesichter der Menschen im Waggon. Glücklich schienen die wenigsten zu sein. Eine Frau zuckte zusammen und blickte sofort zu Boden, als sie meinen Blick bemerkte. Ein rund fünfzigjähriger Mann in einem billigen Anzug stierte ins Leere. Zwei Frauen redeten leise kroatisch aufeinander ein. Sie wirkten müde, die eine hatte ihren Kopf gegen die Fensterscheibe gelehnt und schloss immer wieder die Augen. Halb acht am Abend. Keine Spur Lebensfreude. Hätte ich gewusst, wie, ich wäre sofort ausgewandert. Wien an einem regnerisch-kalten Sommertag ist nur etwas für Depressive und überzeugte Pessimistinnen.

Im Veneto wehte sicher ein lauer Wind, und es waren 25 oder gar 30 Grad. In einer Stunde könnte ich bei »Armando« sitzen und eines der unüberbietbaren Spezialmenüs mit mindestens acht Gängen genießen. Zucchiniblüten könnte es geben, frittiert oder mit hausgemachter Pasta. Vielleicht würde er mir auch einige alte venetische Spezialitäten auftischen lassen. Pasta e fasoi zum Beispiel, eine dicke, wunderbar gewürzte Bohnensuppe mit geschnittenen Pastastücken und einem Hauch feinsten Olivenöls. Mir lief das

Wasser im Mund zusammen. Ich musste sofort aufhören, daran zu denken. Lächerlich, dass ich nicht genügend Willensstärke aufbrachte, um zehn Kilo abzunehmen.

Die beiden Frauen stiegen aus, eine Horde junger Männer in Lederjacken polterte herein. Große Sprüche, ein wenig Gerempel, laut und harmlos und eben jung. Die Türen gingen zu. Warum abnehmen? Für diese Typen war ich eine alte, fette Oma. Nicht, dass ich etwas von ihnen gewollt hätte, aber ... vielleicht hatte es doch seine Gründe, warum ich allein war. Seit wann störte mich das? Ich wollte doch alleine leben. Und was hieß da alleine? Ich hatte meine Katze Gismo, eine Reihe guter Freundinnen und Freunde, gar nicht zu reden von meiner Putzfrau Vesna Krajner, die viel mehr war als bloß eine, die meine Wohnung in Schuss hielt. Sie war keine »Bedienerin«, wie das im Wienerischen heißt, sondern eine Frau, die resolut zupackt – egal, ob es um schmutzige Böden oder schmutzige Geschichten ging.

Auch mit Droch gab es hin und wieder nette Momente. Eine gewisse Zeit hindurch hatte ich sogar den Eindruck gehabt, es könnte mit Droch mehr geben als bloß nette Momente, viele Reibereien und das eine oder andere Abendessen. Aber das war vorbei, und es hatte nichts damit zu tun, dass er im Rollstuhl saß.

Beinahe hätte ich vergessen, an der richtigen Station auszusteigen. Gerade noch rechtzeitig stieß ich die Tür auf und wandte mich in Richtung Aufzug. Du nimmst nicht den Lift, sondern die Stufen, ermahnte ich mich. Ich keuchte nach oben. Jeder keucht, wenn er so viele Treppen steigt und so wenig gegessen hat. Es war also ohnehin alles bestens. Was mir fehlte, war ausschließlich etwas zu essen. Sollte der Kampf gegen die überzähligen Kilos weniger offensichtliche Mängel in meinem Leben überdecken? Wer Hunger hat, denkt nicht daran, dass man einsam ist? Unsinn, ich war nicht einsam, ich lebte bloß allein.

Anderswo hungern und verhungern Menschen, und ich hungerte, nur weil ich in letzter Zeit irgendwie nicht ganz glücklich war. Was hatte meine Figur mit meinem Leben zu tun? Tatsache ist, dass Männer schlanke Frauen anziehender finden. Und solche Typen wollte ich? Danke.

Bettina hatte in der vorletzten Nummer des Magazins über Körpersignale, über Erfolg, Wohlbefinden und Erotik geschrieben und eine Studie zitiert, derzufolge schlanke Menschen nicht nur erfolgreicher waren, sondern sich auch besser fühlten. Am nächsten Tag hatte ich mir das Fitnessgerät gekauft und mit dem Abnehmen begonnen. Rein zufällig natürlich. Schlanke Menschen waren erfolgreicher, weil sie ehrgeiziger waren. Und sie fühlten sich besser, weil ihnen irgendeine vordergründige Ehrgeizbefriedigung ausreichte, um sich gut zu fühlen. So war es. Ja. Ich stürzte zwei Minuten vor Geschäftsschluss in einen Supermarkt, krallte mir das letzte Biobaguette und eine Schachtel sündteurer, köstlicher italienischer Cipriani-Tagliatelle und lief damit beschwingt die zahlreichen Stufen zu meiner Altbauwohnung hinauf.

Meine Katze Gismo gab mir gleich zur Begrüßung zu verstehen, dass auch sie Hunger hatte, und rieb ihren Kopf an meiner rechten Wade. Mitleidlos schob ich sie weg, nahm mein bestes Whiskeyglas, schenkte mir einen Jameson mit einem Tropfen Wasser ein und ließ mich auf einen Stuhl fallen. Gismo maunzte empört, ich trank einen großen Schluck und seufzte glücklich.

Zehn Minuten später hatte Gismo bereits eine Schüssel mit Hühnermägen leer gefressen. Ich stand am Herd, summte vor mich hin und rührte die in Butter und Öl schwimmenden Garnelenschalen um. Daneben schnitt ich junge Zucchini und Melanzane in kleine Würfel. Wunderbar, was man alles aus Gemüse und Meerestieren machen konnte. Ich gab gehackten Knoblauch und etwas Peperoncino in die Pfanne, rührte auf kleiner Hitze gut um und entfernte die Garnelenschalen. Nun kamen die Gemüsewürfelchen dazu, nur zwei Minuten, salzen, dann die Nudeln ins kochende Wasser und zwei weitere Minuten, in denen die Garnelen in der Sauce durchziehen konnten. Es war eine große Portion geworden, aber ich hatte einiges aufzuholen, und immerhin galt es auch, das schreckliche Erlebnis, einen Toten gefunden zu haben, zu verkraften. Ich grinste, aber es sah mich ohnehin niemand. Klar, jeder, der tot war, tat mir Leid. Bloß war mir Downhill-Sepp eher wie ein Kunstprodukt als ein Mensch aus Fleisch und Blut erschienen. Ich jedenfalls lebte, und mein Appetit war gut.

Ich öffnete meinen Weinschrank. Jeder Mensch hat so seine Marotten, eine meiner Spinnereien war dieser wundervolle doppeltürige Weinschrank, in dem jeder Wein perfekt gelagert werden konnte und sofort verfügbar war. Ich hatte ihn mir geleistet, als das Magazin meine erste Titelstory gebracht hatte. Auf ein großes Auto konnte ich locker verzichten, auf Luxusgarderobe auch, auf diesen Schrank jedoch nicht. Ich wählte einen Rheinriesling aus dem Weinviertel. Trocken, leicht, fruchtig. Über die Nudeln mit Garnelen und Gemüse streute ich noch etwas Petersilie. Gismo starrte zu mir hoch. Gut, heute war ein besonderer Tag. Ich nahm ein Glas mit schwarzen Oliven aus dem Kühlschrank, und sie begann ganz aufgeregt zu tanzen. Nicht nur ich habe so meine Marotten, auch meine Katze hat welche. Ich legte drei Oliven auf den Küchenboden, und Gismo begann gierig und mit lautem Geschnurre an der ersten zu nagen.

Ich setzte mich mit meinem Essen an den großen Tisch im Wohnzimmer und war mit mir und meinen Kochkünsten überaus zufrieden. Vielleicht sollte ich eine Gastronomiekolumne anstreben, aber da hatte ich kaum eine Chance. Verglichen mit gewissen Gastrokritikern waren Chronik- und Sensationsjournalisten sensible, ausschließlich der hehren journalistischen Ethik verpflichtete Knaben. Nein, Essen und Kochen sollten Vergnügen bleiben. Was meinen Beruf anging ... ich genoss Bissen um Bissen und ließ gleichzeitig in Gedanken meinen Blick durch die Künstlergarderobe schweifen. Ich habe kein fotografisches Gedächtnis, aber ich war sehr entspannt und erinnerte mich an viele Details: an die große Dose Haarspray, einige Schminkutensilien, die dunkle Aktentasche, seine Kleider auf dem Kleiderständer und verstreute Notenblätter. Hatte er überhaupt Noten lesen können? Vielleicht hatte er als Kind in der örtlichen Blasmusikkapelle gespielt, das ist auf dem Land nach wie vor keine Seltenheit. Die fensterlose Garderobe war eine der vielen Standardgarderoben im Fernsehzentrum, ausgestattet mit einem großen Spiegel mit Beleuchtung, einem breiten gepolsterten Hocker und einer Couch. Hatte auf der Couch etwas gelegen? Nein, sie war leer gewesen. Teppichboden, ein Kleiderständer, ein Waschbecken. Alles in Weiß und Braun, abgewohnt, schmutzigweiß und schmutzigbraun, obwohl die Garderobe sicher täglich geputzt wurde.

Ich spießte die letzte Garnele auf und tunkte sie ins restliche Öl. Und ich genehmigte mir noch ein Glas Rheinriesling. Wer ein paar Kilo mehr hat, verträgt auch mehr Alkohol.

Irgendetwas war noch in der Garderobe gewesen. Ich war mir sicher. Aber was? Oder ging ich jetzt schon meiner eigenen Geschichte, die ich mir für den Polizeibeamten ausgedacht hatte, auf den Leim? Ich lehnte mich zurück, beschloss, für heute das Denken sein zu lassen, und schaltete den Fernseher ein.

Unglaublich schlanke Frauen mit glücklichen Gesichtern warben für Tampons, Putzmittel und Schokolade. In einem Spot wurde vor Medikamentenmissbrauch gewarnt. Man sah ein Waschbecken mit Fläschchen und Schächtelchen. Eine Frau, die zwar schlank war, aber nicht sehr glücklich wirkte, nahm von da und dort eine Tablette und schluckte sie gierig. Der Spot hatte für ziemliche Aufregung gesorgt. Die Pharmaindustrie hatte der Gesundheitsministerin vorgeworfen, die Hysterie gegen Medikamente zu schüren und damit Krankheit und Tod vieler Menschen heraufzubeschwören. Ich weiß nicht, wen ich weniger mag: die Pharmaindustrie oder die Gesundheitsministerin.

Mein Vater war lange Jahre Landesrat gewesen. Jetzt ist er in Pension, aber einmal Politiker, immer Politiker. Nun leitet er den Pensionistenverband. Meine Skepsis gegenüber Politik reicht weit in meine Kindheit zurück. Und dass ich im letzten Präsidentschaftswahlkampf die ganze Bandbreite politischer Möglichkeiten von Strahlelächeln bis Mord hautnah hatte miterleben dürfen, hatte mein Politikerbild nicht eben verbessert.

Das Waschbecken. Das war es. Es war etwas mit dem Waschbecken gewesen. Das hatte ich übersehen. Am Waschbecken der Garderobe hatten ein Wasserglas, ein Tablettenfläschchen und eine Medikamentenschachtel gestanden. Aspirin war es nicht gewesen, diese Verpackung kannte ich. Die Schachtel war überwiegend weiß gewesen. Offenbar hatte Downhill-Sepp irgendwelche Medikamente genommen. Das war immerhin ein Ansatzpunkt. Ich würde Müller erzählen, was mir da eben eingefallen war. Nicht, dass die Medikamente von der Spurensicherung hätten übersehen werden können. Aber ich hatte mich nicht mehr an sie erinnert. Es würde nicht einfach sein, aber ich wollte versuchen herauszubekommen, welche Medikamente das gewesen waren, die der singende Naturbursche geschluckt hatte.

Meine Verblüffung war nicht gespielt. Ich stand mit Chefinspektor Müller in der Garderobe, wollte ihm eben sagen, was meine Irritation ausgelöst hatte, blickte zum Waschbecken, und da waren weder ein Wasserglas noch Medikamente zu sehen. »Sie haben sie mitgenommen«, sagte ich.

»Was?«

»Die Medikamente. Um sie zu untersuchen.«

»Welche Medikamente?«

»Zugegeben. Es ist mir schon gestern Abend wieder eingefallen. Am Waschbecken standen ein Wasserglas und Medikamente, ein Fläschchen und eine Schachtel.«

»Wenn Sie auf diese Tour herausfinden wollen, ob er etwas genommen hat – nicht mit mir.«

»Ich habe ohnehin nicht erkannt, welche Medikamente es waren. Aber sie waren da.«

»Sie täuschen sich. Keine Medikamente, kein Glas. Wir haben den Tatort ... den Unglücksort natürlich erkennungsdienstlich behandelt und alles fotografiert.«

»Tatort?«

»Normalerweise ermittle ich eben an einem Tatort, da kann einem das Wort schon herausrutschen.«

»Sie haben keine Medikamente gefunden?«

»Nein.«

»Als ich gestern zur Tür hereinkam, waren sie aber noch da.«

»So ein Zufall! Zuerst fallen Ihnen die Medikamente gar nicht auf, dann haben Sie auf einmal so eine Ahnung, und gestern Abend schießt Ihnen alles wieder ein. Das hat sicher gar nichts mit Ihrer Story fürs Magazin zu tun. Oder?«

»Ich bin mir jetzt absolut sicher, da waren Medikamente. Fragen Sie seinen Manager, seine Frau. Er hat sie sicher nicht nur gestern genommen.«

»Ich werde sie fragen.«

»Das ist alles?«

»Was wollen Sie mehr? Ich nehme Sie sogar so ernst, dass ich fragen werde. Danach fragen wir übrigens ohnehin immer.«

»Und?«

»Ich werde erst fragen. Aber unser Pathologe hat das wohl ohnehin schon vorab geklärt. Egal, was die Medien schreiben, wir verstehen schon etwas von unserem Geschäft.«

»Und die Todesursache?«

»Die Pressekonferenz findet übermorgen statt.«

»Nicht alle Medikamente sind nachweisbar.«

»Sie spinnen sich da eine Geschichte zusammen.«

Ich sah mich noch einmal genau um. Alles andere war so, wie ich es in Erinnerung gehabt hatte. Dann ging ich zur Tür und sagte einigermaßen theatralisch: »Wenn ich Ihnen also nicht weiterhelfen kann ...«

Chefinspektor Müller wurde zum ersten Mal menschlich und grinste, wahrscheinlich weil die gute Chance bestand, mich gleich loszuwerden. »Können Sie nicht, trotzdem: Vielen Dank für Ihre Mitarbeit!« Das klang ganz schön ironisch. Ich rauschte hinaus und verirrte mich prompt im Labyrinth der Gänge des Fernsehzentrums. Ich wollte schnellstens hinaus und den Manager von Downhill-Sepp anrufen. Beinahe wäre ich am Regieassistenten vorbeigelaufen.

»Welche Medikamente hat Downhill-Sepp genommen?«, fragte ich ihn ansatzlos.

»Ich darf der Presse nichts sagen.«

»Ich habe die Medikamente gesehen. Ich weiß also,

dass er welche genommen hat, ich kann's mir auch zusammenreimen.«

»Es war nichts Schlimmes.«

»Jedenfalls keine Kopfwehpulver.«

»Viele nehmen sie, aber das kann nichts mit seinem Tod zu tun haben. Er war nicht krank und hat sie auch sicher nicht immer genommen. Nur vor großen Auftritten, zumindest bei uns. Und vor der Hauptprobe. Dabei ist doch eh alles Play-back. Aber er war eben nervös.«

»Also waren es Beruhigungsmittel?«

»Nein! Betablocker. Damit wird die Herzfrequenz verlangsamt, der Blutdruck kann nicht unendlich steigen, man bekommt kein Herzrasen oder so etwas.«

»Und er stirbt an Herzversagen.«

»Das hat damit sicher nichts zu tun. Das hat auch unser medizinischer Betreuer gesagt.«

»Sie haben ihn gefragt?«

»Ich sage nichts mehr.« Unruhig sah sich der junge Mann nach einem Fluchtweg um.

»Welcher medizinische Betreuer?«

»Aber von mir haben Sie das nicht. Wir haben für eine Arztserie einen medizinischen Betreuer. Einen Fachmann eben. Er war gerade zufällig da. Und wir haben ihn gefragt, ob wir der Polizei sagen müssen, dass er hin und wieder solche Mittel genommen hat. Und vielleicht auch etwas zum Entspannen. Aber der Arzt hat gemeint, wenn er sie nicht aus Krankheitsgründen genommen hat, dann können sie eigentlich nichts damit zu tun haben.«

»Und Sie haben die Medikamente weggeräumt.«

»Nein, haben wir nicht. Natürlich nicht. Ich weiß nicht, wo sie sind, wir haben nur entschieden, dass sie für die polizeilichen Ermittlungen nicht von Bedeutung sind.«

»Und was wäre dabei gewesen, es der Polizei zu erzählen und diese entscheiden zu lassen?«

»Imagegründe.« Der Regieassistent sah jetzt so wichtig drein, dass mir völlig klar war: Dieses Argument war nicht auf seinem Mist gewachsen. Aber es war schon etwas dran. Zünftige volkstümliche Schlagermusik und Beruhigungspillen passen nicht gerade gut zusammen. Bier ja oder fettes Schweinefleisch und danach Schnaps. Aber Tranquilizer oder Betablocker gehören eher zu dem, was mein Großvater immer als »Negermusik« bezeichnet hatte. Betablocker waren einfach nicht volkstümlich genug.

Bevor mir der Regieassistent entkommen konnte, packte ich ihn am Ärmel. Er sah mich erschrocken an.

»Wie komme ich da hinaus?«

Erleichtert zeigte er mir den Weg und ging mit schnellen Schritten davon.

Downhill-Sepp hatte also Betablocker genommen. Ich hatte die Medikamente gesehen. Wenn man dem Chefinspektor glauben konnte, waren sie und das Glas vor dem Eintreffen der Spurensicherung verschwunden. Dutzende Menschen hatten sich vor der Garderobe gedrängt. Aber um in den Raum zu kommen, war jeder gezwungen gewesen, über Downhill-Sepps Beine zu steigen. Der stellvertretende Fernsehdirektor, seine zwei Mitarbeiterinnen, Polizeibeamte und Downhill-Sepps Frau hatten in der Garderobe gestanden. Aber was hätte es schon ausgemacht, wenn die Medikamente gefunden worden wären? War dem Fernsehdirektor das Image so wichtig, dass er mögliches Beweismaterial verschwinden ließ?

Vergiftet hatte Downhill-Sepp nicht ausgesehen. Ich stelle mir Vergiftete eher mit Schaum vor dem Mund vor, dramatisch verkrampft und womöglich von einem leichten Bittermandelgeruch umgeben. Wie kommt man heute schon an Gifte wie Arsen und Zyankali? Da sind Beruhigungsmittel weit einfacher zu beschaffen. Wie viele Betablocker muss man schlucken, um daran zu sterben?

2

Am Nachmittag traf ich mich in einem Kaffeehaus in der Wiener Innenstadt mit drei der fünf Frohsinn-Mädel. Der Termin war schon vor einer Woche fixiert worden. Die fünf Frohsinn-Mädel waren so etwas wie eine Institution der volkstümlichen Musikszene. Es hatte sie schon gegeben, als ich noch ein Kind gewesen war. Wer aber glaubt, dass es sich bei dieser Gruppe um durchwegs ältliche Mädchen handelte, täuscht sich. Nur der Agent der Frohsinn-Mädel war von Anfang an mit dabei. Er hatte immer auf eine behutsame Verjüngung gedrängt. Alle paar Jahre wurde das jeweils älteste Mädel durch ein deutlich jüngeres ersetzt. Und er war klug genug, der mittleren Generation ihre Identifikationsmädel zu lassen.

Der Manager machte mich mit den drei Sängerinnen bekannt und verschwand dann zu einem offenbar wichtigeren Termin. Wir ließen uns in einer der plüschigen Nischen nieder. Frau Klein war mit ihren vierzig Jahren momentan die Älteste, Frau Handlos etwa in meinem Alter, und das dritte der zum Gespräch erschienenen Mädel schätzte ich auf fünfundzwanzig. Statt ihrer Bühnendirndlkleider mit tiefem Ausschnitt und hoch geschnürtem Busen trugen sie Röcke und Blusen, die Jüngste einen violetten Hosenanzug. Sie sahen wie adrette Büroangestellte aus, nicht wie Superstars der Volksmusik. Was hatte ich erwartet? Dass sie sich mit einem Jodler auf mich stürzen würden?

»Schlimm, was mit dem Sepp passiert ist«, sagte Frau Klein. »So jung.«

»Na ja«, meinte die Jüngste, »er hat sich immerhin schon die Haare färben lassen.«

»Über Tote sagt man nichts Böses.«

Ich fragte die drei über ihre Pläne aus, über ihr Leben, und es kamen Antworten, die sie mit Sicherheit schon häufig gegeben hatten. Sie liebten ihre Musik und führten ein ganz normales Leben. Vier von fünf waren verheiratet und hatten Kinder. Das viele Geld, das sie verdienten, sei ihnen nicht das Wichtigste, und so viel werfe die Sache auch wieder nicht ab. Sie wären jedenfalls zufrieden. Der Stress der Tourneen ließe sich zu fünft gut durchstehen, zwischen guten Freundinnen gäbe es eben immer viel zu lachen.

Ich glaube nicht an Idyllen. Wahrscheinlich wäre es besser, ich würde mich mit einer von ihnen zu einem Einzelgespräch treffen.

»Nehmen Sie vor Ihren Auftritten auch irgendwelche Beruhigungsmittel, Betablocker oder so ein Zeug?«

Die Mittlere lachte etwas schrill. »Wenn ich aufgeregt bin, trinke ich vielleicht einen kleinen Schnaps, aber nur einen kleinen, und normalerweise bin ich gar nicht aufgeregt.«

»Es ist ja nicht verboten, solche Medikamente zu nehmen«, sagte ich.

»Betablocker sind keine Beruhigungsmittel, sondern Herzmittel. Er hat welche genommen, nicht wahr?« Das war wieder die Jüngste. »Und es war auch kein Wunder, dass er Herzklopfen gehabt hat. Sich mit einer solchen Stimme auf die Bühne zu trauen ... gut, das meiste ist eh Play-back, aber trotzdem. Er hat überhaupt keine Ahnung von Musik gehabt. Ich mache Volksmusik, seit ich drei war.«

»Sei doch ruhig!«, zischte Frau Klein.

»Sie dürfen aber nicht schreiben, dass ich das gesagt habe. Aber es ist einfach ungerecht, dass er, nur weil er ein berühmter Skifahrer war, als Supermusiker gilt. Das ist er wirklich nicht. Dabei verdient er Millionen, Millionen, sage ich.«

»Verdiente«, verbesserte ich sie.

Sie stutzte. »Ja, das mit seinem Tod tut mir natürlich trotzdem Leid. Aber viele Freunde hatte der nicht mehr. Früher, da war er noch nett und überhaupt nicht arrogant. Aber in der letzten Zeit hat er abgehoben, alles was Recht ist.«

»Das dürfen Sie natürlich auch nicht zitieren«, stellte Frau Klein klar.

Ich nickte und fragte: »Haben Sie eine Idee, woran er gestorben sein könnte?«

»An Herzversagen«, sagte sie mit fester Stimme, »ich denke, das steht fest.«

»Als ob der ein Herz ... und gesehen hat er auch schon schlecht. Und er hat blau gefärbte Haftschalen benutzt«, empörte sich die Jüngste.

Daher also die unglaublich blauen Augen. Alles Talmi.

Das mittlere der Frohsinn-Mädel hatte unterdessen begonnen, mir von der nächsten Super-Sommer-Hitparade der Volksmusik zu erzählen. »Ab übermorgen sind wir wieder im Studio. Hinter solchen Shows steckt eine Menge Arbeit.«

Ich nickte. Dann würden wir einander also in ein paar Tagen wieder sehen. Der Fernsehsender hatte beschlossen, trotz des Todes von Downhill-Sepp mit der wöchentlichen Hitparade weiterzumachen. Immer am Samstag im Hauptabendprogramm, acht Sommerwochen hindurch hohe Einschaltquoten. »Downhill-Sepp hätte es so gewollt, es passiert ganz in seinem Sinn«, hatte der Fernsehdirektor mit beinahe brechender Stimme in den Frühnachrichten verkündet. Und im Sinn des Unternehmens. Wie hätte man auch auf die Schnelle einen Ersatz für einen solchen Quotenschlager finden können?

Herzversagen. Das war die offizielle Todesursache, verkündet von Chefinspektor Müller, im Beisein des zuständigen Pathologen und des Sicherheitsdirektors. Kamerateams, Fotografen, Journalistinnen und Redakteure drängten sich, um Näheres über den Tod von Josef Unterholzer zu erfahren. Aber viel mehr gab es nicht zu hören. Eine leichte Schwäche des Herzmuskels war festgestellt worden, an sich kein Grund für Herzversagen. Aber die Anstrengungen in den letzten Wochen seines Lebens und die Aufregung während der Show hätten dann wohl doch dazu geführt.

Ein junger Redakteur fragte Müller: »Wurde er auf Gifte hin untersucht?«

»An welche Gifte denken Sie?«

»Ich weiß nicht ...«

»Ja, wir haben ihn auf die gängigen Gifte hin untersucht, das gehört zur Routine.«

Jetzt meldete ich mich zu Wort. »Haben Sie Spuren von Medikamenten entdeckt?«

»Wonach hätten wir suchen sollen?« Die Gegenfragen des Chefinspektors gingen mir auf die Nerven.

»Zum Beispiel nach Beruhigungsmitteln.«

»Die hätten ja wohl einem Herztod entgegengewirkt. Wir haben jedenfalls keinerlei Spuren gefunden, die mit dem Tod von Josef Unterholzer in Verbindung zu bringen wären. Er ist eines tragischen, aber natürlichen Todes gestorben.«

Für mich hörte sich das so an, als ob in der Autopsie sehr wohl Medikamentenspuren festgestellt worden wären, aber ich wollte nicht weiterbohren. Sonst wäre noch die ganze Meute auf dumme Ideen gekommen. Ich musste die Story noch heute schreiben. Und sie war noch ziemlich dünn.

Die Titelgeschichte lautete schlussendlich: »Starb Downhill-Sepp den Drogentod?« Das Coverfoto zeigte den Volksmusiker mit weit aufgerissenen Augen und offenem Mund – offensichtlich singend. Mir war das Ganze entsetzlich peinlich. Gut, ich hatte die Sache mit den Medikamenten etwas aufgeblasen. Ich berichtete von mysteriösen Medikamenten, die jedoch vor den polizeilichen Ermittlungen verschwunden waren. Ich erzählte von Kriminalbeamten, die mir zumindest ausweichende Antworten gegeben hatten. Aber die Schlagzeile auf dem Cover war nicht von mir, und ich hatte davon auch nichts gewusst. Eigentlich sollte ich sofort kündigen. Protestieren und kündigen. Wozu kündigen? Ich hatte schließlich keinen Dienstvertrag, sondern war eine so genannte freie Mitarbeiterin, die pro Auftrag bezahlt wurde. Ich brauchte bloß nicht mehr zu erscheinen. Und dann? Wahrscheinlich habe ich einfach einen miesen Charakter. Ich sandte dem Chefredakteur eine E-Mail-Nachricht, in der ich mich über die Vorgangsweise beschwerte. Keine direkte Konfrontation. So macht man das heutzutage.

Die ursprünglich geplante große Story über das Leben der Stars der Volksmusik sollte es übrigens neben der aktuellen Berichterstattung immer noch geben. Nur dass die Story jetzt vom Leben und Sterben der Stars handeln sollte. Gut für mein Konto, schlecht für meine Nerven. Drei Tage im Fernsehzentrum, Proben und die anschließende Liveshow lagen vor mir, und alle würden glauben, dass ich das Titelblatt verbrochen hatte. Das würde für ein nettes Gesprächsklima sorgen. Die Vorstellung, weiterhin dieser Art von Musik ausgesetzt zu sein, tat ein Übriges, um meine Stimmung auf einen Tiefpunkt zu bringen.

Wenn wenigstens Vesna Krajner da gewesen wäre. Aber meine Putzfrau machte Urlaub in Bosnien. Vesna hätte es sicher geschafft, über ihre bosnischen Putzfrauenconnections eine Raumpflegerin aufzutreiben, die im Fernsehzentrum arbeitete. Und die hätte vielleicht mehr über die Medikamente erzählen können. Was wollte ich überhaupt noch mit den Medikamenten? Downhill-Sepp war von Amts wegen eines natürlichen Todes gestorben. Strich drunter. Das Begräbnis in den Tiroler Bergen würde sicher eindrucksvoll werden. Aber warum waren die Medikamente verschwunden?

Ich verstaute meinen Timeplaner und das Handy in der Handtasche, aktivierte den Anrufbeantworter und stand auf, um heimzugehen. Da klingelte das Telefon. Die konnten mich. Doch es war wie immer: Ich war einfach zu neugierig, um es klingeln zu lassen. Also warf ich die Tasche auf den Tisch und hob ab.

»Ich wollte Ihnen nur zu Ihrem Artikel gratulieren«, sagte eine Männerstimme.

»Danke. Mit wem spreche ich?«

»Pardon. Siegbert Heinrich.« Er machte eine eindrucksvolle Pause.

Offenbar sollte mir sein Name ein Begriff sein. Ich kannte ihn aber nicht und sagte daher noch einmal: »Danke!«

»Heinrich. Ich moderiere die Volksmusiksendung im Radio. Mit echter Volksmusik.«

»Ah, ja.«

»Sie haben völlig Recht, die Geschichte dieses Downhill-Sepp hat es wieder einmal gezeigt. Es geht nur ums Geschäft. Mit Kunst hat das nichts zu tun, mit Kultur auch nicht. Manager, Millionen, Beruhigungsmittel, Drogen. Die echten Volksmusikanten brauchen fast immer noch einen anderen Beruf, um überhaupt leben zu können. Haben Sie das gewusst? Was das Fernsehen hier betreibt, ist totale Volksverblödung. Höchste Zeit, dass das einmal ans Licht kommt.«

Einer, der die Wahrheit für sich gepachtet hatte. Das auch noch.

»Wenn Sie an Volksmusik interessiert sind, kommen Sie zu unserem Festival im Waldviertel. Hier gibt es Weltmusik. Einheimische Weltmusik. Ohne dieses ganze verlogene volkstümelnde Getue. Echte Künstler. Echte Instrumente. Echte Musik.«

»Danke, ich werde es mir überlegen.«

»Es wäre schön, wenn gerade Ihr Blatt ...«

Okay, ich wusste selber, dass das Magazin nicht ausschließlich dem Guten, Wahren und Schönen verpflichtet war. Hatte ich ja gerade wieder mitbekommen. Ich versuchte, ihn zu unterbrechen, aber Heinrich war nicht zu stoppen. Ich saß auf meinem Schreibtisch, wippte mit den Beinen und sah aus dem Fenster. Gleich würde es wieder regnen.

»Soll ich Ihnen noch etwas über die Methoden der Volkstümler erzählen?«

Nein. Aber ich konnte nicht einmal Luft holen, schon redete er weiter.

»Downhill-Sepp, nur als Beispiel: Er ist nie ohne Play-back aufgetreten. Volksmusik mit Play-back. Unvorstellbar. Oder die Kinderstars. Die meisten sind wesentlich älter, als sie aussehen. Manchen werden sogar Hormone verabreicht, damit sich die Pubertät hinauszögert – wie früher den Turnerinnen im Ostblock. Einen Schulabschluss machen die alle nicht. Dafür haben sie Starallüren und verdienen Millionen. Oder ihre Eltern.«

»Ja, wahrscheinlich.«

Er stutzte. »Wissen Sie ...«

»Es tut mir Leid, ich muss ganz dringend weg.«

»Entschuldigen Sie, dass ich so emotional geworden bin, aber es ist wirklich empörend für jemanden, der noch ein Herz für die echte Musik hat.« Er lachte etwas gekünstelt. »Nur eines noch: Wissen Sie, dass dieser ... Waschmittelverkäufer jetzt auch noch eine so genannte Volksmusiksendung im Radio bekommen soll? Bei uns wird das Budget gekürzt, und er bekommt eine neue Sendung.«

»Welcher Waschmittelverkäufer?«

»Joe Platt. Der Moderator der volkstümlichen TV-Hitparade. Im Fernsehen wirbt er für ein Waschmittel. Und für Bier. Und für ... aber das ist ja egal.«

»Und Ihnen nimmt man die Sendung weg?«

»Wo denken Sie hin? Echte Volksmusik wird immer ihre Freunde haben. Intellektuell anspruchsvollere Menschen ... nein, also da sind Welten dazwischen. Das kann man schon gar nicht mehr als Konkurrenz bezeichnen. Nur die Budgets ... und die Sendeplätze ...«

»Wenn Sie mir Ihre Nummer geben, rufe ich Sie demnächst zurück. Ich muss jetzt wirklich ...«

»Er hat Wirtschaft studiert. Wirtschaft! Und jetzt tut er so, als ob er ein Bauer oder aus der sozialen Unterschicht wäre, und volkstümelt vor sich hin, dieser Platt.«

»Und einen Weltmeistertitel im Skifahren halten Sie auch für keine Lizenz zum Singen.«

»Kompetent ist, wer etwas von der Volksmusik versteht. Egal, woher er kommt.«

»Und sie?«

»Wie?«

»Ich dachte, es gibt auch Frauen in der Volksmusik.«

»Natürlich. Warum? Ja, egal, woher er oder sie kommt. Natürlich auch sie. Haben Sie schon etwas

Schlimmeres und Frauenfeindlicheres als diese volkstümlichen Schlager gehört?«

Er hatte ja grundsätzlich Recht. Aber seine rechthaberische Art war unerträglich. Und von meinem Chefredakteur hatte ich auch schon jede Menge Sexistisches gehört.

Wenig später konnte ich endlich auflegen und atmete tief durch. Meine Schlank-und-fit-Phase war vorbei. Ich nahm den Lift und verließ das Redaktionsgebäude. Vielleicht hatte dieser Heinrich den armen Downhill-Sepp umgebracht, um die echte Volksmusik zu retten. Wer würde das nächste Opfer sein? Das Mädchen mit den blonden Zöpfen? Die Frohsinn-Mädel? Vielleicht mit vergiftetem Schnaps? Der Moderator? Ich gebe zu, dass mir diese Vorstellung gefiel. Rein theoretisch, natürlich. Aber der Gerechtigkeit halber sollte im Anschluss daran irgendjemand auch Heinrich, diesen Rächer der wahren Volksmusik, um die Ecke bringen.

Neben drei Rechnungen und einem halb zerrissenen Versandhauskatalog fand ich im Briefkasten eine Karte von Vesna. Die Gute. In meiner Wohnung sah es bereits katastrophal aus, und das nach nur zwei Wochen.

»Wir haben Sommerwetter. Brüder bauen das Haus weiter, ich helfe. Freizeitlich fahre ich Motorrad. Hoffentlich geht es dir gut, Mira Valensky. Und vergiss nicht, Blumen gießen! Hochachtungsvoll, Vesna.«

Vesna mit ihrem Motorrad. In Österreich war ihre Maschine nicht zugelassen. Sie war ein wirkliches

Einzelstück. Vesna und ihr Bruder hatten sie noch in Bosnien aus den unglaublichsten Einzelteilen zusammengebaut. Ich werde nie vergessen, wie ich auf dem Sozius dieses Unikums durch das nächtliche Wien gebraust war. Beinahe ein Jahr war das schon her. Ohne Vesna hätte ich den Wahlkampfmord nie gelöst. Wie sie wohl zu Volksmusik stand? Oder zu volkstümlicher Musik? Beim Putzen hörte sie gerne Radio, aber immer nur Wortsendungen. Zum Deutschlernen. Verdammt, Blumen gießen! Natürlich hatte ich es vergessen. Ich habe keine Hand für Blumen. Ich mag Lebewesen, die sich selbst versorgen können. Oder die sich, wie Gismo, wenigstens melden, wenn sie etwas brauchen. Die Palme ließ schon alles hängen. Und der Ficus von meiner Mutter auch. Aber den mochte ich ohnehin nicht. Vielleicht sollte ich ihn einfach eingehen lassen. Nein, Blumen beim Sterben zuzusehen war auch nicht meines. Also suchte ich nach der Kanne, füllte sie mit Wasser und goss.

3

Kulissen wirken im Allgemeinen realer. Dabei wurden die hier eingesetzten Requisiten Tag für Tag benutzt. Die Kellnerinnen waren – wie ihre Krampfadern verrieten – ebenfalls echt. Sie waren dazu da, um viel Wein, etwas Wasser und jede Menge Fleisch zu servieren.

Um die hölzernen Tische drängten sich sonst Touristen, Touristinnen und solche Wiener, die schon längst vergessen hatten, was einen Heurigen eigentlich ausmacht. Die großen Oleanderbüsche standen da wie immer, und der Wein wurde auch sonst in Karaffen und kleinen Krügen serviert. Ein Nobelheuriger in Grinzing. Privat mache ich um solche Lokale einen weiten Bogen. Der Wein ist schlecht und teuer, das Büfett zwar üppig, aber ohne Köstlichkeiten echter Heuriger wie Liptauer, selbst gemachte Blutwurst, Leberaufstrich, womöglich selbst geräucherten Schinken. Hier kommt der Schinken aus der Fleischfabrik, dafür kann man wie in einem Restaurant von Anglerfilet bis Zwiebelrostbraten alles bestellen. Fürchterlich.

Trotzdem stand ich mit einem gespritzten Weißwein da und beobachtete das Treiben. Der Fernsehsender hatte zu einem Volksmusikheurigen geladen. In Wien bitten Politiker im Sommer zu Parteiheurigen, Plattenfirmen zu Plattenheurigen, Produzenten von Volksmusiksendungen zu Volksmusikheurigen. Und alle Veranstaltungen finden in den gleichen vier, fünf riesigen Heurigenlokalen Grinzings statt. Wenigstens geriet ich hier nicht in Versuchung, zu viel zu essen oder zu trinken.

Den Ziehharmonikaspieler kannte ich bereits. Wer in Wien versucht, als Lifestyle-Journalistin zu überleben, kommt weder an ihm noch am Rest des Heurigenzaubers vorbei. Die Volksmusikleute hatten das ganz normale Standardprogramm gebucht. Am Büfett gab es neben kleinen Wiener Schnitzeln und winzigen Fleischlaibchen vier oder fünf Aufläufe in großen Pfannen, dazu Bratkartoffeln, vielleicht auch Reis. Warm gehalten wurde alles von Spiritusflammen. Allein bei diesem Geruch verging mir der Appetit blitzartig. Vielleicht würde ich ein paar kalte Kleinigkeiten probieren. Aber jetzt war mir der Ansturm beim Büfett zu groß.

Ich winkte einer Freundin, die für eine TV-Klatschsendung arbeitete. Sie winkte zurück und zeigte auf ihren Kameramann. Arbeit, ja, auch für mich. Vielleicht konnten wir später gemeinsam etwas trinken. Ich hob mein Glas und deutete darauf. Sie nickte zustimmend. Gut, wir hatten uns verstanden. Vielleicht konnte mir Katie volkstümlichen Tratsch erzählen. Darauf hätte ich früher kommen können. Wenn sich jemand da auskannte, dann sie.

Der Regieassistent schwirrte mit drei Weinkrügen vorbei. Als er mich erkannte, zuckte er leicht zusammen. Ich lächelte ihm freundlich zu.

Viele der Anwesenden kamen mir bekannt vor. Mein Namensgedächtnis ist eine Katastrophe, aber Gesichter prägen sich mir ein. Und Wien ist ein Dorf, was die Gäste solcher Events angeht. Der Wurstfabrikant war da, er war immer mit dabei. Seine junge Frau trug ein knallgrünes, knallenges Trachtenkostüm. Ihre Lippen leuchteten knallrot. Ein wahres Knallbonbon. Der Chef der Volkspartei war gekommen – Volksmusik und Volkspartei. Ich sollte mit einigen der Volksmusikstars plaudern. Lust hatte ich keine dazu, also blieb ich zunächst abseits bei einem Oleander stehen und redete mir ein, dass Beobachten ohnehin wichtiger sei. Wäre es der Sommerheurige der Tischlerinnung, der Versicherungsvertreter oder der Wiener Rechtsanwälte gewesen, das Ganze hätte nicht anders ausgesehen.

Ich nahm mir noch einen Gespritzten. »Ganz schöner Almauftrieb, was?«

Irritiert drehte ich meinen Kopf nach rechts. Der Mann war groß, schlank, Mitte vierzig. Er hatte kurze blonde Haare und trug Jeans und ein weißes Hemd, wenigstens keine Tracht. Er hob sein Glas.

»Das kann man wohl sagen!«

Er trank einen Schluck und verzog etwas den Mund. »Schon was Besseres getrunken.«

»Die Touristen merken's eh nicht und die Volkstümler offenbar auch nicht.«

»Das klingt nicht gerade so, als ob Sie ein Fan von Volksmusik wären.«

»Ich kümmere mich nur beruflich darum. Vorübergehend.«

»Ich weiß.«

Wo hatte ich ihn schon gesehen? Vorsicht, vielleicht war er einer der Volksmusikheinis, auch wenn er nicht so wirkte. »Und Sie? Sind Sie ein Fan von Volksmusik?«

»Sehe ich so aus?«

»Vielleicht haben Sie es auf die Frohsinn-Mädel abgesehen.«

»Auf alle fünf?«

Ich lachte. Es war angenehm, nicht mehr alleine herumzustehen.

»Eigentlich habe ich ziemlichen Hunger.«

»Alles werden die Heuschrecken ja noch nicht aufgefressen haben.«

»Kommen Sie mit?«

Ich schüttelte den Kopf. »Danke! Ich hasse Spiritusgeruch. Ich werde mich daheim mit einem späten Abendessen belohnen oder mir irgendwo in der Stadt Sushi besorgen.«

»Sushi? Eine hervorragende Idee. Gehen Sie mit mir Sushi essen! Genau das richtige Kontrastprogramm. Oder glauben Sie, dass Sie da heute noch etwas Wichtiges erfahren? Es sei denn, Sie schreiben mit, wer wie viel trinkt. Für die nächste Titelgeschichte.«

»Alkohol ist nicht so gut wie verbotene Drogen. Alkohol ist etwas für die ordentlichen und anständigen Österreicher. Das ist eine volkstümliche Sache.«

»Kommen Sie!«

Eigentlich hatte er Recht. Was würde sich heute noch tun? Und reden konnte ich mit den Stars der Volksmusik auch in den nächsten Tagen im Fernsehzentrum. Da hatten sie ohnehin jede Menge Zeit.

Proben bestehen zum Großteil aus Warterei. Ach ja, Katie.

»Ein paar Minuten brauche ich noch, einverstanden?«

Er nickte und versprach zu warten.

Ich schlängelte mich durch die Menge der Volksmusikmenschen, Jodlerinnen, Produzenten, Manager, Promis, Adabeis und Medienleute. Katie war leicht zu finden. Dort, wo sie war, war eine Kamera, und dort war daher auch das Gedränge am größten.

»Ich brauche noch eine Stunde«, rief sie in mein Ohr.

»Ich haue ab.«

»Wir wollten doch etwas gemeinsam trinken.«

»Ich muss dringend Sushi essen gehen.«

»Wenn's einen überkommt ... wen hast du denn getroffen?«

»Ich kenne den Typen, aber ich weiß nicht, woher. Von hier aus kannst du ihn nicht sehen. Er ist so ein Großer in Jeans.«

»Pass auf, vielleicht ist er ein Lustmörder.«

»Ein Trachtenfreak wäre schlimmer.«

»Du sagst es.«

»Ich brauche übrigens von dir ein paar Szeneinfos.«

»In Sachen Volksmusik? Da bist du bei mir auf dem falschen Dampfer.«

»Aber du musst ja täglich über die Leute aus dieser Branche stolpern.«

»Täglich zum Glück nicht. Okay. Lade mich zum Essen ein! Zu dir. Dann weiß ich, dass es gut ist.«

»Wann?«

»Morgen, aber nicht vor zehn. Vorher muss ich arbeiten. Ein anderer Sommerheuriger. Vom internationalen Kongress der kosmetischen Chirurgie. Der Bundespräsident kommt auch.«

»Ausgerechnet!«

»Du magst ihn also immer noch nicht.«

»Wahrscheinlich will er sich für ein Permanentlächeln liften lassen.«

Katie kicherte. »Ich glaube, das hat er schon hinter sich. In letzter Zeit wirkt er irgendwie starr, findest du nicht?«

»Das macht die Würde. Du solltest auch erstarren!«

»Also, bis morgen gegen zehn.«

»Aber verlässlich! Fleisch, Fisch oder vegetarisch?«

»Kein Fleisch. Super, ich freue mich. Aber jetzt muss ich weitermachen« Katie brüllte ihrem Kameramann etwas ins Ohr. Es war wirklich unerträglich laut in diesem »lauschigen« Innenhof. Zweihundert Menschen, die aufeinander einredeten. Nichts wie weg.

Ich kämpfte mich zu meinem alten Platz zurück. Enttäuscht sah ich mich um. Er war verschwunden. Na ja, es wäre vielleicht ohnehin bloß ein anstrengender Abend geworden. Er hatte wohl etwas Besseres gefunden. Dennoch reckte ich suchend den Kopf. Da tippte mir jemand auf die Schulter. Ich zuckte zusammen, drehte mich um, und da stand er. Sein Lächeln war sympathisch, das musste man ganz objektiv feststellen.

»Tut mir Leid, diese entsetzliche Göre hat mich aufgehalten.«

»Ein Fan?«

»Ha, die kleine Sommer ist nur ihr eigener Fan.«

Sommer, so hieß das Mädchen mit den blonden

Zöpfen, das mit großen Augen und ganz allein im Gang gestanden war, als sich alle um Downhill-Sepps Leiche gedrängt hatten.

»Kommen Sie, nichts wie weg!«

Wir stiegen in eines der wartenden Taxis, einigten uns sehr rasch auf eine hervorragende Sushibar im ersten Bezirk und fuhren dem Heurigenauftrieb davon.

Ich gluckste etwas betrunken und kramte nach dem Wohnungsschlüssel. Was war schon dabei, einen netten Mann noch auf einen Whiskey hereinzubitten? Wo er doch Jameson genauso mochte wie ich, aber nie einen zu Hause hatte.

»Sag nicht, du hast deinen Schlüssel vergessen«, lachte Joe.

Erst jetzt fiel mir ein, dass ich absolut nicht auf Besuch eingestellt war. Auf dem Tisch im Wohnzimmer und den meisten Stühlen lagen Stapel von Zeitungen, geöffnete Post, Werbesendungen und Kleidungsstücke. Die Küche war in einem halbwegs präsentablen Zustand, in der Küche lege ich Wert auf Ordnung. Wir würden uns an den kleinen Küchentisch setzen. Da war das Licht hell, unromantisch, damit man erst gar nicht auf Ideen kam. Woran dachte ich? Wir hatten uns gut unterhalten, nicht mehr. Mein Schock, als ich erfahren hatte, dass er der »Waschmittelverkäufer« und der Moderator der Volksmusikshow war, hatte ihn ziemlich amüsiert. Aber im Fernsehen und auch im Studio sah er ganz anders aus. Da wirkte er gelackt, jünger, volkstümlich. Ein kleiner Whiskey, dann raus mit ihm.

»Ich hoffe, du hast keine Katzenallergie«, sagte ich etwas barsch.

»Du hast eine Katze?«

Unüberseh- und unüberhörbar: Als ich die Tür öffnete, pflanzte sich Gismo vor uns auf und brüllte. Ich hatte sie zu füttern vergessen. Die Ärmste. Zuerst vernachlässigte ich sie, und dann brachte ich auch noch einen fremden Mann mit nach Hause. Gismo mochte keine Fremden und Männer schon gar nicht.

»Komm mit in die Küche, ich füttere sie schnell.«

Joe setzte sich an den Küchentisch, streckte seine langen Beine aus und lockte Gismo mit leisen Gurrlauten.

»Die hört nicht auf dich, und schon gar nicht, bevor sie gefressen hat.« Ich öffnete eine Dose, füllte Gismos Schüssel und stellte sie auf den Boden. Gismo schmiegte sich an Joe und sah ihn richtig verliebt an. Als er ihr den Nacken kraulte, riss sie vor Entzücken ihre gelben Augen auf. He, diesen Mann habe ich mir mitgebracht. Fast hätte ich das laut gesagt. Ein kleiner Whiskey, nicht mehr.

»Sie scheint mich zu mögen.«

»Ja, seltsam.«

»Was ist daran so seltsam?«

»Seid ihr vom Fernsehen alle so eingebildet?«

»Die Maskenbildnerinnen nicht, bis auf eine, die ...«

»Du hättest hören sollen, was dieser Heinrich, du weißt schon, der von der echten Volksmusiksendung, über dich gesagt hat.«

»Was? Du kennst den? Du liebe Güte!«

»Er hat mich angerufen und mir zu meinem Artikel gratuliert.«

»Nur ein toter Volkstümler ist ein guter Volkstümler, das glaube ich.«

»Waschmittelverkäufer hat er dich genannt.«

»Bin ich ja auch. Weißt du übrigens, dass er vor ein paar Jahren probiert hat, bei uns zu landen?«

»Im Ernst?«

»Ja, gemeinsam mit drei anderen. Mit einem volkstümlichen Schlager ... Warte, der Titel fällt mir sicher wieder ein ...«

Ich ging schnell ins Wohnzimmer, klaubte die auf den Stühlen liegenden Wäschestücke zusammen und steckte sie in die Truhe im Badezimmer. Dann langte ich nach der Whiskeyflasche und war schon wieder bei Joe in der Küche.

»Jetzt weiß ich es: ›Kiss-Kiss-Polka‹ hat sein Lied geheißen. Wir haben es abgelehnt. Und er hat später immer behauptet, er habe bloß von innen sehen wollen, was wir treiben. Keine Rede davon, sage ich dir. Der wollte mit ins Geschäft und ist gescheitert, so einfach ist das.«

»Aber er versteht etwas von Volksmusik, oder?«

»Jede Menge, aber da gibt es auch bei den Volkstümlichen einige.«

»Downhill-Sepp hat nicht dazugehört.«

»Das kannst du laut sagen ... aber hast du mich nur mitgenommen, um mich auszuhorchen?«

»Na, was denkst du? Wahrscheinlich hast du mich zum Sushi eingeladen, um mich zu bestechen. Damit die nächste Schlagzeile nicht ›Er ist ein Waschmittelverkäufer‹ heißt oder ›Joe Platt verrät sein Volk und gesteht: Ich hasse Wiener Schnitzel, ich liebe Sushi!‹«

Ich leerte in zwei meiner besten Gläser Whiskey, goss einen Tropfen Wasser dazu und bemerkte mit Vergnügen, dass auch Joe wusste, wie man guten Whiskey trank.

Mein Schlafzimmer kam mir fremd vor. Mein Bett kam mir fremd vor. Ich selbst kam mir fremd vor. Neben mir schlief ein Mann, den ich einen Tag zuvor noch gar nicht gekannt hatte. Ich streckte mich vorsichtig. Das Gefühl war nicht übel. Etwas Neues und Aufregendes, und dabei war ich so entspannt. Joe hatte sich auf die andere Seite gedreht und atmete regelmäßig. Er wirkte, als ob er sich sicher fühlen würde. Er konnte sich auch bei mir sicher fühlen. Ich wollte mir dringend die Zähne putzen. Was war, wenn er aufwachte, mich küssen wollte und ich Mundgeruch hatte? Hatte mir je jemand gesagt, dass ich Mundgeruch habe? Trotzdem. Wer sagt einem das schon? Aber wenn er aufwachte, während ich mir gerade die Zähne putzte? Er sah gut aus, wirklich gut. Und er hatte Humor. Ich sollte besser erst gar nichts erwarten. Eine nette Nacht, eine sehr nette Nacht. Wir waren erwachsen und mochten uns, das war es. Nicht mehr. Ich hatte keine Zeit für eine Affäre. Jedenfalls nicht für eine aufwändige Affäre mit dem ganzen Gefühlskram. Und er hatte ... was wusste ich schon, was er hatte. Ob er aufwachen würde, wenn ich mich vorsichtig an ihn drückte? Zu zudringlich für die erste Nacht. Idiotin, als ob es darauf ankäme. Ich bewegte mich vorsichtig auf ihn zu, konnte sein Haar riechen, legte meinen linken Unterschenkel an seinen. Er brummte im

Schlaf, es hatte ganz und gar nicht ablehnend geklungen. Ich schloss die Augen und schlief wieder ein.

Ich war darauf gefasst, mich mit einem unverbindlichen Kuss von Joe zu verabschieden. Ohne Abmachungen, ohne Versprechungen. Ich würde so tun, als käme es nicht zu häufig, aber doch hin und wieder vor, dass ich einen mir weitgehend unbekannten Mann mit in die Wohnung nahm. Weil ich Lust darauf hatte, einfach so. Wie sollte er herausfinden, dass meine letzte Affäre mehr als ein halbes Jahr zurücklag? Und dass ich damals zwei Monate gebraucht hatte, bis ich so weit gewesen war, mit dem Mann ins Bett zu gehen. Ich hätte auf meine innere Stimme hören und es bleiben lassen sollen. Aber das war Schnee von gestern. Joe sah mir in die Augen, umarmte mich lange und flüsterte mir ins Ohr: »Sehen wir uns heute Abend?« Ewig schade, heute war ich mit Katie verabredet.

»Heute Abend habe ich schon etwas vor. Eine Freundin. Eine alte Freundin, und ich muss ...« Fing ich schon jetzt an, mein Leben zu rechtfertigen?

»Übermorgen?«

»Übermorgen!«

Da fiel mir ein, dass ich ihn schon heute sehen würde. Ich war ja bei den Proben zur Super-Sommer-Hitparade dabei. Man versprach sich mehr Publicity und noch bessere Quoten, wenn das auflagenstärkste Magazin eine gute Story brachte.

»Ich bin heute bei den Proben.«

»Du liebe Güte.«

Wir sahen uns an. Verwirrt. Dann mussten wir beide lachen.

»Ich werde Herr Platt zu dir sagen.«

»Ich werde allen erzählen, was wir nach zwölf getan haben. Ich hoffe, es hat meinem Image nicht geschadet!«

»Ich werde dich weiterempfehlen.«

»Herzlichen Dank!«

»Also ... wenn's dir recht ist, sage ich Joe zu dir ... ich meine, im Studio.«

»Joe ist mir auch lieber als Hasiputzi. Auch wenn wir ein Lied in der Hitparade haben, in dem ein Hasiputzi und ein Schnuckizutzi vorkommen.«

»Du hättest etwas Anständiges lernen sollen.«

»Hab ich ja.«

Er küsste mich lange und entschwand die Treppen hinunter. Ich stand da, hatte meinen Kopf an den Türpfosten gelehnt und seufzte hingebungsvoll. Es war richtig peinlich, wie ich schmachtete. Und schön.

Langsam schloss ich die Tür und nahm mir Zeit, Gismo liebevoll zu streicheln. »Ja Gismo, heute geht es uns so richtig gut.«

Die nächsten Tage bescherten mir ein ständig steigendes Schlafdefizit und einige neue Erkenntnisse. Bei Lachscarpaccio, Peperonata und mit Ziegenkäse überbackenen Anglerfilets erzählte mir Katie jede Menge Tratsch aus der Volksmusikszene. Der über Joe Platt interessierte mich natürlich am meisten. Aber gerade über ihn wusste Katie nicht besonders viel. Stattdessen beschrieb sie ausführlich, wie der Volksmusikheurige zu später Stunde doch noch ganz amüsant geworden war. Der Kinderstar, die kleine Sommer, hatte versucht, sich in den Mittelpunkt zu spielen. Sie hatte zwei deutschen Medienleuten den Regisseur der Hitparade mit den Worten »Mein Regisseur ...« vorgestellt. Das war dem eitlen Mann anscheinend zu viel gewesen, und er hatte sie einfach ins Bett geschickt. Daraufhin hatte die Kleine ein volles Glas Rotwein umgestoßen, und der ganze Inhalt war über die Hose des Regisseurs geflossen. Ein reizendes Mädchen. Aber eigentlich tat die Sommer mir eher Leid.

Die Begegnungen mit Joe waren tagsüber voller Spannung, es verursachte ein eigenartiges Prickeln in meiner Magengrube, dass niemand über uns Bescheid wusste. Etwas pubertär, ich weiß. Am Abend fanden wir Mittel und Wege, die Spannung mit Hingabe abzubauen.

Ich traf mich mit Droch zu einem raschen Mittagessen beim Türken um die Ecke. Er fragte mich mit spöttisch verzogenen Lippen, ob ich etwa verliebt sei, womöglich gar in einen dieser Volksmusiktypen.

»Wie kommst du darauf?«, fragte ich verwundert.

»Du stocherst schon seit Minuten in deinem Essen herum und hörst mir überhaupt nicht zu. Und dabei grinst du beinahe blödsinnig.«

Ich stritt alles ab. Ich hatte gar nicht gewusst, dass Droch so sensibel war.

Am Nachmittag kam Droch zu meinem Schreibtisch. »Nur zur Information: Du hattest mit den Medikamenten Recht. Sie haben bei der Autopsie einen ganzen Cocktail von Beruhigungs- und Aufputschmitteln gefunden. Aber der soll mit ziemlicher Sicherheit für seinen Tod nicht relevant sein. Jedenfalls gibt es keinerlei Hinweis auf Fremdverschulden.«

»Man nimmt auf das Sauberimage der Volksmusik ganz schön Rücksicht.«

»Volksmusikstar und Skilegende – da wird man in Österreich vorsichtig.«

»Und du hast diese Info aus deinen ›gut informierten‹ Kreisen?«

»Richtig!«

Droch war seit Jahrzehnten mit Zuckerbrot befreundet. Zuckerbrot hieß wirklich so und war der stellvertretende Chef der Mordkommission Eins.

»Also, was darf ich schreiben?«

»Dass das Gerücht umgeht, man habe bei der Autopsie jede Menge Medikamente nachweisen können. Das sickert mit Sicherheit ohnehin durch. Ich kann mich nicht erinnern, dass je ein Polizeibericht auf Dauer geheim geblieben ist. Da können einander zu viele Leute nicht leiden – menschlich und politisch.«

Ich nickte. »Und Mord?«

»Schließen sie aus.«

»Aus Rücksichtnahme?«

»Das kannst du Zuckerbrot nicht ...«

»Das ist wahr. Aber hat er auch mit den Ermittlungen zu tun? Dafür ist doch eine Sondereinheit zuständig, oder?«

Droch nickte.

Ich würde mich noch einmal um die Sache kümmern. Hatte Downhill-Sepp Selbstmord begangen? Oder hatte er aus Versehen zu viele Tabletten geschluckt? Und warum hatte die Analyse einen ganzen Cocktail ergeben?

An diesem Abend beschäftigte ich mich allerdings mit Wichtigerem.

4

Ich stieß die Glastür zum Fernsehzentrum auf und sah auf die Uhr. In zwei Stunden würde die Sendung beginnen. Ich winkte dem Portier mit meinem Sonderausweis, er winkte lässig mit einer Zeitung zurück. Heute, am Samstag, war die große Eingangshalle beinahe menschenleer. Inzwischen wusste ich, wie ich zu den Studios kam. Eine der gläsernen Liftkabinen schwebte herab. Ich stieg ein und fuhr in den ersten Stock.

Joe hatte sich zum Mittagessen mit seinen beiden Kindern getroffen. Er war einer der Wochenendväter, wie es sie nicht so selten gibt. Seine Exfrau lebte mit einem Wirtschaftsanwalt zusammen, das würde ihrem Bedürfnis nach Sicherheit und geregeltem Leben mehr entsprechen als seine Jobs, hatte mir Joe erzählt. Schließlich konnte er als Moderator jederzeit abgemeldet sein. Fehler, andere Trends, schlechte Einschaltquoten oder auch nur ein paar Falten mehr reichten da schon. Von dieser Seite hatte ich das Ganze noch gar nicht betrachtet.

Ich stand nun im großen Übertragungsstudio. Noch waren die Zuschauertribünen leer, lediglich einige Techniker probten die letzten Einstellungen. Alles war hell beleuchtet und unpersönlich, und die pseudorustikalen Holztische mit den rot und weiß karierten Tüchern sahen in diesem Licht ziemlich schäbig aus. Wie konnte ich nur jemanden sympathisch finden, der auf einem hölzernen Hochstuhl mit ausgesägtem Herz sitzen, Frauen mit hochgequetschtem Busen als »süße Mädel« bezeichnen und zum Schluss beim Lied »Jetzt gemma alle heim« die Hauptstimme singen würde? Ich fand Joe mehr als nur sympathisch – privat.

Ich sah mich nach meinem Fotografen um und erfuhr, dass er mit einigen Medienleuten in der Kantine war. Es war genau vereinbart worden, wen er wann wo fotografieren durfte, denn die Künstlerinnen und Künstler sollten nicht irritiert werden. Vor allem aber sollten sie nicht beim Gähnen, Schminken oder Nasebohren ertappt werden. »Künstler!«, hatte mein Fotograf durch die Nase geschnaubt, als die Vorbesprechung mit der Presseabteilung des Senders vorüber gewesen war.

Was ist schon Kunst? Ich konnte mit dieser Zuschreibung leben. Wirklich auf die Nerven ging mir der Regisseur der Sendung, Langthaler. Er war ein Wichtigtuer allererster Güte. In seinen Händen lag die Abwicklung fast aller großen Shows des Senders. An seiner Intelligenz konnte das nicht liegen, an seinem Talent auch nicht. Die Organisation überließ er seinen beiden Assistentinnen. Die waren auch an allem schuld, wenn etwas schief lief. Und passieren konnte bei einer derartigen Megaproduktion nahezu ununterbrochen etwas. Der Leadsänger der »Coolen Kerle aus den Bergen« zum Beispiel bestand darauf, seinen Whirlpool mitzubringen. Nur so könne er sich vor einem Auftritt entspannen. Und wenn es möglich gewesen sei, seinen Whirlpool zum Konzert auf dem Großglockner mitzunehmen, würde das in einem Wiener Fernsehzentrum wohl auch machbar sein. Der Wunsch wurde erfüllt, es mussten ja nur eine Wasserleitung und ein Abflussrohr entsprechend gelegt werden ...

Der Erfolg des Regisseurs basierte wohl in erster Linie auf der Tatsache, dass er sich selbst für so gut hielt. In dieser Beziehung war er überzeugend. Und von diversen einschlägigen Filmen hatte er gelernt, dass Regisseure kommandieren, befehlen, brüllen dürfen. Und dass sie zynisch zu sein hatten. Dazu gehört für mich aber ein gewisses Maß an Intelligenz und Selbstironie. Langthaler war nur eine schlechte Kopie eines zynischen Regisseurs. Seine Stars bezeichnete er am liebsten als »Menschenmaterial«, das Publikum als »Hühner«. Als ich mir die leeren Tribünen, die steil nach oben anstiegen, so ansah, musste ich allerdings zugeben, dass zumindest an Letzterem schon etwas dran war.

Das mitteilsamste der Frohsinn-Mädel hatte mir erzählt, dass so gut wie jeder Solostar weiblichen Geschlechts gut daran tat, ihm zu Willen zu sein – was immer er darunter gerade verstand. »Nur die Solostars?«, hatte ich gefragt, und sie hatte gekichert.

Langthaler war ein dicklicher Typ mit wenigen, dafür umso fetteren blonden Haaren. Ursprünglich war er Vertreter gewesen. Da habe er die Volksseele kennen gelernt, betonte er immer wieder, er sei stolz auf seine berufliche Vergangenheit.

Gestern war Joe sein Opfer gewesen. Joe hatte versucht, einen besonders dummen Moderationstext zu verändern. Langthalers Wutausbruch gipfelte in dem Satz: »Hast du noch immer nicht begriffen, dass du nur ein Papagei zu sein hast? Du sollst sagen, was hier steht. Lesen wirst du ja können, du akademischer Trottel!« Akademiker schien der Regisseur ebenso wenig zu mögen wie Ausländer. Sein Rassismus beschränkte sich aber nicht auf Feindlichkeiten gegen Schwarze oder Osteuropäer. Einen Schweizer Gaststar hatte er einmal lauthals als Emmentalerloch beschimpft, Mitglieder der Oberkrainer Volksmusikgruppen aus dem ehemaligen Jugoslawien bezeichnete er in Anspielung auf die in Österreich durchaus beliebten Krainer-Würste als »Würsteltschuschen«. Aber die Quoten seiner Sendungen waren großartig, also war auch er großartig. Oder zumindest unvermeidlich.

Hinter den Kulissen wurde es nun immer hektischer. Junge Mitarbeiterinnen und Mitarbeiter brachten die weniger wichtigen Darsteller in die Maske, holten sie wieder ab, setzten sie in den gemeinsamen Aufenthaltsraum und standen die ganze Zeit über Funk mit irgendwelchen Kommandoeinheiten in Verbindung. In einigen Minuten sollte das Publikum eingelassen werden.

Eine Stunde bis zur Sendung. Es dauerte seine Zeit, bis die Zuschauer ihre Plätze eingenommen hatten und die ersten Instruktionen bekommen konnten. Ein Redakteur brachte die Gäste mit flachen Witzen zum Lachen, zerrte Joe noch ohne Sakko ins Scheinwerferlicht, erklärte, wann man klatschen sollte, was man tun durfte, wenn die Kamera auf einen gerichtet wurde. Erstaunlich, was sich die Fans alles gefallen ließen.

Noch eine halbe Stunde bis zur Sendung. Auf dem Weg zum Studio traf ich Joe. Er war bereits in voller Maske und hatte Jeans, ein weißes Hemd und eine rote Trachtenjacke mit einem Hirsch auf der rechten Brusttasche an. Der Hirsch war schlimm genug, schlimmer aber noch war die Veränderung seines Gesichts. Jede sympathische Lachfalte war zugeschminkt, die Haut von einem seltsam ungesunden Mittelbraun. Die Lippen leuchteten viel zu rosa, das blonde Haar glänzte vom Haarlack. Auch sein Lächeln wirkte ausgesprochen künstlich. Gleich würde er mich Mädel nennen und mir ein Autogramm geben. Joe Platt – zum Glück wusste niemand über die letzten Abende Bescheid.

Was ich fühlte, war anscheinend unübersehbar.

»Ich bin's trotzdem«, grinste Joe. Ich war mir nicht ganz sicher. »Viel Glück!«, murmelte ich und wollte mich an ihm vorbeidrücken. Er hielt mich zurück, sah sich rasch um und gab mir einen Kuss. Er schmeckte nach Puder. Ich setzte an, um ... aber da entdeckten ihn einige verirrte Gäste und baten entzückt um Autogramme. Ich winkte und verzog mich. Es wurde langsam Zeit, meinen Sitzplatz in der Nähe des Ausgangs einzunehmen.

Eine Viertelstunde vor Übertragungsbeginn. Alle Kameraleute standen bereit, Maskenbildnerinnen schminkten hier und dort nach, das Publikum rutschte unruhig auf den engen Plastikstühlen hin und her. Joe erschien auf der Bühne, seine Hirschenjacke lässig über die Schulter geworfen, ein Funkmikro in der Hand. Riesenapplaus.

»Die Liedln, die ihr heute hören werd's, sind wirklich Superliedln. Wisst's ihr eigentlich, wie viele Supersänger bei den Vorausscheidungen hinausfliegen? Sie alle wollen vor euch singen, auch vor dir, Mutti!« Er ging nun auf eine dicke Sechzigjährige, eher schon eine Großmutti, zu und tätschelte ihr die Schulter. Ich hätte in den Boden versinken können. Die als Mutti angesprochene Frau aber strahlte.

»Ich weiß, dass wir heute eine Supersendung haben werden. Glaubt's ihr das auch?« Heftiges Klatschen war die Antwort. Meine Güte, dagegen waren ja Kasperlsendungen subtil.

Von meinem Platz aus konnte ich einen Regiemonitor sehen, auf dem die Zeit mitlief. Mehrere Millionen Menschen in Österreich, Deutschland und in der Schweiz würden die Show mitverfolgen. Und eine amerikanische Fernsehstation hatte die Super-Sommer-Hitparade für eine spätere Ausstrahlung eingekauft.

Auf der Bühne erzählte Joe gerade zur Einstimmung den Lieblingswitz des verflossenen Bundeskanzlers. »Wisst ihr, wie der geht?« Das Publikum verneinte. Auf den Politikseiten hätten ihn alle lesen können, es hatte für einige Stürme in diversen Redaktionswassergläsern gesorgt, was er dem deutschen Kanzler beim Heurigen erzählt hatte.

»Also, der geht so: Ein Elefant und eine Maus versprechen einander, sich immer helfen zu wollen. Da fällt die kleine Maus in ein tiefes Loch. Der Elefant steckt sofort seinen Schwanz in das Loch und zieht die Maus damit heraus. Ein wenig später fällt der Elefant auch in ein Loch, natürlich in ein viel größeres, sonst hätte er ja nicht gepasst« – heftiges Zwischengelächter –, »und jetzt will er von der Maus, dass sie ihn herauszieht. Aber die Maus läuft ganz, ganz schnell davon. Warum?« Ratlosigkeit im Publikum. »Weil wer ein kurzes Schwanzerl hat, ein Handy braucht!« Lautstarkes Gegröle. Ich hatte den Witz schon ein paar Mal in den Proben gehört, ich fand ihn immer noch nicht lustig. Aber offenbar waren Politiker eher am Puls des Volkes als ich. Und Joe auch. Zumindest sagte er das, was ihm vorgeschrieben wurde, brav auf.

Ein Assistent trat auf Joe zu, der tat – wie geprobt – überrascht und sagte: »Jössas, beinahe hätte ich mich verplaudert. Nur mehr zehn Minuten, dann sind wir live auf Sendung. Und gut drauf. Und ich hoffe, dass ihr mich dann gleich noch einmal so super begrüßt!« Er winkte und ging ab.

Die nächsten paar Minuten schienen kaum zu vergehen.

Dann Aufregung bei der Kamera in meiner Nähe. Eine Assistentin sagte dem Kameramann etwas ins Ohr. Er antwortete ebenfalls flüsternd. Die Assistentin lief zum nächsten Kamerateam. Inzwischen redeten fast alle Kameraleute in meinem Blickfeld hektisch in die kleinen Mikrophone ihrer Headsets. Der stellvertretende Fernsehdirektor stand in der Bühnentür. Er wirkte völlig aufgelöst und sah sich verzweifelt um. Joe! Es war etwas mit Joe. Der Tod von Downhill-

Sepp war Mord. Joe war das nächste Opfer. Irgendetwas musste passiert sein. Der stellvertretende Fernsehdirektor redete auf den Regieassistenten ein, der nach oben deutete. Dort saß der Chef des Fernsehsenders, gleich neben der Unterhaltungsintendantin. Nur mehr zwei Minuten bis zur Sendung. Ich musste zu Joe. Ich musste ihn sehen. Ich hielt die Ungewissheit nicht mehr aus.

Diesmal war ich nicht die Erste. Diesmal war alles anders. Und diesen Anblick würde ich nicht so leicht wegstecken können. Er lag auf dem Rücken auf dem Teppichboden seines Büros, die Beine seltsam verdreht. Sein Stuhl war umgefallen. Über seine linke Schulter, quer über das weiße Hemd, zog sich eine dicke dunkelrote Blutspur. Das Schlimmste aber war das Gesicht – oder das, was noch davon übrig war: eine Masse aus Fleisch und Blut. Bloß das rechte Auge war völlig unversehrt, weit offen, blicklos. Neben dem Kopf lag ein zerborstener Scheinwerfer. Der Scheinwerfer musste ihm direkt aufs Gesicht gefallen sein. An der Decke baumelte noch die Aufhängung. Das Stromkabel war aus der Wand gerissen. Mir wurde schlecht.

Ich wankte zur nächsten Toilette und übergab mich. Erst Minuten später wurde mir bewusst, dass die Sendung trotzdem begonnen hatte. Jetzt waren gerade die Frohsinn-Mädel mit ihrem Jodler an der Reihe. Ihr Lied plärrte aus allen Lautsprechern und war in nahezu jeder Ecke des Fernsehzentrums zu hören. Ich trank gierig ein paar Schlucke kaltes Wasser und bespritzte mein Gesicht. Meine Handtasche hatte ich anscheinend im Sendesaal liegen lassen. Wie lange war es her, seit Joe den Witz mit der Maus und dem Elefanten gemacht hatte?

Ich atmete tief durch und betrachtete mich im Spiegel. Ich war bleich, eine nasse Haarsträhne klebte an der Wange. Ich dachte an sein Gesicht und begann wieder zu würgen.

Ich musste mich zusammennehmen. Ich musste zurück in sein Zimmer. Ich war Journalistin. Drei Tage noch bis zum nächsten Heft. Die Show ging weiter. Immerhin, auch Joe moderierte weiter. Langthaler hingegen war tot. Und irgendjemand anderer führte Regie.

Als ich zu Langthalers Zimmer zurückkam, war die Polizei bereits eingetroffen und hatte alles abgesperrt. Gemeinsam mit einigen anderen Schaulustigen reckte ich den Hals. Fotografen hielten ihre Kameras hoch und versuchten auf gut Glück irgendein Detail einzufangen, das es wert war, abgedruckt zu werden. Der Fotograf meines Magazins stand in der vordersten Reihe. Man würde sehen.

Erst gestern war ich in Langthalers Zimmer gewesen und hatte den monströsen Scheinwerfer direkt über seinem Kopf bestaunt. Schon zuvor hatten mir zwei Sängerinnen erzählt, dass der Scheinwerfer auch funktioniere. Der Regisseur hatte es geliebt, sein Visavis damit einzuschüchtern. »Ausleuchten« hatte er das genannt. War er einem Unfall zum Opfer gefallen? Die massive Aufhängung wirkte unversehrt.

Hier würde ich nichts Neues mehr sehen, dafür

sorgten nicht nur die Sonderermittler der Sicherheitsdirektion, sondern auch die Fotografen vor mir. Ich eilte davon und suchte in meiner Jackentasche nach einem Bonbon, um den üblen Geschmack im Mund zu vertreiben. Meine Handtasche war im Sendesaal. Puder auf die Nase, etwas Lippenstift, ein Spritzer Eau de Toilette. Das würde mir ein besseres Gefühl geben, hoffentlich.

Eine der Garderobentüren auf dem Weg zum Sendesaal stand offen. In der Garderobe saß auf einem hohen Hocker der Kinderstar Susi Sommer und starrte in den Spiegel. Ich trat ein. Warum war dieses Kind immer allein? Hatte es davon schon gehört?

Susi Sommer sah mich im Spiegel hereinkommen und drehte sich um. Ihre Zöpfe waren so fest geflochten, dass sich an den Schläfen die Haut spannte und feine lila Adern sichtbar waren.

»Magst du einen Kaugummi?«, fragte sie. »Ich habe die Sache von Langthaler gehört, und da ist mir schlecht geworden. Jetzt kaue ich einen Kaugummi.«

»Wo ist denn dein Manager?«

»Mein Vater?«

Richtig, ihr Vater war der Manager.

»Ja, dein Vater und deine Mutter.« Bei den Proben war auch immer eine unscheinbare Frau in ihrer Nähe gewesen.

»Ich habe sie hinausgeschickt, sie sollen mir einen kalten Apfelsaft holen. Ich habe gesagt, dass ich sonst nicht auftrete.«

»Und sie haben dich ganz allein gelassen?«

»Sonst hätte ich geweint. Und ich bin schon geschminkt. Und ich bin in zehn Minuten dran. Und Sie müssen jetzt auch gehen. Ich muss mich konzentrieren.«

Ein Herzchen! Aber vielleicht war das auch nur der Schock.

»Und du weißt schon, dass er ...«

»Dass er von seinem Scheinwerfer erschlagen worden ist? Das weiß ich. Heimo hat es mir gesagt. Der Regieassistent. Aber ich will nicht darüber reden.«

Ich konnte dieses Kind doch nicht allein lassen. Da bemerkte ich, dass auf dem Waschbecken eine Medikamentenschachtel stand. Sie sah der von Downhill-Sepp verdammt ähnlich.

»Was hast du da für Medikamente?«

»Das geht Sie nichts an, das ist meine Privatsphäre.«

Ich ging zum Waschbecken. In der Packung waren Betablocker.

»Nimmst du das Zeug auch?«

»Alle nehmen es.« Das klang ganz gelangweilt.

»Warum?«

»Irgendjemand hat damit angefangen. Man bleibt so schön cool davon, aber sonst tut sich nichts. Aber das geht Sie gar nichts an. Das sind keine Drogen.«

»Habe ich auch nicht behauptet.«

Aus dem Lautsprecher hallte der Hit »Wenn du weinst, bist du am schönsten, denn deine Tränen sind wie Perlen«. Grauenvoll.

Susi Sommers Eltern hetzten herein. Der Vater wurde sofort aggressiv. Ich ging.

Joe führte durch die Sendung, als ob nichts geschehen wäre. Die ganze Volkstümelei kam mir heute besonders verlogen vor. Ich blieb einige Minuten auf meinem Platz im Sendesaal sitzen, nahm dann meine Tasche und restaurierte mich, so gut es ging, im Waschraum der nächsten Toilette. Wieder sah ich die Fleischmasse vor mir, die einmal das Gesicht von Langthaler gewesen war. Dagegen war Downhill-Sepp friedlich gestorben. Letzte Woche der Sänger, diesmal der Regisseur. Und nächste Woche? Oder war das alles bloß ein unglaublicher Zufall? Ich schüttelte den Kopf. Bis jetzt war Joe nichts passiert. Ich hatte Angst. Wenn die Polizei so engagiert weiterermittelte wie bisher, würde die ganze Volksmusikszene bald ausgerottet sein. Vor einigen Tagen hätte mich dieser Gedanke – rein theoretisch natürlich – noch amüsiert. Das war jetzt anders. Trotz des Hirsches auf der roten Trachtenjacke. Auch die Frohsinn-Mädel – nicht, dass sie jemals zu meinen besten Freundinnen zählen würden, aber sie machten ihre Arbeit. Nicht mehr und nicht weniger. Keine von ihnen sollte sterben. Nicht einmal das größte Ekel hatte das verdient, was Langthaler widerfahren war. Erschlagen von einem Scheinwerfer. Matsch.

Ich öffnete die Tür zum Gang. Ein schlanker Mann um die vierzig blickte sich ein paar Meter von mir entfernt verstohlen um. Ich hatte ihn noch nie gesehen. Und zumindest vom Sehen her kannte ich inzwischen alle, die an der Produktion beteiligt waren. Nur sie hatten Zugang zu den internen Räumen des Fernsehgebäudes, das Publikum wurde durch einen eigenen Korridor hereingeschleust. Alle Mitarbeiter hatten Identifikationskarten. Dieser Mann nicht. Ich drückte mich gegen die Wand und schlich ihm nach. Er schien sich auszukennen. Was suchte er? Wer sagte, dass es nicht schon heute ein weiteres Opfer geben sollte? Mein Herz klopfte so stark, dass ich es spüren konnte. Kein Mensch war sonst unterwegs. In diesem Bereich waren Toiletten und um die Ecke Zimmer der Sendungsleute und einige Garderoben. Ich hatte keine Waffe. Er aber hatte die rechte Hand fest in der Jackentasche vergraben. Ein Wahnsinniger. Was nützte es mir, heldinnenhaft und bald tot zu sein? Aus einem Lautsprecher dröhnte das Lied »Grüne Wiese, grüne Kühe, grünes Land«. Es war der Siegertitel der letzten Hitparade, deswegen brachte man es in dieser Sendung noch einmal. Damit näherte sich die Übertragung ihrem Ende. Noch war Joe auf der Bühne und somit sicher. Und die anderen? Ich versuchte, mir alles einzuprägen: Der Mann war einen Meter siebzig bis fünfundsiebzig groß und schlank. Er hatte mittelbraune kurz geschnittene Haare, die am Hinterkopf schon schütter wurden. Schwarze Jeans, graue Strickjacke mit Zopfmuster – handgestrickt würde ich sagen, aber in solchen Dingen bin ich keine Expertin.

Er verschwand um die Ecke. Langsam folgte ich ihm. Ich konnte keine Schritte mehr hören. »Grüne Wiese, grüne Kühe, grünes Land, und ich, ich nehm dich bei der Hand und lass uns durch das grüne Land ...«

Ich schob meinen Kopf vorsichtig um die Ecke und zuckte zurück. Auch er zuckte zurück. »Verraten Sie mich nicht«, zischte er. Er hatte Schweißperlen auf der Oberlippe. Ich sollte ihn sofort festhalten und laut nach der Polizei rufen. Aber das erschien mir so kindisch.

»Was machen Sie da?«, fuhr ich ihn an.

»Ich bin Siegbert Heinrich. Und Sie sind doch diese Journalistin ...«

»Mira Valensky.«

»Und was machen Sie da?«, fragte er.

»Ich recherchiere.«

»Ach.«

»Langthaler ist tot.«

»Ja.«

»Sie haben ihn umgebracht.«

Er schien ehrlich verblüfft. Es ist sicher gesünder, mit Mördern keine solchen Dialoge zu führen. Also war ich gerne bereit, ihm seine Verblüffung zu glauben. Heinrich setzte zu einer seiner langen Erklärungen an: Er habe Freunde im Haus und sich aus dem Studio geschlichen, um zu sehen, was passiert sei. »Irgendjemand muss ja objektiv klären, was da läuft.«

»Und dafür sind Sie genau der Richtige.«

»Ich kenne mich aus.«

»Bei Mord?«

»Mord? Ist das sicher?«

Ich zuckte mit den Schultern, drehte mich um und ging. Auf diesen Typen hatte ich nun wirklich keine Lust, und außerdem musste sich mein Herz erst wieder beruhigen.

Ich hörte, wie Joe sich von seinem »phantastischen Publikum, von allen lieben Leutln vor den Fernsehern, den Buben und den Mädeln, den Muttis und Vatis, den Opas und Uromas« zu verabschieden begann. Hauptsache Familie. Meine Familie bestand aus mir und Gismo, und so sollte es auch bleiben. Joe würde jetzt noch Autogramme geben müssen. Alle möglichen Menschen, die an der Sendung beteiligt waren, würden danach noch ein Glas trinken, über die Sendung reden, langsam die Anspannung, die bei einer solchen Livesendung entsteht, abbauen. Auch heute? Oder gerade heute, wegen Langthalers Tod? Ich sollte dableiben. Aus beruflichen Gründen.

Jetzt hätte sich Siegbert Heinrich nicht mehr unbemerkt in den Gängen herumdrücken können. Aus allen Ecken strömten Menschen, die sich seltsam gedämpft über Langthaler und das, was passiert war, unterhielten. Als ein junger Mann auflachte, sahen sich alle betreten um. Sofort senkte er den Kopf.

Der Regisseur hatte nicht gerade viele Freunde gehabt. Und trotzdem war die Stimmung deutlich bedrückter als vor einer Woche nach dem Tod des harmlosen und weit beliebteren Downhill-Sepp. Trauer? Eine Assistentin Langthalers kam mir gemeinsam mit zwei Kolleginnen entgegen, und da wusste ich: Nicht Trauer war es, sondern Angst. Wer würde als Nächster an der Reihe sein?

Chefinspektor Müller stand vor Langthalers Zimmer und redete mit dem Regieassistenten. Er sah mich und schien wenig begeistert. »Sie schon wieder?«

Ich tippte auf meine Presse-Identifikationskarte. »Ich recherchiere für eine große Reportage über das Leben der Stars der Volksmusik.«

»Beim Leben haben Sie sich in der Tür geirrt.«

»Noch ein natürlicher Tod?«

»Fragen Sie nicht so!«

»Sie wissen, wo Sie mich finden können«, sagte der Regieassistent und eilte davon.

»Ich weiß, dass man bei Downhill-Sepp einen ganzen Cocktail an Medikamenten nachgewiesen hat. Und ich habe gesehen, dass sich der Scheinwerfer aus seiner Verankerung gelöst hat. Alles ein Zufall?«

Chefinspektor Müller schüttelte den Kopf. Er wirkte müde. »Ich kann Ihnen nichts sagen. Ich weiß es nicht. Ich weiß es einfach nicht.«

»Was ist passiert?«

»Das, was ich weiß, kann ich Ihnen sagen. Ich habe es den paar anderen Journalisten auch schon gesagt. Der Scheinwerfer hat sich gelöst.«

»Das habe ich gesehen. Aber hat da jemand nachgeholfen?«

»Sie werden wohl nie müde.«

»Ich bin müde. Und ich habe den Toten gesehen. Kein netter Anblick. Und ich will nicht, dass noch jemand stirbt.«

»Ich vielleicht? Die Aufhängung war in Ordnung. Es ist eine Art Seilzug. Es handelt sich um einen sehr alten Scheinwerfer aus einem Filmstudio, der sich mit einer Kette in unterschiedlichen Positionen einhängen lässt. Und diese Einhängevorrichtung hat sich offensichtlich gelöst.«

»Gerade als er in seinem Stuhl saß.«

Müller zuckte mit den Schultern. »Ich habe die Securityleute gebeten, alle an der Sendung Beteiligten in einer Stunde im großen Sitzungssaal zu versammeln. Das gilt auch für die Journalisten im Backstagebereich.«

»Ist er schon weg?«, fragte ich und deutete auf die Tür.

Müller nickte. »Aber diesmal fällt Ihnen kein Grund ein, um noch einmal ins Zimmer zu kommen.«

Mir schauderte. Das hatte ich auch gar nicht vorgehabt.

Niemand hatte Lust, sich im Sitzungssaal zu setzen. Die fünf Frohsinn-Mädel und ihr Manager standen beisammen, Joe unterhielt sich mit einer Assistentin von Langthaler und einer deutschen Schnulzensängerin, die seit den Siebzigerjahren ins Mikrofon schluchzte, die Coolen Kerle aus den Bergen waren noch immer in ihrem schrillen knallgrünen Bühnenoutfit, Susi Sommer war mit ihren Eltern gekommen. Kameraleute und Tonassistenten hielten sich etwas abseits. Der Regieassistent lauschte mit eifrigem Kopfnicken Chefinspektor Müller. Betroffenheit und Angst schienen immer mehr der Müdigkeit Platz zu machen.

Mit Joe hatte ich nur im Vorbeigehen einige Worte wechseln können. »Schrecklich«, hatte ich gesagt.

»Wir sehen uns«, hatte er mir zugeraunt.

Wann? Der Chefinspektor teilte uns mit, was wir ohnehin schon wussten. Langthaler war einige Minuten vor Sendungsbeginn an seinem Schreibtisch sitzend von einem Scheinwerfer erschlagen worden. Er war auf der Stelle tot gewesen. »Es kann ein Unfall gewesen sein. Aber Fremdverschulden ist zum jetzigen Zeitpunkt der Ermittlungen nicht auszuschließen.« Müller ließ seinen Blick aufmerksam durch den Raum schweifen. Wie hätte er die Reaktion von etwa achtzig Menschen wahrnehmen können. Ich sah, wie die Frohsinn-Mädel zu tuscheln begannen. Susi Sommer, jetzt mit offenem, durch das Flechten gleichmäßig gewelltem blonden Haar, riss die Augen weit auf. Aus Angst oder Sensationsgier?

»Wenn Ihnen etwas Besonderes aufgefallen ist, dann bitte ich Sie, es uns noch heute Abend zu Protokoll zu geben. Unter vier Augen. Mit allen anderen werden meine Mitarbeiter für die nächsten Tage einen Gesprächstermin vereinbaren. Also warten Sie bitte, bis meine Kollegen zu Ihnen kommen. Es dauert maximal eine Viertelstunde.«

Susi Sommers Vater fuhr dazwischen: »Mein Kind muss ins Bett. Wir haben lange genug gewartet. Sie können mich ja anrufen.«

Eines der Frohsinn-Mädel rief: »Wir müssen morgen um fünf in der Früh zu einem Auftritt in der Schweiz abreisen. Wenden Sie sich an unseren Manager!«

Joe gähnte. Ich gähnte auch. Gähnen ist bekanntlich ansteckend.

Dann überlegte ich, ob ich Müller vom herumschleichenden Heinrich erzählen sollte. Aber das würde wohl noch eine Stunde mehr im Fernsehzentrum bedeuten. Heinrich hatte einen Echtheitstick. Vielleicht war er auch auf den kommerziellen Erfolg dieser Volksmusikleute eifersüchtig. Aber wie ein Mörder wirkte er nicht.

Joe stand gegen ein Fensterbrett gelehnt und sah zu mir herüber. Wie lange schon? Ich lächelte, ich konnte nicht anders. Der Hirsch auf der Brust war längst Fernsehgeschichte. Jetzt trug Joe ein dunkelblaues Sweatshirt. Möglichst lässig schlenderte ich zu ihm hinüber, blieb zwischendurch bei den Frohsinn-

Mädeln stehen, ging weiter, winkte dem Regieassistenten und kam gerade zu Joe, als sich die Produktionsassistentin verabschiedete.

»Hallo«, begrüßte mich Joe, und zum deutschen Schnulzenstar der Siebzigerjahre gewandt, sagte er: »Ich muss Frau Valensky noch etwas fragen, wegen der Story, die sie über uns schreibt – sicherheitshalber.«

Den Zusatz »sicherheitshalber« hätte er sich schenken können. Aber es erfüllte seinen Zweck, und der alternde Star trabte in seinen weißen Cowboystiefeln zu einem anderen Grüppchen.

»Alles okay?«, fragte ich.

Joe nickte. »Sie wollen mich noch heute befragen.«

»Hast du etwas Besonderes gesehen?«

Joe schüttelte den Kopf. »Trotzdem.«

Ich erzählte ihm vom herumschleichenden »echten« Heinrich.

»Der echte Heinrich?«

»Siegbert Heinrich, du weißt schon.«

Joe grinste abwesend. Er wirkte müde und angespannt.

»Dir geht es nicht so gut, oder?«

»Eine Livesendung schlaucht, egal, was sonst noch passiert.«

»Ich werde ihnen das mit dem Heinrich sagen.«

»Ich weiß nicht, ob ich heute noch ...«

Sehr schnell erwiderte ich: »Ist wohl besser so.«

»Und du?«

Ich zuckte mit den Schultern. »Ich hab morgen mit Sicherheit jede Menge zu tun. Kein freier Sonntag, nach allem, was passiert ist.« Ich bemühte mich um

Distanz. Immerhin hatten wir vereinbart, in der Öffentlichkeit nicht auf Romeo und Julia zu machen. »Ich bin wohl auch müde«, murmelte ich.

»Ich hätte gemeint, dass wir uns vielleicht doch noch heute sehen. Je nachdem ...«

Ein Kriminalbeamter unterbrach ihn und bat Joe, ihm zu folgen.

»Mira Valensky«, sagte ich, »vom Magazin. Ich ...«

»Kein Kommentar. Für Presseauskünfte ist nur der Chefinspektor zuständig. Und auch der wird heute Abend ...«

»Ich will nichts wissen, ich habe etwas gesehen.«

»Dauert es lange?«

Nicht so viel Begeisterung bitte! »Bloß eine halbe Minute.«

»Dann warten Sie bitte noch ein wenig, Herr Platt, ich hole Sie, wenn Chefinspektor Müller mit Frau ...«

»Valensky.«

»... Valensky fertig ist.«

Wir waren schnell fertig. Zuerst vermutete Müller eine Finte. Dann wollte er von mir wissen, woher ich überhaupt erfahren hatte, dass man bei Downhill-Sepp einen ganzen Cocktail von einschlägigen Medikamenten gefunden hatte. Was glaubte er? Dass ich meine Informanten preisgab? Als ich ihm vom umherschleichenden Heinrich erzählte, reagierte er gänzlich unbeeindruckt. Herzlichen Dank, er würde ihn morgen kontaktieren.

»Ich glaube zwar nicht, dass er mit der Sache zu tun hat, aber was weiß man?«

»Deswegen werden wir ihn auch befragen.«

Als ich ins Sitzungszimmer zurückkam, war es beinahe leer. Lediglich die beiden Assistentinnen, der Regieassistent und zwei Kameraleute standen noch herum. Ich ging unschlüssig auf sie zu. Vielleicht konnte ich doch noch die Zeit totschlagen, bis Joe fertig war. »Ein schlimmer Abend«, begann ich. Sie sahen mich genervt an. Wenn ich jetzt sagte, dass ich sie nicht aushorchen wollte, würden sie mir schon gar nicht glauben. Also musste Heinrich herhalten. Selbst schuld.

»Ich habe Siegbert Heinrich gesehen, hier, heute Abend, nicht im Sendesaal, sondern im Gang. Ohne Ausweis.«

Nur eine der Assistentinnen wusste mit dem Namen etwas anzufangen. Also war er doch nicht die Volksmusikgröße, für die er sich hielt. »Der ist okay«, sagte sie.

»Okay? Aber er schimpft auf die volkstümliche Musik so, dass man auf die Idee kommen könnte ...«

Ein Kameramann streckte sich. »Nicht mehr heute. Haben Sie nie genug?«

Und wie ich genug hatte. Genug von der Volkstümelei, genug von Toten und genug von meiner Herumschnüffelei für das Magazin. Kann schon sein, dass es mir auch um Joe ging. Um Gerechtigkeit, Aufklärung, was weiß ich. Aber es ging auch um die nächste Story. Ich hatte genug von mir. Ich wünschte allen eine erträgliche Nacht und ging nach draußen zum Taxistandplatz. Es war fast Vollmond. Über den Himmel zogen ein paar dramatische, hell beleuchtete Wolkenfetzen. Ein Windstoß schlug mir die Autotür fast aus der Hand. Ob ich heute würde schlafen können? Die plötzliche Aufregung, meine Angst um Joe.

Dann das zerstörte Gesicht von Langthaler. Die Show samt Hirschen, Witzen und peinlichen Texten.

Der Taxifahrer sah aus, als hätte er bereits eine ganze Woche ohne Unterbrechung in seinem Fahrzeug verbracht. Er nickte wortlos, als ich ihm Straße und Hausnummer nannte. Im Auto roch es nach zu oft gereinigten Sitzbezügen und dem Vanilleduft eines so genannten Deobäumchens.

Ich starrte aus dem Fenster. Wien war um diese Zeit wie ausgestorben. Ein paar Taxis, im Schein der Straßenbeleuchtung irreal aussehende Bäume, Fassaden von Geschäften, die wirkten, als hätten sie die letzten fünfzig Jahre nicht mehr geöffnet gehabt.

Ich zahlte, stieg aus und sah mich in der dunklen Gasse um. Das Taxi fuhr ab, der tiefe Ton des Dieselmotors schien die Stille rundum nur zu verstärken. Für einige Sekunden hielt ich die Luft an. In der Einfahrt brannte eine helle Lampe, doch sie ließ die Schatten in den Ecken umso deutlicher hervortreten. Ich griff mir unwillkürlich an die Lippe. Vor rund einem Jahr war ich hier zusammengeschlagen worden. Pfeifend atmete ich aus. Ich durfte mich nicht selbst verrückt machen. Ich zwang mich, mit energischen Schritten und ohne mich umzusehen zur Eingangstür zu gehen, aufzusperren und die Tür hinter mir ins Schloss zu ziehen. Das Licht im Stiegenhaus flammte auf, und langsam begann ich den Aufstieg zu meiner Wohnung.

Gismo schlief tief und fest auf meinem Schoß. Neben mir lag ein Block mit Notizen. Ich hatte niedergeschrieben, was ich am liebsten vergessen wollte.

Noch einen Whiskey? Morgen war Sonntag. Heute war Sonntag, es war bereits halb zwei. Noch einen Whiskey. Ich würde zu Mittag in die Redaktion fahren, die Meldungen der Nachrichtenagenturen auf verwertbare Hinweise durchsehen, mit der Chefin vom Dienst reden und statt der großen Story über das Leben der Volksmusikstars einen Artikel über einen weiteren Todesfall vorbereiten.

Es klingelte. Ich schreckte auf und griff zum Telefonhörer. Die Leitung war tot. Tot? Ich war so überdreht, dass ich kichern musste. Es klingelte wieder. Die Gegensprechanlage. Ja? Jetzt?

Ich freute mich. Ich war müde. Ich dachte an die Show und wusste nicht, ob ich mich weiter freuen sollte. Ich reagierte praktisch, holte ein zweites Glas und stand mit einem gefüllten Glas Whiskey gerade in der Tür, als Joe ankam. Er schaffte die Treppen schneller als ich in Bestform.

»Hallo«, sagte er, küsste mich leicht auf den Mund, ging mit irritierender Selbstverständlichkeit ins Wohnzimmer und setzte sich an den massiven Holztisch. Ich schenkte mir nach.

»Was war?«, fragte ich.

»Das Übliche. Fragen, wann ich ihn das letzte Mal gesehen habe, worüber wir geredet haben, ob ich etwas bemerkt habe.«

»Und?«

»Keine Ahnung. Mir ist nichts Besonderes aufgefallen. Langthaler war unerträglich wie immer. Aber man ist vor einer Livesendung angespannt, auf sich selbst konzentriert, nicht auf irgendetwas außerhalb.«

Die Sendung ... ich musste wohl das Gesicht verzogen haben, denn Joe fragte: »Hat es dir gefallen?«

Wozu heucheln? Ich schnitt eine Grimasse. »Wie hältst du das bloß aus?«

»Ich denke mir, die Leute unterhält's. Die meisten von ihnen haben einen harten Tag gehabt. Sind unzufrieden, haben irgendwelche Probleme. Und dann sehen sie eben irgendeine Scheinwelt, die sie für ein paar Viertelstunden von ihrem Leben ablenkt.«

»Mit geschnitzten Herzen, röhrenden Hirschen und schmalzigem E-Gitarren-Geheule.«

»Warum nicht?«

»In Wirklichkeit geht es doch bloß ums Geschäft.«

»Ums Geschäft auch. Bei den einen mehr, bei den anderen weniger. Aber das ist bei der E-Musik nicht anders. Und im Zeitungsgeschäft auch nicht.«

Ja, ja. Aber es war so verlogen – und dass er da mitmachte ... »Es hat einfach nicht besonders viel Stil.«

Joe lachte. »Lifestyle, dein Metier!« Es klang etwas gekränkt.

Aber irgendwie konnte ich nicht aufhören. »Und der Witz vor Beginn der Sendung? War der notwendig? War das nicht peinlich?«

»Die Leute haben ihn lustig gefunden.«

»Und du?«

Joe sah mich an. »Was glaubst du?«

»Er kann dir nicht gefallen haben.«

»Richtig. Aber ich halte das nicht für so wichtig.«

»Er ist eben nur Teil deines Jobs.«

»Genau! Und ich finde, dass es Leute geben darf, die nicht meinen Geschmack haben.«

»Könntest du nicht ...«

Er fiel mir ins Wort. »Bist du nicht etwas überheblich? Nur weil sie in deiner Szene verspottet werden, sind volkstümliche Schlager das Letzte? Nur weil es dir peinlich ist, was ich mache, schaust du darauf, dass man uns öffentlich nicht zusammen sieht? Was tue ich Böses? Ich unterhalte Leute, und ich bekomme dafür Geld. Viel Geld, okay. Und die Witze, die ich dabei erzähle, finde ich nicht alle gut. Und was ich sonst sage, auch nicht. Aber ich finde es auch nicht gut, wenn du einem Toten unterstellst, drogensüchtig gewesen zu sein. Manchen gefällt volkstümliche Musik, anderen gefällt sie nicht. Die, denen sie gefällt, sind nicht automatisch Idioten. Ich kenne Idioten, die gehen wöchentlich in die Oper. Und ich kenne Kunstexperten, die lügen, wenn sie bloß den Mund aufmachen.«

»Verdammt«, sagte ich und knallte das Glas auf den Tisch. »Du willst es doch nicht, dass wir zusammen gesehen werden.«

»Ich?«

»Ja, du.«

»Du spinnst.«

Nie wieder solche Streitereien, hatte ich mir geschworen. Wann eigentlich? Ich weiß nicht mehr, nach irgend so einem Streit. Ich musste nicht gewinnen, aber ich mochte auch nicht verlieren. Nicht mehr. Es lohnte sich nicht. Ich schenkte mir noch einmal ein und schob ihm die Flasche hinüber. »Wie bist du zu diesem Job gekommen?«

Er holte Luft. »Ich ... damals war ich für Sponsoring zuständig, beim Bierkonsortium. Und die Leute vom Sender haben mir Probeläufe für eine neue Show gezeigt, für ›Edel-Weiß‹. Kannst du dich erinnern? Ich sollte entscheiden, ob wir als Hauptsponsor einsteigen.«

Die Sendung hatte es einmal gegeben, ja. Gesehen hatte ich sie nie. Ich nickte.

»Der Moderator war eine Katastrophe. Ich habe gescherzt und gesagt, sie sollen mich einmal machen lassen. Der Kameramann hat alles aufgenommen, und aus dem Spaß ist plötzlich Ernst geworden. Und aus dem aufstrebenden Nachwuchsmanager wurde ein Moderator von Volksmusiksendungen.«

»Und das andere hast du einfach so hingeworfen?«

»Der Job war wenig spannend. Viele Sitzungen, Abhängigkeit vom Geschäftsführer, vom Vorstand, vom Eigentümer. Dreiteilige Anzüge und jede Menge Schaumschlägerei.«

»Da hast du ja schon üben können.«

Joe grinste. »Ich mach meinen jetzigen Job gerne.«

»Schmeichelt der Eitelkeit.«

»Wahrscheinlich. Und du? Wie bist du beim Magazin gelandet?«

»Ich war ein paar Jahre lang in New York. Und als ich zurückkam, hatte ich nichts. Okay, ich hatte mein Jusstudium, mit Abschluss und Doktortitel und allem Drum und Dran. Aber ohne Berufserfahrung gibt es keine Jobs, zumindest nichts, was mich reizen könnte.«

Er lachte. »Juristin? Du? Entschuldige, aber eine so trockene Angelegenheit ...«

»Hab ich gar nicht so empfunden, nur ... ich bin eben nach New York. Und als ich zurück war, vermittelte mir eine Freundin ein paar Lifestylestorys beim Magazin. Mode zwischen New York und Wien, ein prominenter Amerikaner kommt nach Wien, was erwartet einen österreichischen Autor auf Long Island, Themen in dieser Preisklasse. Und irgendwann wurde ich freie Mitarbeiterin, und das bin ich jetzt noch.«

»Anstellung?«

»Keine Chance, und ich will es wahrscheinlich auch gar nicht. So bleibe ich flexibel. Zumindest theoretisch kann ich morgen meine Zelte abbrechen und irgendwo anders hingehen.«

»Nach New York?«

»Zum Beispiel. Oder ins Veneto. Kennst du das Veneto?«

»Venedig.«

»Venedig kennt jeder. Das Hinterland, das ist das wahre Veneto. Städte mit mittelalterlichen Häusern, lebendige Städte, keine Ausstellungsstädte, sondern Orte mit Bars, Cafés, Büros, Geschäften und jeder Menge grandioser Restaurants. Und die Weine ...«

»Du isst gerne?«

Ich sah ihn verblüfft an. Tatsächlich, ich hatte seit Tagen nichts gekocht. Gar nichts. »Ich kann sogar kochen.«

»Du?«

Ich fühlte mich herausgefordert. »Soll ich es dir beweisen? Jetzt? Sofort?« Es war etwas nach zwei Uhr.

Er sah mich ratlos an. »Jetzt?«

»Kannst du schlafen?«

Er stand auf und schlang von hinten die Arme um mich. »Das kommt auf einen Versuch an.«

Ein wunderbares Gefühl, so festgehalten zu werden. Trotzdem. »Ich könnte uns etwas kochen, etwas Leichtes.«

Er löste sich von mir und murmelte: »Wenn du willst.«

Ja, ich wollte. Und wie ich wollte. Kochen würde mir mein inneres Gleichgewicht wiedergeben. Die Uhrzeit war egal, wir würden morgen eben länger schlafen. Ich ging in die Küche, bat ihn, mir zu folgen, und öffnete den Kühlschrank. Ein trauriges Schauspiel. Die letzte Woche hatte mich offenbar gründlich aus der Bahn geworfen. Es gab vier Becher Magerjogurt, die noch aus meiner Diätphase stammten, und ich hatte fest vor zu warten, bis das Ablaufdatum überschritten war. Dann konnte ich sie guten Gewissens wegwerfen. Ich fand einen Knoblauch, der noch ganz passabel aussah. Zwei weiße Zwiebeln, ein Stück Grana-Padano-Käse – okay, das war ein gutes Dessert, würde aber meine Kochkünste nicht wirklich beweisen. Die Zucchini waren schon matschig, ebenso die Tomaten. Eine einsame Mango und etwas Prosciutto. Ich knallte die Tür zu und bemerkte, wie Joe liebevoll-verzeihend lächelte. Das hätte er nicht tun sollen, jetzt fühlte ich mich erst recht herausgefordert. Wir hatten bisher nicht einmal gemeinsam gefrühstückt. Er war kein Frühstücker, und ich hatte jede Menge anderes zu tun und zu denken gehabt als an meine Gewohnheiten.

Der Tiefkühlschrank war gut gefüllt. »Magst du Fisch?«, fragte ich Joe.

»Natürlich.«

»Jetzt?«

»Ich weiß nicht.«

»Oder lieber Fleisch? Geflügel?«

»Ja dann ... Geflügel, aber willst du wirklich ...«

Ich wollte, er hatte keine Chance. Ich setzte ihn mit einem Glas Prosecco an den Esstisch. »Ich brauche maximal eine halbe Stunde, maximal.«

Die Vorspeise war klar. Geräucherte Gänsebrust mit Mango. Die Gänsebrust war in gefrorenem Zustand ohnehin einfacher aufzuschneiden. Ich arrangierte hauchdünne Mangoscheiben mit ebenso dünnen Fleischscheiben auf zwei großen Tellern und bestreute sie mit etwas grobem Pfeffer. Das Nudelwasser stand bereits auf dem Herd, das Fasanenfilet taute gemeinsam mit einigen Stücken Entenleber und einer Hühnerbrust in der Mikrowelle auf. Ich befettete ein Backblech, schnitt den Rest der Mango und den Prosciutto in dünne Scheiben. Verdammt. Ich wusste, warum ich die Mikrowelle nur im Notfall verwendete. Die Leber war noch etwas gefroren, die Spitze des Hühnerfilets dampfte bereits. Was soll's. Ich holte von meinem winzigen Balkon einen Zweig Thymian, ein Lorbeerblatt und zwei Salbeiblätter. Dann ließ ich die Leberstücke in etwas Öl und fein geschnittenem Fett der Gänsebrust anschwitzen – eigentlich gehörte fetter Speck dazu, aber den hatte ich nicht. Dazu kamen Lorbeer und Thymian. Ich schnitt die Hühnerbrust in feine Scheiben und das Fasanenfilet in kleine Würfel. Eine Zwiebel wanderte in den Topf mit der Leber, dann drehte ich die Flamme zurück.

In einem anderen Topf ließ ich die zweite Zwiebel, Knoblauch und einen Peperoncino anbraten und gab dann die Fasanenstücke dazu. Umrühren, salzen, Salbei untermischen.

Auf das befettete Backblech legte ich dünne, gesalzene Mangoscheiben, darüber die Hühnerfiletscheiben und zum Schluss die Prosciuttoscheiben. Mit Öl bepinseln, pfeffern. Die Herdplatte, auf der der Topf mit der Leber stand, ausschalten, noch einmal durchrühren, einen Schuss guten Portwein beigeben, zudecken.

Brot, ich hatte Brot vergessen. Zum Glück fand ich noch ein paar altbackene Semmeln, die ich etwas salzte und in Öl goldgelb röstete. Das Essen konnte beginnen. Ich sah auf die Uhr. Zwanzig Minuten. Das war beinahe Rekord.

Ich nahm die Teller mit der Gänsebrust und ging ins Wohnzimmer. Joe hatte sein Glas ausgetrunken, den Kopf auf den Tisch gelegt und schlief. Mein ganzer Auftritt war verpatzt. Wie konnte er schlafen, wenn ich gekocht hatte? Wahrscheinlich passten wir überhaupt nicht zueinander. Ich war in Fahrt, und er schlief. Ich stellte die Teller auf den Tisch, holte ein zweites Glas und die Semmelscheiben. Joe schlief immer noch. Was jetzt?

Immerhin war es halb drei in der Früh, und er hatte einen anstrengenden Tag gehabt, aber irgendwie ... Da rührte er sich.

»Riecht das aber gut«, murmelte er und wollte sich auf die andere Seite drehen. Ich tippte ihm auf die Schulter. Fester.

»Aufwachen, essen!«

Er zuckte hoch und sah sich irritiert um.

»Ich habe gekocht, erinnerst du dich noch?«

»Ist es schon Morgen?«

»Nein, aber Essenszeit.«

Er schien wenig begeistert. »Köstlich«, meinte er dennoch und stopfte sich die tatsächlich köstliche Gänsebrust hinein, als handelte es sich um ein Stück Extrawurst. Mir jedenfalls schmeckte es. Ich würde mir den Appetit nicht verderben lassen. Prosecco nach so viel Whiskey war etwas eigenartig, aber vieles war heute eigenartig – gelinde gesagt. Jetzt nur nicht an den zerschmetterten Kopf denken.

»Köstlich«, sagte Joe noch einmal.

»Nun der zweite Gang«, kündigte ich an. Ich musste mich beeilen, sonst schlief er wieder ein. Ich brachte die lauwarme Entenleber in Portwein.

»Du kannst wirklich kochen.«

»Magst du Leber? Ich hätte dich fragen sollen ...«

»Ich liebe Leber.«

Mir wurden die Augenlider auch schon schwer, aber bloß, weil mir nichts einfiel, was ich hätte sagen können. Nach einer Weile meinte ich: »An sich gehört etwas Speck dazu, aber ich hatte keinen, also habe ich den Fettrand der Gänsebrust genommen.«

»Ach so? Schmeckt aber sehr gut.«

Offenbar war ihm Essen nicht so wichtig. Es war ausgezeichnet, ich würde ab jetzt immer den Fettrand der Gänsebrust verwenden. Wenn ich für mich kochte – oder für Leute, die das zu schätzen wussten.

Der nächste Gang.

»Noch einer?«, fragte Joe, und das klang eher entsetzt als entzückt.

»Magst du nichts mehr?«

»Wie hast du das alles so schnell geschafft?«

»Übung.«

Ich ging wieder in die Küche. Die Papardelle

brauchten nur drei Minuten. In dieser Zeit ließ ich die Fasanenbrustsauce noch einmal aufkochen, drehte den Herd ab und übergoss die Sauce mit italienischem Haltbarrahm. Frischer Rahm war immer besser, aber ich hatte keinen, und es schmeckte auch so gar nicht schlecht.

»Köstlich, ein Wahnsinn«, rief Joe. »So habe ich um diese Uhrzeit noch nie gegessen.«

Das allerdings sagte über die Qualität meiner Kochkünste nicht viel aus. Was wollte ich eigentlich? Nachweisen, dass ich zumindest eine hausfrauliche Tugend hatte? Würde ich demnächst damit auftrumpfen, dass ich sogar einen Knopf annähen konnte? Unsinn. Kochen war etwas anderes. Ein Lebensgefühl. Das Gefühl zu leben. Immerhin aß Joe alles auf und schien sogar munterer zu werden.

»Jetzt kommt nur mehr ein Gang, ganz leichte Küche.« Bevor er etwas sagen konnte, verschwand ich. Der Grill im Backrohr war auf 250 Grad vorgeheizt. Ich schob das Blech mit den Mango-Hühner-Prosciutto-Schichten hinein, für maximal drei Minuten.

»Sfornato di estate a la Armando«, sagte ich laut, als ich mit den Tellern zum Tisch kam.

Joe schreckte hoch. »Köstlich!«, sagte er wieder.

Es war köstlich, wirklich.

5

Zwei grell orangefarbene Katzen tobten mit mir einen karibischen Strand entlang, auch ein leuchtend blauer Fisch war irgendwie mit dabei, aber das sah ich nicht so deutlich. Ich hätte gerne weiter geträumt. Doch ich schaffte es nicht, den Wecker zu ignorieren. Verärgert öffnete ich die Augen. Im Radio berichtete man von einer Vernissage. Ich war am Vorabend dort gewesen, eine kleine Lifestylegeschichte über einen Maler mit den richtigen wichtigen Freunden. In Österreich war er beinahe ein Star, im Ausland kannte ihn niemand. Und das hatte eindeutig mit der Qualität seiner Bilder zu tun. Pseudorealistischer Kitsch. Wunderbare Wiener Freunderlwirtschaft. Eingeschlossen zwischen den Wiener Kulturschickis hatte ich mir gedacht, dass an Joes Zugang zur volkstümlichen Unterhaltungsmusik schon etwas dran war. Waren diese Typen besser? Hatten sie mehr Geschmack? Ein ehrlicheres Verhältnis zu Geld und Geschäft? Man hätte ihnen einen der blödsinnigen Jodler der Frohsinn-Mädel vorspielen sollen. »I steh' am Berg und sing', auf dass es zu dir rüberkling', vom Berg ins Tal, und i umarm' di noch einmal.« Das war auch nicht schlechter als die Ausstellung gestern Abend. Aber die Vernissagegäste hätten so ein Lied wahrscheinlich bloß als besonders schrillen Act betrachtet. Gismo trieb mich mit ihrem Gebrüll endgültig aus dem Bett.

Joe hatte ich seit Samstagnacht nicht mehr gesehen. Er war nach dem späten Essen und einem weiteren Whiskey gegangen. Er müsse früh raus und brauche etwas frische Luft, hatte er gesagt. Und dass das Essen wirklich großartig gewesen sei. Gestern hatte er sich nicht gemeldet. Warum auch?

Offenbar hatte ich ihn überschätzt. Oder überfordert. Es ist eben nicht jeder in der Lage, um halb drei in der Früh Vergnügen an einem spontanen Menü zu entwickeln. Was soll's.

Ich duschte, schlüpfte in Jeans und ein T-Shirt, nahm für alle Fälle eine repräsentable Leinenjacke mit und verließ die Wohnung. Schon wieder lag eine Redaktionssitzung vor mir, an der ich teilnehmen musste. Und es würde ratsam sein, noch vorher die Tageszeitungen zu lesen. Wegen Gismos Gebrüll hatte ich die Nachrichten nicht verstanden.

In der Redaktion winkte ich einer Sekretärin zu, schnappte mir ein Bündel Zeitungen und verzog mich an meinen Tisch. Zum Glück waren die meisten meiner Kolleginnen und Kollegen um diese Uhrzeit noch nicht gesprächig. Die ersten beiden Zeitungen wussten wenig Neues zu berichten. In der einen Zeitung war zurückhaltend von »zwei Todesfällen in der Volksmusikszene« die Rede. Das andere Blatt schrieb von »zwei mutmaßlichen Morden«. Auch ich hatte gestern wenig Neues herausbekommen. Chefermittler Müller war angeblich nicht da gewesen, der Pathologe hatte mitteilen lassen, dass er keine Auskunft erteile, und im Fernsehzentrum war mir von der Telefonistin erklärt worden, dass Sonntag sei. Als ob ich das nicht gewusst hätte. Am nächsten Samstag würde die Super-Sommer-Hitparade der Volksmusik nicht aus dem Sendesaal der Fernsehgesellschaft kommen, sondern aus der Kulturhalle Unterbach. Hinaus aufs Land, in eine Megahalle, die ein größenwahnsinniger Bürgermeister hatte erbauen lassen. Dort hatte man Platz für mehrere tausend Fans der Volksmusik und eine Riesenbühne mit aufwändigen Showeffekten. Das Szenario für den nächsten Mord? Die Sicherheitsvorkehrungen würden verschärft werden, das war klar. Aber wenn es jemand vom volkstümlichen Wanderzirkus war?

Ich nahm mir die nächste Zeitung vor. »Hat Starmoderator mit Mord zu tun? – Joe Platt sieben Stunden von Kriminalpolizei vernommen.« Ich schüttelte den Kopf und blinzelte. Das konnte nur ein schlechter Traum sein.

Okay, keine voreiligen Schlüsse. Welches Schwein hatte ... Aber wie gut kannte ich Joe schon? Nicht denken, Mira. Nicht denken, sondern lesen. Ganz ruhig.

»Joe Platt wurde am gestrigen Sonntag sieben Stunden lang nonstop von Chefinspektor Harald Müller vernommen. Der Kriminalist hielt sich im Anschluss daran mit Äußerungen zurück. Das Verfahren laufe, es würden eine Reihe von Zeugen vernommen. ›Wir ermitteln in alle Richtungen.‹ Aus der Länge des Gespräches, so Müller, könne man keine Schlüsse ziehen. Allerdings war Platt der Einzige, der am gestrigen Sonntag in die Wiener Sicherheitsdirektion vorgeladen worden war. Schon in der Erstvernehmung Freitagnacht sei es um einen Streit zwischen dem mutmaßlich ermordeten Langthaler und Platt gegangen. Langthaler habe den Starmoderator einige Minuten vor der Sendung in sein Büro zitiert, Platt habe äußerst wütend gewirkt. Es habe, so verlässliche Zeugen, ein lautes Schreiduell gegeben. Platt war somit der Letzte, der Langthaler nachweislich lebend gesehen hatte.

Der Liebling der Volksmusikfans moderiert seit nunmehr sieben Jahren einschlägige Sendungen und galt bisher – so ein Insider – als angenehmer Kollege mit wenig Starallüren. Sein Verhältnis zum Regisseur der Super-Sommer-Hitparade wurde allerdings schon seit einiger Zeit als überaus gespannt beschrieben. Und wie in Erfahrung gebracht werden konnte, gab es noch einen, mit dem der fröhliche Joe Platt nicht gut ausgekommen war: Downhill-Sepp, Musiker und Skilegende, verstorben vor einer Woche, nach der Volksmusikhitparade.«

Ich musste nachdenken. In Ruhe nachdenken. Aber wie? In zehn Minuten begann die Redaktionssitzung. Es war unmöglich, dass Joe etwas mit den Morden zu tun hatte. Warum Mord? Wahrscheinlich handelte es sich ohnehin bloß um das Zusammentreffen von Unglücksfällen. Was wusste ich von Joe? Keine Sekunde konnte ich daran zweifeln ... eine Sekunde vielleicht nicht, aber eine Zehntelsekunde doch. Er war ein guter Schauspieler. Und warum sollte ein Mörder ... ich schüttelte den Kopf. Okay, ich war schon einige Male auf die Nase gefallen. Ich hatte mich einige Male getäuscht. Aber so?

Irgendjemand wollte Joe in den Dreck ziehen. Andererseits: Chefinspektor Müller hatte ihn sieben Stunden verhört. Nicht verhört, vernommen, befragt, was immer. Bloß als Zeugen. Aber sieben Stunden lang. Bei der Probe hatte es einen Streit zwischen Joe und Langthaler gegeben, war da etwas durcheinander geraten? Nein, es ging ausdrücklich um einen Streit vor der Sendung in Langthalers Büro. Warum hatte mir Joe nichts davon erzählt? Bei seinem ersten Gespräch mit Müller sei es um nichts Besonderes gegangen, hatte er gesagt. Nichts Besonderes ... Joe hatte wohl schon Samstagnacht gewusst, dass er am Sonntag noch einmal vernommen werden würde. Warum hatte er nichts gesagt?

Ich musste versuchen, ihn zu erreichen. Und ich musste herausfinden, wer den Artikel geschrieben hatte. Ob nun auch bekannt werden würde, dass ich mit Joe ...? Böswillige könnten annehmen, dass Joe mich als Informationsquelle missbraucht hatte. Dass er mich durch charmante Annäherung von Recherchen gegen seine Person abgehalten hatte. Droch war böswillig, wenn es um gewisse Dinge ging. Der Volksmusikmoderator als Mordverdächtiger, das würde ihm gefallen. Und wenn er dann noch wüsste, dass ich mit ihm ... ja, was hatte ich mit ihm? Ein Kurzzeitverhältnis, einige nette Nächte. Und jetzt ließ ich ihn fallen? Weil er unter Verdacht geraten war?

Wahrscheinlich sollte ich alles erzählen. Meinen Job würde mich die Sache nicht kosten, ich musste einfach versuchen, praktisch zu denken. Wie erzählen? Wem erzählen? In der Redaktionssitzung? Das

Geständnis der Mira V.? Mir wurde flau im Magen. Ich hätte doch etwas frühstücken sollen. Das nächtliche Essen. Joe war vor Erschöpfung eingeschlafen. Oder hatte er irgendwelche Beruhigungspillen genommen? Irgendwie war er anders gewesen. Nach dem Mord.

Ich würde nichts sagen. Sollte etwas aufkommen, konnte ich noch immer mit großem Augenaufschlag behaupten, dass ich das für überhaupt nicht wichtig gehalten hatte. Eine Bettgeschichte, so etwas kam eben bei erwachsenen Menschen vor. Überhaupt nicht wichtig? Ich seufzte und rieb mir die Augen. Vielleicht wurde die Story ohnehin jemandem anderen übergeben. Immerhin fiel das ins Ressort Chronik und Kriminalberichterstattung. Mit Lifestyle hatte die Sache nur mehr wenig zu tun. Andererseits: Wenn ich an der Story dranblieb, könnte ich auch recherchieren, wer Joe Platt fertig machen wollte. Und wenn er doch ...? Nie. Nie, Mira Valensky.

Die Story blieb weiter meine Sache. »In Anbetracht der Nähe zum Fall«, hatte der Chefredakteur gemeint und schmierig gelächelt. Für einen Augenblick dachte ich, er wüsste Bescheid. Warum hatte ich mich auch bloß mit einem Volkstümler eingelassen ... Okay. Ich musste versuchen, Joe Platt zu erreichen. Dienstlich. Privat auch, aber das war eine andere Sache.

Die Redaktionssekretärin teilte mir mit, dass Joe den ganzen Tag über auswärts sei, bei der ersten Probe für die Sendung am Samstag.

»Ohne Regisseur?«

Die Sekretärin reagierte erstaunt: »Natürlich geht die Sendung über die Bühne. Das sind wir den Leuten schuldig.«

»Den Einschaltquoten.«

»Denen auch.«

»Gilt meine Identifikationskarte noch? Kann ich damit in die Kulturhalle zu den Aufbauarbeiten und Proben?«

Sie stutzte. »Sie brauchen ... Sie brauchten einen Sonderausweis. Zusätzlich.«

»Und wo bekomme ich den?«

»Ich weiß nicht ...«

»Wer ist dafür zuständig?«

»In diesem Fall ... die Intendantin, würde ich sagen. Vielleicht auch die Pressestelle, aber die wird auch bei der Intendantin ...«

»Okay, ich rufe sie an.«

»Ja, tun Sie das.«

Meine Nerven waren am Zerreißen. Bei Joe zu Hause lief ein Anrufbeantworter. Ich hinterließ keine Nachricht, vielleicht wurde er abgehört.

Die Intendantin kannte ich kaum, sie hatte den Job erst vor kurzem angetreten, die letzten Jahre war sie Kulturmanagerin in Zürich gewesen. Sie war noch jung, etwa in meinem Alter, also ... für ihren Job jedenfalls noch jung. Gestern hatte ich sie auf der Vernissage gesehen.

Ich ließ mich zu ihr verbinden und landete wieder einmal bei einer Sekretärin. Dann bei einem Sekretär, der ebenfalls nichts entscheiden konnte. Dann, endlich, bekam ich die Intendantin zu sprechen.

»Sie wissen«, begann sie, nachdem ich nach dem Sonderausweis gefragt hatte, »Sie wissen, dass wir vorsichtig sein müssen. Wir haben eine Reihe von Journalisten und Fotografen, die mit dabei sein wollen. Wahrscheinlich wollen sie keinen weiteren Mord verpassen.« Sie lachte kurz und etwas hysterisch auf. »Entschuldigen Sie, meine Nerven. Jeder hat Nerven.«

»Ich habe Langthaler gesehen.«

»Dann wissen Sie ja ...«

»Hören Sie, wir kennen uns noch nicht gut, aber ich bin keine Chronikjournalistin. Ich bin auch keine Kriminalberichterstatterin. Ich bin im Lifestyleressort. Und ich arbeite an einer großen Story über das Leben der Stars der Volksmusik.«

»Das Leben?« Sie lachte wieder. Offenbar war sie ganz schön fertig.

»Na ja, natürlich verschieben sich die Schwerpunkte. Aber ich kann Ihnen sagen, dass ich an der Aufklärung der Geschichte interessiert bin, nicht an einer Sensation.«

»Und warum soll ich Ihnen das nach der Schlagzeile über Downhill-Sepp glauben?«

Ich tat nun etwas, das strikt gegen die Loyalität meinem Auftraggeber gegenüber war. Ich erzählte ihr, dass der Chefredakteur die Schlagzeile verbrochen hatte.

»Und wie können Sie ihn hindern, das nächste Mal ...«

»Ich weiß es nicht. Aber ich werde recherchieren. Fair recherchieren. Und nicht irgendetwas erfinden.«

»Wie es Ihre Kollegen tun?«

»Was weiß ich ... bekomme ich den Sonderausweis?«

Sie seufzte. »Können Sie in einer halben Stunde in der Bar des Hotel Sacher sein?«

»Ja.« Ich stellte keine weiteren Fragen.

Am Nachmittag holte ich meinen Ausweis in der Pressestelle des Senders ab. In der Sacher-Bar hatte mich die Intendantin um etwas gebeten, worum sie mich telefonisch nicht ersuchen wollte: »Erzählen Sie mir, was Sie erfahren. Ich bin neu. Ich bin die Intendantin, der erzählt man nur das, was sie hören will. Und das, was einem selbst nicht schadet. Und wenn Sie unser Gespräch öffentlich machen, streite ich alles ab.« Sie hatte tiefe Ringe unter den Augen gehabt.

»Gut, ich werde Ihnen mitteilen, was ich schreiben werde. Quasi als Vorausinformation. Aber ich leiste keine Spitzeldienste.«

Die Intendantin hatte genickt und war zu einer Mittagsverabredung verschwunden.

Unterbach ist bloß eine halbe Stunde von Wien entfernt. Hinter dem Seiteneingang der Kulturhalle lehnte ein kleiner, dicklicher Mann um die fünfzig. Ich wollte schon an ihm vorbeigehen.

»Ihren Ausweis. Da kommt niemand ohne Ausweis hinein.«

Wie eine unüberwindliche Hürde wirkte der Wächter zwar nicht, aber ich hatte ja meine Ausweise und zeigte sie ihm. Er beäugte misstrauisch abwechselnd mich und meine in Folie eingeschweißten, mit Foto versehenen und gestempelten Genehmigungen. »Strenge Sicherheitsvorkehrungen«, sagte er dann wichtig und ließ mich passieren. Der zweite Mensch, der mir in der so genannten Kulturhalle über den Weg lief, war Chefinspektor Müller. Er schien Journalistinnen nicht zu mögen. Da konnte ich ihm auch nicht helfen.

Joe Platt war irgendwo im Haus. Soviel wussten alle. Aber nicht, wo er war, und nicht, ob ich ihn sprechen konnte. »Unwahrscheinlich«, meinte die Produktionsassistentin. »Wenn Sie sich wirklich für die Show interessieren, kann Ihnen mein Mitarbeiter die Aufbaupläne und die Dekoration erklären. Wir nutzen die Möglichkeiten dieser großen Halle.«

»Und wer macht diesmal Regie?«

»Das ist noch nicht klar. Vorläufig führe ich die Geschäfte.«

Auch ein Mordmotiv. Weg mit Langthaler und Karriere machen. Aber wie passte der Tod Downhill-Sepps in dieses Bild? Vielleicht wollte jemand eine Mordserie konstruieren. War der Mord am Regisseur der einzige Mord?

Ich musste mit Joe reden. Ich musste ihn finden. Nachdem ich eine halbe Stunde lang Bergkulissen und ähnliches Zeug vorgeführt bekommen hatte, entschuldigte ich mich für einen Moment. Schöne Floskel, alle würden mich auf der Toilette vermuten. Und da ich nicht wusste, wo sie war, konnte ich mich etwas umsehen. Hinter der Bühne waren Garderoben und einige Büros. Das Ambiente war wenig glamourös: schmieriges Linoleum am Boden, abgegriffene weiße Türen, kein Tageslicht im Gang. Irgendwo musste Joe sein. Warum hatte er nicht versucht, mich zu erreichen?

Ich überraschte einen bebrillten Typen bei einem Schläfchen mit dem Kopf auf seinem Schreibtisch und schloss die Tür mit einer Entschuldigung. Ich kam an den Toiletten vorbei und gelangte zu den Garderoben. Die ersten drei waren offen und leer. Proben mit den Stars der Volksmusik würde es erst ab Mittwoch geben. Überall roch es nach scharfem Putzmittel, ranzigem Fett und Puder.

Die Tür der vierten Garderobe war zu. Ich klopfte, aber niemand antwortete. Also drückte ich vorsichtig die Klinke nach unten und trat ein. Joe lag auf einer abgewetzten Couch und starrte zur Decke. Er hatte offenbar keinerlei Interesse daran, wer hereinkam. Für einen Bruchteil einer Sekunde dachte ich, er sei tot. »Joe«, schrie ich.

Er zuckte zusammen und drehte den Kopf. »Was machst du hier?«

»Was ich hier mache? Man will dir einen Mord anhängen, und du fragst mich, was ich hier mache? Was glaubst du, was ich mache? Recherchieren.«

»Gegen mich?«

»Du bist ja verrückt.« Ich packte ihn am Unterarm und sah ihm in die Augen. Seine Pupillen waren riesengroß. »Du hast etwas genommen. Sag mir, was du genommen hast!«

»Ich weiß nicht, was sie mir gegeben haben. Ich bin zusammengeklappt.«

»Und sie lassen dich einfach allein?«

»Ich wollte es.«

»Verdammt, sie müssen dir Drogen gegeben haben. Wer war es?«

Er stöhnte. »Ich weiß es nicht, ich glaube, Angelika, die Produktionsassistentin. Es sind keine Drogen, nur eines dieser Mittel, die sie alle nehmen.«

»Du nicht?«

»Nein. Noch nie. Mein Bruder ist an einer Überdosis gestorben. Seither habe ich vor allem Angst, was irgendwelche psychischen Auswirkungen hat. Wahrscheinlich hat das Mittel deswegen auch so stark gewirkt.«

»Was ist eigentlich los?«

»Was?«

»Joe, du bist ihr Mordverdächtiger. Heute steht es in einer Zeitung, morgen werden alle voll davon sein.«

»Morgen?« Er kicherte. »Schon heute, und vergiss nicht Radio und Fernsehen! Seit heute in der Früh jagen sie mich.«

»Warum?«

»Warum, warum?«

»Warum hat dich Müller vernommen?«

»Mit mir geredet.«

Mir gingen die Nerven durch. Ich packte ihn an den Schultern und schüttelte ihn. Er setzte sich abrupt auf. »Hör auf!«, schrie er. »Verschwinde!«

»Ich gehe nicht, bis ich nicht alles weiß.«

»Mira, die Kriminalreporterin.«

»Glaubst du das wirklich?«

Er legte die Hände vors Gesicht und saß ganz ruhig da. Dann begann er zu schluchzen. Sein Oberkörper bebte. Ich hatte schon lange keinen Mann mehr weinen sehen. Wir weinen wahrscheinlich alle viel zu wenig. Ich setzte mich neben ihn. Hilflos. Irgendwann umarmte ich ihn und weinte mit ihm. Schließlich begann er nach einem Taschentuch zu kramen. Betretenes Schweigen, als wir uns beide die Nase putzten und die Augen wischten. Warum war es uns nicht peinlich, mit einem fast fremden Menschen ins Bett zu gehen? Warum war es uns peinlich, mit einem schon besser bekannten Menschen zu weinen?

»Komm, erzähl!«, sagte ich. Wir blieben nebeneinander sitzen, und er erzählte.

»Ich war so fertig, und ich konnte nicht heimgehen. Also ging ich zu dir. Aber ich war mir nicht sicher, ob ich dir vom Streit mit Langthaler erzählen sollte. Immerhin bist du an der Story dran. Und dann haben wir ohnehin über ganz andere Sachen geredet, und du hast gekocht. Ich musste am nächsten Tag um zehn in der Sicherheitsdirektion sein. Der Redakteur, der darüber geschrieben hat, hat wohl bei der Polizei einen Freund. Ich habe den Termin mit Müller am Abend ausgemacht. Unter vier Augen. Ich konnte mir nicht vorstellen, was er noch von mir wollte, aber dann hat er gefragt und immer wieder gefragt.«

»Und worum ging es in diesem Streit?«

»Ich war wütend, dass mich Langthaler ein paar Minuten vor der Sendung in sein Büro zitiert hat. Das waren seine Machtspielchen. Du hast es ja erlebt. Wir haben uns nie gut verstanden. Er drohte mir wiederholt, sich einen anderen Moderator zu suchen, und ich habe ihm gesagt, dass der Fernsehsender schon einen anderen Regisseur finden würde, wenn er mit mir nicht arbeiten will. Meine Quoten waren gut, das wusste er. Er konnte es nicht aushalten, immer im

Hintergrund zu sein, hinter der Kamera. Ich bin zu ihm gegangen, weil er sonst alles noch schlimmer gemacht hätte. Er saß hinter seinem Schreibtisch, unter dem Scheinwerfer, der ihn dann ... also er saß da und fragte mich, ob mir auch klar sei, dass ich den Text wortwörtlich vom Autocue lesen müsse. Alles andere wäre ein Kündigungsgrund. Als ob er mich hätte kündigen können. Da habe ich ihn angeschrien und ihm gesagt, dass er mit seinen Spielchen lieber nicht die Sendung schmeißen solle. Ich bin aus dem Büro gestürmt, und er ist am Schreibtisch sitzen geblieben.«

»Einige Minuten vor der Sendung?«

»Das war ein Ritual. Die letzte Viertelstunde vor großen Livesendungen zog er sich in sein Büro zurück, um sich zu sammeln oder so. Exakt fünf Minuten vor Beginn tauchte er dann immer im Regieraum auf. Bis auf diesen Samstag.«

»Hast du das Müller erzählt?«

»Was denkst du? Mehrere Male. Und ich habe ihm auch erzählt, dass er sitzen geblieben ist und ich gegangen bin. So kurz vor der Sendung ist niemand mehr unterwegs. Ich habe niemanden auf dem Gang gesehen. Ich frage mich, wer dann unseren Streit gehört haben kann.«

»Hat Müller dir das nicht gesagt?«

»Zeugenschutz, sagt Müller. Aber es sei ein verlässlicher Zeuge, niemand mit Interessen. Und das mit dem Streit stimmt ja auch.«

»Aber dann muss der Zeuge auch gehört haben, dass du gegangen bist.«

»Hat er nicht, sagt Müller. Er hat mich sogar nach

meinem Alibi für den Mord am Manager der Kastelruther Spatzen gefragt.«

»Was soll das nun wieder?«

»Du erinnerst dich nicht?«

Ich schüttelte den Kopf. Die Kastelruther Spatzen waren Superstars der volkstümlichen Unterhaltungsmusik. Sie hatten diesen Sommer eine Tournee in den USA oder in Japan oder in China. Mehr wusste ich nicht.

»Ihr Manager wurde im März 1998 in Magdeburg mit eingeschlagenem Schädel gefunden. Sein Mörder wurde nie gefasst.«

»Und warst du zu diesem Zeitpunkt in Magdeburg?«

»Natürlich nicht, aber ich habe in meinem Kalender nachgesehen, und ich habe für die Tatzeit kein eindeutiges Alibi. Ich bin an diesem Tag von Düsseldorf nach Wien geflogen. Ich habe auch die Tickets. Müller will alles prüfen. Er hat etwas von theoretischen Möglichkeiten gemurmelt.«

»Meinst du, dass die Fälle zusammenhängen?«

Joe sah mich ratlos an. »Kann ich mir nicht vorstellen. Der Mord damals geschah nach einem Solokonzert. Und das war vor einigen Jahren. Was glaubst du?«

Wie hätte ich das wissen sollen. Es war besser, sich auf näher Liegendes zu konzentrieren. »In der Zeitung haben sie auch erwähnt, dass du mit Downhill-Sepp Probleme gehabt hast.«

Joe seufzte. »Ja, es gab da einmal eine Sache, aber das ist völlig absurd.«

»Erzähl!«

»Du darfst es aber nicht schreiben.«

»Glaubst du wirklich, dass ich das will?«

Er schüttelte den Kopf. »Verzeih mir! Ich bin so fertig, dass ich schon nicht mehr weiß, was ich glauben soll.«

»Ich werde nur das schreiben, was du vorher gesehen hast. Lieber werde ich meinen Job beim Magazin los, als ...«

»Ach, Mira ...«

»Vergiss es!« Ich versuchte einen kleinen Grinser. »Das ist bloß mein Hang zur Dramatik. Ich werde meinen Job schon nicht so schnell los.«

»Also, die Sache mit Downhill-Sepp. Ich weiß selbst nicht, ob was dran ist. Aber es wird behauptet, dass Downhill-Sepp auf Minderjährige gestanden hat.«

»Auf Knaben?«

»Ach so, nein, schwul zu sein wird allen nachgesagt, die lange Locken und irgendetwas mit Kultur zu tun haben, selbst wenn's nur volkstümliche Musik ist. Nein, es ging um Mädchen. Junge Mädchen. Bei einer regionalen Vorausscheidung war er gemeinsam mit einer unserer Redakteurinnen in der Jury. Die Redakteurin hat der Sendeleitung erzählt, dass er eine dreizehnjährige Nachwuchssängerin geküsst haben soll, und zwar alles andere als väterlich. Er hat daraufhin behauptet, die Redakteurin habe sich an ihn herangemacht und diese Sache aus Rache erfunden. Die Sendeleitung hat eher ihm geglaubt. Sie kam mit der Geschichte zu mir.«

»Warum zu dir?«

»Für einen Teil der Belegschaft bin ich so eine Art Vertrauensmann. Auf mich kann der Sender am wenigsten Druck ausüben. Es ging mir auch um Susi Sommer, unseren Kinderstar. Sie ist ohnehin schwierig. Und ich wollte nicht, dass er sich an sie heranmacht. Sie ist mitten in der Pubertät ...«

»Sie ist ein Kind.«

»Sie wird fünfzehn und muss ein Mädchen von zwölf spielen. Das ist in ihrem Alter verstörend genug. Ich habe ihn jedenfalls vorsichtig davor gewarnt, sich an sie heranzumachen. Und er hat mir glatt unterstellt, selbst auf sie ein Auge geworfen zu haben. Kannst du dir das vorstellen? Ich und ein Kind mit blonden Zöpfen? Auf alle Fälle ist es laut geworden. Aber warum sollte ich ihn deswegen ermorden?«

»Rufmord«, sagte ich dumpf. »Niemand wird dir etwas nachweisen können. Aber Rufmord ist in deinem Fall fast genauso schlimm.«

Er nickte. »Nicht nur, was den Job betrifft. Es geht auch um meine Kinder ... ich habe meine Exfrau heute angerufen, und sie hat gesagt, dass es in Anbetracht der Umstände besser sei, wenn ich meine Kinder bis auf weiteres nicht sehe.«

»Wir werden den Mörder finden«, sagte ich ganz ruhig. Ich war entschlossen und hörte auf keine meiner inneren Stimmen, die mir etwas Vernünftiges zuzurufen versuchten.

Joe schaute mich mit großen, erwartungsvollen Augen an. Da saß dieses ausgewachsene Mannsbild und sah mich an, als wäre ich das Christkind. Er vertraute mir. Das warf mich beinahe um. Ich würde den Mörder finden.

6

Keine Telefonate. Keine E-Mails. Bis auf weiteres keine abendlichen Treffen. Es war besser, wenn niemand von unserer Beziehung erfuhr. Ich galt als Journalistin, die hinter einer Story her war. Und so sollte es bleiben.

Also saß ich daheim an meinem großen Tisch, vor mir stand mein Laptop, und ich tippte eher planlos vor mich hin. Verdächtige, Motive. Alle waren verdächtig, die im Volksmusikzirkus mit dabei waren. Nicht zu vergessen die Intendantin, der stellvertretende Fernsehdirektor, der Fernsehdirektor. Vielleicht hatte der Fernsehdirektor ein Verhältnis mit Downhill-Sepp gehabt, dieser hatte ihn erpresst und wurde daraufhin mit einem Medikamentencocktail um die Ecke gebracht. Dass er auf kleine Mädchen gestanden haben soll, war ja bloß ein Gerücht. Langthaler konnte etwas gewusst haben, hatte gedroht und hatte ebenfalls dran glauben müssen.

Ich sollte besser bei den klassischen Mordmotiven beginnen. Eifersucht. Auf diesem Jahrmarkt der Eitelkeiten war bald jemand auf den anderen eifersüchtig. Geldgier. Richtig. In dieser Branche war eine Menge Geld im Spiel. Das hatte ich bisher vergessen. Wer profitierte vom Tod von Downhill-Sepp? Da ich nichts anderes gehört hatte, war anzunehmen, dass seine Frau erben würde. Vielleicht war es um lukrative CD-Angebote gegangen oder um eine Auftrittsserie mit Millionengagen. Aber wie passte das zum Mord an Langthaler? Es wäre für Sepps Witwe wohl schwer gewesen, sich ins Büro zu schleichen und die Verankerung des Scheinwerfers zu lösen. Und warum hätte sie das auch tun sollen? Und Langthaler konnte, soviel ich wusste, noch weniger singen als Downhill-Sepp.

Wer profitierte vom Tod des Sängers? Jemand, der statt ihm auftreten konnte. Siegbert Heinrich. Er war abgelehnt worden, zwar schon vor einiger Zeit, aber trotzdem. Er war besessen von der Idee echter Volksmusik. Aber das fiel schon eher unter die Rubrik Irrsinn. Irrsinn – warum nicht? Jemand bringt wahllos Leute im Umfeld der volkstümlichen Musik um. Zum Beispiel aus ästhetischen Gründen. Kein schlechtes Motiv. Nicht allen Irren merkt man es gleich an. Aber warum brachte ein solcher Wahnsinniger den Regisseur um? Und nicht einen weiteren Musikanten?

So kam ich nicht weiter. Ich würde mit einer Liste beginnen, wer theoretisch die Möglichkeit gehabt hatte, beide Männer zu ermorden. Die, die während der Tatzeit auf der Bühne gewesen waren, schieden aus. Außer der Tod von Downhill-Sepp war gar kein Mord gewesen.

Was würde kommenden Samstag passieren? Mir war nicht wohl bei dem Gedanken, auch diesmal hautnah mit dabei zu sein. Aber ich hatte es versprochen. Joe, lieber, armer Joe. Wenn deine Fans wüssten, wie du wirklich bist ...

Ich schüttelte wild den Kopf. Verdammt nochmal,

üblicherweise hatte ich nichts von einer Krankenschwester und auch nichts von einer edlen Retterin. Und das war auch gut so. Es ging um Gerechtigkeit. Um eine Story. Um ein Abenteuer. Bloß: Ich war gar nicht heiß auf Abenteuer, bin ich nie gewesen. Hätte ich die Wahl zwischen einem Abenteuerurlaub im brasilianischen Dschungel und einem gemütlichen Karibikaufenthalt, wüsste ich, wofür ich mich entscheiden würde: für einen kühlen Drink unter Palmen, statt volkstümlichen Gedudels eine Steelband leise im Hintergrund ...

Entschlossen rief ich mich wieder zur Ordnung. Ich druckte eine Liste mit möglichen Verdächtigen aus. Auf Kameraleute und Tonassistenten verzichtete ich vorläufig. Es wäre auch eher auffällig, würden sie sich im Bereich der Garderoben herumtreiben. Auf die vielen Hilfskräfte verzichtete ich auch. Ich kannte ihre Namen nicht. Könnte Joe beobachten, was ich hier tat, hätte er mich in der schmierigen Garderobe nicht mit solcher Zuversicht angesehen.

Ich dachte an den Mechanismus beim Scheinwerfer. Wie war er zu öffnen gewesen? Hatte man dafür Kraft gebraucht? Technische Kenntnisse? Zeit? Ich musste doch noch einmal in Langthalers Büro, und ich wusste auch schon, wie.

Die Intendantin ließ mich zwanzig Minuten warten. Aber das gehörte wohl dazu. Ich saß missmutig in ihrem Vorzimmer und blätterte in der hauseigenen Illustrierten »Volksmusikwelt«, die über den Club der Volksmusik zu bestellen war. Hier war alles eitel Sonnenschein. Das Heft brachte die fünf Frohsinn-Mädel im Starporträt. Man hatte sie in ihren absurden Dirndlkleidern auf der Bühne, in Jeans beim Reiten auf Haflingern und mit Rüschenschürze beim Kochen abgebildet. Auf einem Foto stand der Manager wie Gottvater persönlich in ihrer Mitte. Richtig, ich durfte die Manager nicht vergessen. Sie waren die Macht hinter den Kulissen. Diese Ausgabe der »Volksmusikwelt« war noch vor dem Tod von Downhill-Sepp produziert worden. Wie würde sein Nachruf aussehen? Es war keine besonders gute Werbung für den Fernsehsender, dass er während einer Sendung gestorben war. Die Intendantin musste eigentlich jede Menge Interesse an der Aufklärung der Todesfälle haben.

Sie saß hinter einem riesigen Schreibtisch aus Glas. Er wirkte elegant, wenn auch unbequem. Glas ist kalt und glatt, und wenn man die Hände darauf legt, beginnt man sofort zu schwitzen. Und Glas ist hart. »Ich mag ihn auch nicht«, sagte sie. Waren meine Gedanken so leicht lesbar? Das musste sich ändern. »Er gehört meinem Vorgänger. Dem war Prestige offenbar wichtiger als eine angenehme Umgebung.«

Ich grinste. »Offenbar.«

»Entschuldigen Sie, dass ich Sie warten ließ. Ich hatte ein Telefonat mit Chefinspektor Müller. Es gibt aber nichts Neues. Gar nichts. Zumindest nichts, was er mir sagen würde.«

»Steht Joe Platt unter Verdacht, oder hat da bloß eine Zeitung überreagiert?«

Sie sah mich mit einem aufmerksamen Blick an. »Ist das für Ihre Story?«

»Nur dann, wenn Sie es zum Schreiben freigeben. Ich will niemanden in die Pfanne hauen, wirklich nicht.« Wollte ich doch, aber den Mörder. Oder die Mörderin.

»Der Chefinspektor sagt auch dazu nicht viel, nur das Offizielle. Er sagt, dass Joe Platt der Letzte gewesen sein soll, der Langthaler lebend gesehen hat. Und die beiden haben einen Streit gehabt. Aber Joe Platt wird als Zeuge geführt, nicht als Verdächtiger. Keine Vorerhebungen, zumindest noch nicht.«

Der Übergang zwischen Vorerhebungen und polizeilichen Ermittlungen war in der Realität fließend, das wusste ich noch von meinem kurzen juristischen Praktikum am Strafgericht.

»Und was haben Sie erfahren?«, fragte die Intendantin.

Sie wirkte sympathisch, es war mir unangenehm, ihr nicht die volle Wahrheit zu sagen. Aber ich erzählte ihr das, was ich mit Joe vereinbart hatte. Joe sei umgekippt, die Produktionsassistentin habe versucht, ihn mit einem Mittel wieder auf die Füße zu bekommen, aber er habe darauf viel zu stark reagiert und sei endgültig k. o. gegangen. Die Aufbauarbeiten schienen ohne Probleme und Streitereien voranzugehen, lediglich der Regieassistent sei offensichtlich sauer darüber, dass die Produktionsassistentin und nicht er die Geschäfte führte. »Wird es einen anderen Regisseur geben?«

Die Intendantin nickte. »Ich glaube, die erste Produktionsassistentin ist sehr gut, aber in Anbetracht der schwierigen Umstände ... ich habe einen unserer Hausregisseure aus dem Urlaub zurückgerufen. Er soll gemeinsam mit den Produktionsassistentinnen den Laden am Laufen halten.«

Ich erzählte ihr, dass ich gerne Langthalers Büro sehen würde. Ohne Fotografen. Lediglich um mir von der Aufhängevorrichtung ein Bild zu machen. Sie nickte. Sie hatte einen Schlüssel zum Büro. Die Polizei hatte den Tatort bereits spurentechnisch untersucht. Die Intendantin hatte versprochen, Unterlagen aus dem Zimmer des Regisseurs nur nach Rücksprache mit den ermittelnden Beamten zu entfernen. »Aber wir nehmen ja keine Akten mit«, sagte sie und stand auf.

Ein Unfall war so gut wie auszuschließen. Der Haltemechanismus war unversehrt. Der Haken ließ sich in jedes beliebige Kettenglied der Halterung einhängen. Ein Flaschenzug machte das ohne größeren körperlichen Aufwand möglich. Diese Halterung konnte nicht von allein aufgehen. Das Gewicht des Scheinwerfers verhinderte das. Am Haken hing ein langes Stück Nylonschnur, eine Angelschnur oder so etwas Ähnliches. Sie war beinahe unsichtbar und mit einem Knoten befestigt. Warum hätte Langthaler am Haltemechanismus eine Angelschnur anbringen sollen? Jedenfalls: Ein Zug nach unten genügte, dass sich der Haken aus der Kette löste und der Scheinwerfer ungebremst herunterrasseln konnte. Aus nahe liegenden Gründen verzichteten wir darauf, etwas anzufassen. Es war klar: So war der Regisseur ermordet worden.

»Aber warum hat Langthaler das zugelassen?«, fragte die Intendantin. »Warum ist er nicht misstrauisch geworden, als jemand hinter seinen Schreibtisch gegangen ist und an der Angelschnur gezogen hat? Oder ist es dafür zu spät gewesen?«

An der Wand lehnte eine Spanplatte mit einem daran befestigten Plakat, das Langthaler zeigte, und zwar in Lebensgröße mit einem Megaphon vor dem Mund wie ein Hollywood-Regisseur der Fünfzigerjahre. Ich versuchte, mich vorsichtig hinter das Plakat zu schieben. Keine Chance. Die Intendantin, die mit Sicherheit zwanzig Kilo weniger wog als ich, schaffte es ebenso wenig. Der Mörder musste also für Langthaler sichtbar im Zimmer gewesen sein. Joe? Aber hätte Joe einen Streit vom Zaun gebrochen, wenn er den Mord mit der Nylonschnur bereits vorbereitet hatte? Außerdem war es Langthaler gewesen, der ihn ins Zimmer hatte rufen lassen. Dafür gab es Zeugen.

Wir sahen uns noch eine Zeit lang schweigend um und gingen dann wieder ins Büro der Intendantin.

»Müller hat mir nichts von der Schnur erzählt«, sagte sie nachdenklich.

»Müller erzählt nichts, wenn er nicht muss.«

»Aber es könnte ja auch sein, dass die Schnur schon länger dort gehangen hat. Irgendeiner der Scherze von Langthaler, oder er hatte einmal daran einen Luftballon befestigt.«

»Die Putzfrau müsste das wissen.« Ich dachte an Vesna Krajner. Sie hätte so etwas sofort bemerkt. Aber sie war ja auch nicht irgendeine Putzfrau.

»Ich werde fragen, wer sein Büro sauber macht. Wir haben keine hauseigenen Putztrupps mehr, das macht jetzt eine Leihfirma.«

Die Serbin sah mich verängstigt an. »Ich weiß nix, wirklich nix«, beteuerte sie.

»Ist am Scheinwerfer ein Faden gehangen?«

»Was?«

»Eine Schnur, eine dünne.«

»Ich weiß nix.«

Niemand wusste etwas. Der abgearbeiteten Frau erschien es wohl am besten, in nichts verwickelt zu werden.

»Haben Sie die Schnur gesehen?«

»Nein, nichts gesehen.«

Ich seufzte. Bis Mitternacht müsste meine Story fertig sein. Ganz langsam und überdeutlich fragte ich sie noch einmal:

»Ha-ben Sie die Schnur am Schein-wer-fer ge-sehen?« Idiotisch. Sie konnte mich sehr gut verstehen, und sie war auch nicht schwerhörig. Sie hatte nur wahrscheinlich schon genug Ärger am Hals.

»Ich weiß nix. Bitte, Frau, ich weiß nix.«

»Also war da keine Schnur?«

»Was für Schnur?«

Das konnte ich vergessen. »Oder ist Ihnen sonst etwas im Zimmer mit dem Scheinwerfer aufgefallen?«

»Scheinwerfer.«

Ach so, den hatte sie wenigstens bemerkt. Wir saßen im Umkleideraum der Putztrupps. Metallspinde auf beiden Seiten, in der Mitte ein kleiner, rechteckiger Resopaltisch mit harten Holzstühlen.

»Putzen Sie schon lange da?«

»Nicht lange, Papiere in Ordnung. Alles in Ordnung.«

»Das glaube ich ja. Das ist mir übrigens auch egal. Aber ...«

Eine dünne Frau um die fünfzig kam herein, auch sie trug einen grauen Kittel.

»Wer ist das, Draga?«, fragte sie scharf.

Ich stand auf. »Ich wollte nur kurz mit ihr reden, sie hat das Zimmer von Langthaler sauber gemacht, das ist der Regisseur, der …«

»Ich weiß, wer Langthaler ist. Schließlich habe ich lange genug beim Sender gearbeitet.«

»Und jetzt?«

»Ich durfte in die Leihfirma übersiedeln. Ein Glück für eine Frau über fünfzig. Nahezu sozial. Worum geht es?«

Ich erklärte es ihr. Sie war bei einem anderen Trupp und hatte das Büro des Regisseurs schon lange nicht mehr von innen gesehen. Sie setzte sich mit einem Ächzen nieder. Ich setzte mich auch.

»Ich bin dem Sender nichts schuldig, gar nichts. Wissen Sie, wie es ist, wenn man nach zwölf Dienstjahren plötzlich die Möglichkeit hat, zu gehen oder das Gleiche wie bisher um die Hälfte des Geldes zu machen?«

Ich nickte.

»Nein, das wissen Sie nicht. Sie können es gar nicht wissen.«

Ich wusste es nicht.

»Langthaler war einer von den Terroristen. Er hat einen ganz genauen Katalog aufgestellt, was wir putzen müssen und was wir nicht einmal angreifen dürfen. Und bei der kleinsten Kleinigkeit hat er sich beschwert. Draga weiß, warum sie lieber nichts weiß. Letztes Jahr hat er dafür gesorgt, dass eine von uns hinausgeflogen ist. Unsere Trupps putzen fast nur im Sender, und wenn jemand nicht mehr erwünscht ist, wird rasch gekündigt. Unsere damalige Kollegin hat erzählt, wie Langthaler in der Nacht völlig betrunken auf einer jungen Frau herumgeturnt ist. Auf seinem Schreibtisch. Die Frau hat sich gewehrt, zumindest hat unsere Kollegin das erzählt. Der Scheinwerfer war aufgedreht. Deswegen ist es der Kollegin auch aufgefallen. Sein Zimmer war noch nicht an der Reihe, aber das grelle Licht durch den Türschlitz hat sie dazu gebracht nachzusehen, ob alles in Ordnung ist. Unsere Kollegin ist also hinein und hat sich geräuspert. Der Langthaler ist von der Frau runter und auf sie los. Er muss ihr gedroht haben, aber sie hat es trotzdem herumerzählt. Es hat daraufhin eine Untersuchung gegeben. Das Ergebnis war allerdings: Langthaler wurde nicht hinausgeworfen, sondern unsere Kollegin. Weil sie sich angeblich in seine Privatsphäre eingeschlichen hat.«

Wer war Langthalers Opfer gewesen? Offenbar gab es eine Reihe von Menschen, die über den Tod Langthalers nicht besonders unglücklich sein konnten.

»Und was ist aus Ihrer Kollegin geworden?«

Die Putzfrau zuckte mit den Schultern. »Ich habe nie mehr etwas von ihr gehört. Sie war schon über vierzig, leicht wird sie es nicht gehabt haben, etwas Neues zu finden.«

Ich würde versuchen, sie aufzustöbern. Und auch die Frau, die Langthaler auf den Schreibtisch gezerrt hatte. Eine gute Idee, ihn mit dem Scheinwerfer zu erschlagen. Beide mussten zumindest den Wunsch danach verspürt haben.

»Den Scheinwerfer durften wir übrigens nicht einmal angreifen.« Zum ersten Mal gab es auch eine eindeutige Reaktion von Draga. Sie nickte heftig.

»Er hat gesagt, wenn er merkt, dass wir den Scheinwerfer angegriffen haben, bindet er uns auf einem Stuhl fest und lässt uns so lange in das Scheinwerferlicht schauen, bis wir blind sind.«

»So ein Unsinn!«

»Natürlich. Aber ganz genau hat man bei ihm nie gewusst ...«

Ich wandte mich noch einmal an Draga. »Sie haben also die Schnur am Scheinwerfer nicht gesehen?«

»Nichts gesehen. Keine Schnur.«

Ich seufzte und sah ihre Kollegin an.

»Draga ist in Ordnung, aber sie ist lieber vorsichtig. Und sie kann nicht so gut Deutsch.«

Die eingeschüchterte Serbin tat mir Leid. »Vielleicht sollte sie einen Deutschkurs machen, ich kenne ...«

»Das können Sie vergessen. Wann soll sie einen Deutschkurs machen? Sie putzt in der Früh und am Abend. Das sind unsere Schichten. Und am Nachmittag kümmert sie sich um ihre Familie. Um ihren Haushalt und um die Sachen der Brüder ihres Mannes, die auch da sind. Deren Frauen sind nicht in Österreich. Draga ist die einzige Frau hier. Putzen, waschen, alles. Putzen da, putzen dort. Außerdem kann sie, glaube ich, nicht besonders gut lesen.«

»Nicht wahr!«, fuhr Draga auf.

Ob ich ihr ein Trinkgeld geben sollte? Oder ob sie das beleidigen würde?

»Wenn ich irgendetwas tun kann, wenn Sie Hilfe brauchen oder so, dann rufen Sie mich an«, murmelte ich und gab beiden Frauen meine Visitenkarte.

»Ich habe geglaubt, wir sollen Ihnen weiterhelfen«, sagte die Hagere.

»Auf Gegenseitigkeit. Wenn Sie etwas hören, was für mich interessant ist, dann rufen Sie mich bitte an. Ich halte dicht. Sicher.«

»Das habe ich schon oft gehört.«

»Jedenfalls: danke!«, sagte ich und ging. Draga sah mir mit ihren dunklen Augen nach, in der Hand hielt sie meine Visitenkarte.

Auf meinem Redaktionsschreibtisch stand eine Thermoskanne mit schwarzem Kaffee. Das Großraumbüro war deutlich stärker besetzt als an den anderen Abenden der Woche. Je nach Ressort waren die Schlusszeiten unterschiedlich. Lifestyle-Artikel ließen sich im Allgemeinen gut vorbereiten, sie mussten schon am früheren Nachmittag fertig sein. Für die Titelgeschichte allerdings hatte ich bis Mitternacht Zeit. Und ich würde die Zeit brauchen. Meine Recherchen über den Nylonfaden waren nur schleppend vorangegangen. Das Ergebnis: Niemand hatte den Faden wahrgenommen. Da der Faden aber dünn war und die Befestigungskette massiv, war es durchaus möglich, dass er schlicht und einfach übersehen worden war. Die Doppelseite mit den Reaktionen der Stars auf den neuerlichen Todesfall hatte ich schon am Vortag fertig gestellt. Entsetzen, Trauer, viel Heuchelei. Langthaler war ein echter Kotzbrocken gewesen. Susi Sommers Vater und Manager drohte, sein Kind nicht mehr in der Hitparade auftreten zu lassen, »wenn es keine Garantie für unsere Sicherheit gibt«. Es schien mir unwahrscheinlich, dass er das wahr machen würde. Die meisten Befragten versuchten sich einzureden, dass es sich um das nahezu, aber eben nicht gänzlich – unglaubliche Zusammentreffen zweier Unglücksfälle gehandelt habe.

Auch das Interview mit Joe hatte ich bereits abgeliefert. Ich war die Einzige, die ein Interview mit ihm bekommen hatte, von ihm und der Intendantin abgesegnet. Während die anderen Medien weiter spekulieren mussten, erzählte Starmoderator Joe Platt im Magazin die wahre Geschichte über den Streit mit Langthaler. Zwei Fliegen mit einem Schlag: Joe konnte endlich seine Sicht der Dinge präsentieren, und ich hatte eine gute Story. Warum nicht? Ich hätte das Gleiche versucht, hätte ich ihn nicht näher gekannt.

Was jetzt noch geschrieben werden musste, war die Kriminalgeschichte im engeren Sinn. Die Sache mit der Nylonschnur war neu und gut. Ich hatte von der Grafikabteilung eine Skizze des Schließmechanismus des Scheinwerfers mit der daran befestigten Schnur anfertigen lassen. Die Schlagzeile war auch schon klar. »Es war Mord!« würde in großen roten Lettern auf der Titelseite stehen. Der Hausjurist hatte das abgeklärt, es würde kein Problem geben, solange wir keinen Täter nannten. Und wir hatten die Nylonschnur als Indiz. Die Intendantin war einverstanden, dass ich darüber schrieb. Woher ich die Information hatte, darüber musste ich allerdings schweigen.

Mein Verdacht war, dass ich ziemlich bald nach Erscheinen des Magazins in der Sicherheitsdirektion sitzen würde. Müller würde wissen wollen, wie ich an die Sache mit der Nylonschnur gekommen war. Und ich hatte vor, ihm zu sagen, dass ich schließlich vor der Polizei gemeinsam mit anderen im Raum gewesen sei und mich eben gründlich umgesehen hätte.

Natürlich ohne etwas zu berühren. Sollte er mir glauben oder nicht, er konnte nichts Gegenteiliges beweisen.

Es war bereits halb elf. An einem Schreibtisch nach dem anderen ging das Licht aus. Ich hatte die dritte Tasse schwarzen Kaffee hinter mir. Das Schreiben ging alles andere als leicht von der Hand. Ich fuhr mir über die Augen. Kein Wunder, dass mich das Ganze etwas mitgenommen hatte. Das Handy schrillte in den Tiefen meiner Handtasche. Warum war ich nie im Stande, es auszupacken und auf den Schreibtisch zu legen? Fluchend kramte ich danach.

»Ja?«

»Hallo, hier spricht Heinrich. Ich habe Informationen für Sie.«

»Dass mit der volkstümelnden Musik die wahre Volksmusik verraten wird?«

»Ich rede von brandheißen Informationen.«

»Schießen Sie los!« Ich hatte beschlossen, Siegbert Heinrichs Ausflug aus dem Sendesaal in meiner Story nicht zu erwähnen. Vielleicht würde ich meine Meinung wieder ändern.

»Zwischen den Plattenfirmen und Managern tobt ein regelrechter Kampf. Ein paar Manager haben sich zusammengeschlossen, um gemeinsam gegen schlechte Verträge mit Plattenfirmen vorzugehen. Der Manager von Downhill-Sepp – wirklich ein idiotischer Name – hat nicht mitgemacht. Mehr noch: Er dürfte Downhill-Sepp dazu gebracht haben, bei den anderen zu spionieren und Material für einen Prozess zu sammeln. Er hat eine kleine Beteiligung an einem der Plattenlabel, wird jedenfalls vermutet. Was sagen Sie jetzt?«

»Und warum sollte dann jemand Langthaler umbringen?«

»Vielleicht hat er etwas gewusst. Oder etwas mitbekommen. Womöglich wollte er jemanden erpressen.«

»Woher wissen Sie von der ganzen Sache?«

»Von einer der Plattenfirmen, die auch echte Volksmusik herausbringen und ...«

»Dass Sie sich in solche Gesellschaft begeben!«

Er stockte. »Ich erzähle es Ihnen ... wir können zusammenarbeiten.«

»Was hat Müller eigentlich zu Ihren Geheimrecherchen im Fernsehsender gesagt?«

»Warum haben Sie mich verraten?«

»Verraten? Wenn Sie nichts anderes getan haben, als sich etwas umzuschauen, werden Sie keine Probleme bekommen.«

»Aber ich habe nichts gesehen.«

»Vielleicht besser für Sie – wenn es wahr ist.«

»Was hätte ich für ein Interesse?«

»Rache für die echte Volksmusik.«

Er lachte. »Meine Güte, ich muss schon langsam wirklich wie ein Idiot klingen. Aber es ist so ärgerlich, was in diesem Umfeld passiert, und wenn man wirklich Volksmusik ...«

»Ist schon okay, aber warum haben Sie sich dann selbst einmal beworben?«

»Was?«

»Für einen Auftritt bei irgend so einer Volksmusiksendung.«

»Woher wissen Sie ...« Das klang alles andere als fröhlich.

»Warum?«

»Ich wollte recherchieren. Von innen aufdecken, was da läuft. Immerhin bin ich ein Kollege.«

»Sie moderieren eine Volksmusiksendung im Radio.«

»Lassen Sie mich aus dem Spiel! Wenn Sie etwas über mich schreiben, bekommen Sie ein ernsthaftes Problem.«

Ich legte auf. Ich hatte nach wie vor keine Lust, darüber zu schreiben. Das Ganze schien mir zu weit hergeholt. Aber er konnte ruhig etwas zappeln. Die Sache mit dem Streit der Plattenfirmen und Manager konnte ich nicht mehr nachrecherchieren. Aber ich konnte sie erwähnen und über die finanziellen Interessen Andeutungen machen. Dem Vernehmen nach wollten einige Stars der Volksmusik Plattenfirmen finanziell unter Druck setzen ... ja, das passte. Danke, Siegbert Heinrich. Und vielleicht doch noch einen Hinweis auf ihn, ganz harmlos. »Der schärfste Kritiker der volkstümlichen Musik stellt fest: ›Da werden die Menschen für dumm verkauft, es geht nur ums Geschäft.‹ Allerdings: Bei der letzten Show der Super-Sommer-Hitparade wurde auch er im Publikum gesehen. Er scheint den Sendesaal aber schon einige Zeit vor dem Ende der Übertragung verlassen zu haben.« Okay, fertig. Das war gerade das bisschen Fleisch gewesen, das ich noch gebraucht hatte.

Um halb zwölf war die Story im Kasten. Der Chefredakteur war zum Glück bei einer Tagung in Köln, der Chef vom Dienst faul. Er vertraue mir, hatte er mich wissen lassen, ich solle den Text gleich zur Korrektur geben. Herzlichen Dank. Monika, die Korrektorin, war froh, dass ich ihr die Story schon eine halbe Stunde vor Abgabeschluss ins Computersystem stellen konnte. »Jetzt kann ich eine halbe Stunde früher heim, danke Mira! Du hast etwas gut bei mir«, meinte sie am Telefon. Monika hatte noch zwei Jahre bis zur Pension. Ich stand auf und fühlte mich schon jetzt pensionsreif.

Nun wäre es besonders nett gewesen, Joe zu sehen. Wenig zu reden, gemeinsam die letzten Tage zu vergessen. Was war es? Ich winkte dem Portier zu. Was war es? War es Sex? Er war zärtlich und einfühlsam und hatte nichts von diesen gönnerhaften Männern mit dem »Jetzt-werde-ich-es-dir-einmal-anständig-besorgen-du-wirst-mir-dankbar-sein-altes-Mädchen«-Getue. Wir waren auf der gleichen Ebene, wir hatten Spaß und Lust. Aber was war schon rein sexuell? Auf der anderen Seite konnte ich mit einem Mann, der sich in aller Öffentlichkeit eine Trachtenjacke mit röhrenden Hirschen anzog und peinliche Witze riss, nicht viel gemeinsam haben. Offenbar aß er nicht einmal gern. Jedenfalls: Joe würde nicht zu mir kommen, und das war in Anbetracht der Umstände auch besser so.

7

Ich erwachte vom Geräusch eines Schlüssels, der sich im Schloss drehte. Joe. Er war doch gekommen. Aber Joe hatte gar keinen Schlüssel. Joe konnte nicht herein. Gismo schnarchte mir ins Ohr. Was ich brauchte, war ein Wachhund, keine schlafende Katze. Eindeutig, jetzt wurde die Wohnungstür geöffnet. Geöffnet und leise wieder geschlossen. Jemand war im Vorzimmer. Nur drei Meter von meiner Schlafzimmertür entfernt. Entsetzt öffnete ich die Augen. Es war bereits Tag, ein grau verhangener Morgen. Ein Einbrecher bei Tageslicht? Ein Verrückter. Der Mörder! Diesmal hatte ich es zu weit getrieben. Er glaubte, dass ich ihm auf den Fersen war. Dabei hatte ich keine Ahnung. Die Sache mit dem Nylonfaden. Unsinn. Mein Artikel fürs Magazin wurde erst gedruckt, er war noch gar nicht erschienen. Wer wusste trotzdem davon?

Schritte. Ich sah mich nach einer Waffe um. Wenn ich wenigstens eine schmiedeeiserne Lampe gehabt hätte. Schmiedeeiserne Lampen gehören zwar zum Schlimmsten, was ich mir vorstellen kann, aber als Waffe ... Oder einen Schürhaken. Doch ich lebte in einer biederen Altbauwohnung und in keinem Schloss mit offenem Kamin im Schlafzimmer. Ein Grund mehr, Derartiges zu bedauern.

Ich musste zum Telefon. Der Mörder tappte in die Küche. Ich würde ihn überraschen. Es war besser, ihn zu überraschen, als von ihm überrascht zu werden. Ich stieg aus dem Bett und nahm die große Taschenlampe. Zur Not musste sie reichen. Ich schlich zur Tür und zitterte. Der Boden knarrte. Der Mörder schien es nicht zu merken. Ich war bereits schweißgebadet. Ich trug nur ein übergroßes T-Shirt, wahrscheinlich sollte ich ... Er kam näher, die Türklinke wurde nach unten gedrückt, ich holte mit der Taschenlampe zu einem Schlag aus.

»Mira Valensky, was machst du da?« Es war Vesna. Ich stand mit bedrohlich erhobener Taschenlampe und offenem Mund vor ihr.

»Ich wohne da.«

»Ja, ich weiß. Aber ...«

Ich ließ die Hand sinken. »Seit wann bist du zurück? Wolltest du nicht erst am Sonntag kommen?« Mein Herz machte komische kleine Hopser. Ich fühle mich nur dann gesund, wenn ich nicht merke, wie mein Herz schlägt. So ist das nun einmal.

»Freund von meinem Bruder hat uns mitgenommen. Das ist bequemer wie mit Motorrad. Er hat einen Bus. Das Motorrad haben wir hinten hingelegt. Und die Kinder haben sich gefreut, dass ich mit ihnen gefahren bin.«

Ich lachte etwas blöde. »Ich habe dich für einen Einbrecher oder so etwas gehalten.«

»Es ist zehn am Vormittag, und ich habe einen Schlüssel seit Jahren.«

»Das ist kein Vorwurf ... ich habe wenig geschlafen und bin ein bisschen durcheinander.«

»Feiern? Arbeit?«

»Eine Story. Eine wilde Story.«

Vesna liebte wilde Storys. »Ich mache Kaffee. Du, Mira Valensky, duschst. Ich putze die Küche.«

»Ich wollte dir sowieso alles erzählen. Schön, dass du schon da bist. Ich glaube, ich brauche wieder einmal deine Putzfrauen-Connections.«

»Wo hast du dich eingelassen, Mira Valensky?« Das klang richtig streng.

»Nach der Dusche. Magst du Volksmusik?«

Vesna verzog das Gesicht. Hatte ich mir doch gedacht, die Frau hatte Geschmack. »Unsere ganze Familie ist verrückt danach. Meine Brüder haben gespielt, früher. ›Die echten Krajner‹ haben sie geheißen. Du kennst Oberkrainer?«

»Die sind aber nicht aus Bosnien.«

»Aber nahe, in Slowenien. Wir waren ein Land, du erinnerst?«

Vesna war überzeugt davon, dass ich Unterstützung und Schutz brauchte. Und eine Expertin auf dem Gebiet der volkstümlichen Musik.

»Meine Brüder mögen Volksmusik. Ich habe sie auch immer gehört.«

»Und magst du diese Musik auch?«

»Na ja, es ist Musik eben. Manchmal ja, manchmal nein. Brüder waren verrückt danach. Das nervt.«

Zu allem Überfluss stellte sich heraus, dass Vesna für Joe schwärmte. Wie gut ich ihn kannte, hatte ich ihr nicht erzählt. Noch nicht. Man muss seiner Putzfrau nicht alles erzählen, selbst wenn man mit ihr schon einiges gemeinsam erlebt hat.

»Meine Kundinnen glauben, ich komme erst Sonntag. Nur zu dir bin ich gleich, Mira Valensky. Weil ich weiß, wie es aussieht.«

»Und nicht, weil ich es bin? Freundinnen und so?«

»Auch.« Punkt. So war sie.

»Also habe ich Zeit. Ich gehe mit. Passe auf. Wie damals ...«

»Man braucht für die Kulturhalle einen Ausweis. Den bekommst du nicht, da bin ich mir ganz sicher.«

»Putzfrau wird nicht bemerkt. Du weißt es.«

»In diesem Fall doch. Alle tragen in Unterbach Identitätskarten.«

»Kulturhalle Unterbach?«

»Ja, da steigt am Samstag die nächste Show. Leider.«

»Kulturhalle Unterbach ist gut. Die Cousine von meinem Mann arbeitet dort.«

»Als Putzfrau?«

»Nein, als Wäscherin.«

»Als Wäscherin?«

»Für Geschirr.«

»Als Abwäscherin.«

»Ich kann besser Deutsch als du Serbokroatisch, Mira Valensky.«

»Ich weiß, tut mir Leid. Aber du hast gesagt, ich soll dich berichtigen. Deine Cousine kann dir aber sicher keinen Ausweis verschaffen.«

»Ich nehme ihren. Cousine ist froh, wenn sie nicht arbeiten muss.«

»Und du siehst ihr so ähnlich, dass das niemandem in der Küche auffällt? Vergiss es!«

Vesna lächelte überlegen. »Denen ist es wurscht, ob ich Geschirr mache oder eine andere Bosnierin.

Ich nehme ihren Ausweis, das geht schon für Kontrolle. Und in der Küche sage ich, dass Jitka krank ist und schlechtes Gewissen hat und mich schickt, damit Arbeit getan wird.«

»Sie werden es melden.«

»Die werden es nicht melden. Wollen sie mehr arbeiten, oder?«

»Hast du das schon einmal gemacht?«

»Nein, aber es geht. Wir probieren.«

»Und dann?«

»Ich schaue herum und passe auf.«

»Die Kulturhalle ist groß.«

»Ich weiß, Mira Valensky.«

»Es gibt vielleicht etwas Einfacheres und Wichtigeres, was du tun kannst.« Ich erzählte ihr von der gekündigten Putzfrau. Wenn Vesna sie fand, würde mir das sehr helfen.

»Wenn ich sie habe, fahre ich in die Kulturhalle.«

»Einverstanden. Ich zahle dir natürlich ...«

»Ich habe Urlaub. Vergnügen. In Bosnien es war schon langweilig.«

Langweilig war nicht das Wort, das mir zu Bosnien eingefallen wäre.

»Ich liebe meine Brüder, aber sie wollen immer kommandieren.«

»Trotzdem: Ich zahle ...«

»Freundinnen hast du gesagt, Mira Valensky? Und gemeint?«

Ich gab mich geschlagen.

Vesna hatte sich als frühere Kollegin der gekündigten Reinigungskraft ausgegeben. Sie sei ein Jahr in Bosnien gewesen und wolle sie jetzt wiederfinden. Es war kein Problem. Schon am Nachmittag saß ich mit Vesna und der ehemaligen Putzfrau in einem schäbigen Kaffeehaus am Wiener Gürtel. Sie arbeite hier seit einigen Monaten als Kellnerin, erzählte sie. Der Besitzer sei froh gewesen, eine schon etwas ältere Kraft zu bekommen. Da gäbe es nicht so viele Streitereien unter den Gästen, und zuverlässiger sei sie auch als die jungen Dinger. Dass Langthaler tot war, machte sie nicht traurig. »Er war widerlich, wirklich. Man hat es ihm nie recht machen können. Er war ein Sadist. Und das, was dann am Schreibtisch passiert ist ...«

»Hat er sie vergewaltigt?«

»So weit war es noch nicht. Aber es war klar, dass sie nicht wollte. Sie ist mit dem Oberkörper auf dem Schreibtisch gelegen und er auf ihr drauf. Sie hat sich gewunden. Aber nicht vor Lust.«

»Wer war sie?«

»Eine dumme Kuh. Sie hat behauptet, dass ich alles nur aufgebauscht habe. Ich weiß, was ich sehe. Ich habe genug gesehen, um zu erkennen, dass es ihr nicht gefallen hat.«

»Was hat sie gesagt?«

»Dass es nur ein Kuss unter Freunden war, sie dabei ausgerutscht sei und er ihr aufhelfen wollte. In Wahrheit ist sie wie der Wind aufgesprungen und davongelaufen.«

»Und der eingeschaltete Scheinwerfer?«

»Sie haben etwas ausprobieren wollen, irgendeine Einstellung, haben beide gesagt. Und ich bin als Dumme dagestanden. Er hat schon etwas ausprobieren wollen, aber ...«

»Kennen Sie ihren Namen?«

Die Kellnerin schüttelte den Kopf. »Ich kann mich nicht erinnern.«

»Können Sie die Frau beschreiben?«

»Hören Sie, ich will keinen weiteren Ärger. Wenn sie ihn deckt, dann ist das ihr Problem.«

»Er ist tot.«

»Aber das hat nichts damit zu tun, das war vor mehr als einem Jahr.«

»Wer ist sie?«

»Hat sie mit dem Mord zu tun?« Sie zündete sich eine Zigarette an und inhalierte tief.

Vesna wurde ungeduldig. »Wie sollen wir wissen, wenn wir nicht wissen, wer sie ist? Wenn du es sagst, dann erzählen wir nichts von der alten Geschichte. Und dass du geflogen bist. Und dass du eine Wut auf diesen Regiemenschen hast.«

»Sicher nicht?«

Ich hielt es für äußerst unwahrscheinlich, dass sie Langthaler und womöglich auch Downhill-Sepp ermordet hatte. »Sicher nicht.«

»Es war eine Assistentin von ihm. Ihr Vorname ist Elisabeth. Den Nachnamen weiß ich nicht. Wirklich nicht, ich habe ihn vergessen.«

»Wie sieht sie aus?«

»Schlank, kurze braune Haare – zumindest damals. Zirka fünfunddreißig.«

Es war die erste Produktionsassistentin, die Langthalers Geschäfte übernommen hatte. Kein Zweifel. Jetzt wurde es heiß.

8

Bei der Probe gab es Ärger. Der Ersatzregisseur war eingetroffen, von der Produktionsassistentin fehlte jede Spur. Elisabeth Korinek hieß sie, soviel hatte ich Joe im Vorbeigehen fragen können. Der Regieplan sah vor, dass Susi Sommer in einem rosa Kleid quasi vom Himmel herniedersegeln sollte, rosa Rosen streuend, passend zu ihrem Lied »Rosen riechen gut, aber Rosen haben Dornen, Papa«. Es gab eine Art Schnürboden, und von dort sollte sie in einer Schaukel herabgelassen werden.

Ihr Vater tobte. »Das wird sie nicht tun. Mein Kind wird so etwas nicht tun. Immerhin läuft hier ein wahnsinniger Mörder herum!«

»Es würde aber prachtvoll aussehen. Ein kleines Mädchen mit blonden Zöpfen schwebt in einer Schaukel herunter, streut Rosen und singt. Dieses Bild würde in den Köpfen der Zuschauer bleiben!«

»Ich bin ihr Manager. Ich habe zu solchen waghalsigen Aktionen noch nie meine Zustimmung gegeben. Mein Kind ist Künstlerin, keine Zirkusartistin.«

»Es kann nichts passieren. Es gibt einen Lastenaufzug, mit dem sie hinaufbefördert wird. Überall gibt es Geländer, die Sicherheitsvorkehrungen sind perfekt. Und dann wird sie in die Schaukel gesetzt, die eine Rückenlehne hat, die ihr bis zum Kopf reicht. Und vorne ist ein massiver, mit Rosen bekränzter Bügel. Wie bei einem Skilift. Sie lassen sie doch Sessellift fahren? Oder?«

»Das ist etwas Privates. Ich entscheide, was zu gefährlich ist. Und das ist zu gefährlich. Noch dazu unter den gegebenen Umständen!«

»Wenn Sie die Zustimmung verweigern, verderben Sie Ihrem Schützling den größtmöglichen Auftritt. Denken Sie daran, dass Sie auch Manager sind. Nicht nur Vater!«

Susi Sommer hatte bisher ruhig daneben gestanden und zugehört, wie über ihren Kopf hinweg debattiert wurde. »Ich mache es«, sagte sie jetzt.

»Du wirst nicht ...«

»Du bist zwar mein Manager, aber ich bin die Sängerin. Du hast immer gesagt, dass ich im Mittelpunkt stehe, weil ich Talent habe. Und dass es darum geht, was gut für mich ist.«

»Darüber reden wir jetzt nicht. Nicht hier.«

Susi Sommer wandte sich mit einem unschuldigen Lächeln an den neuen Regisseur. »Zeigen Sie mir, wie es geht?« Offenbar hatte ich die Kleine unterschätzt.

Für 17 Uhr war die Endausscheidung angesetzt. In jeder Show der Super-Sommer-Hitparade erhielten Amateure die Chance, sich einem Millionenpublikum zu präsentieren. Damit das Ganze nicht allzu unprofessionell wurde, gab es die so genannten Ausscheidungen. In jeder Sendung wurden fünfzig Glückliche gezogen. Sie durften in der kommenden Woche vorsingen und vorspielen. Zehn von ihnen kamen dann in die engere Wahl. Und aus diesen zehn wählte eine

Jury den Sieger. Oder die Siegerin. Susi Sommer war vor drei Jahren auf diese Art zum Star geworden. Es kam also nicht von ungefähr, dass sich jedes Mal besonders viele Wunderkinder bewarben.

Die Jury bestand aus Joe, dem neuen Regisseur, dem stellvertretenden Fernsehdirektor, der für die Redaktion dieser Sendung verantwortlich war, dem Leadsänger der Coolen Kerle aus den Bergen, Susi Sommer und – ich glaubte, nicht richtig zu sehen – Siegbert Heinrich.

Ein Finalist nach dem anderen wurde auf die Bühne gebeten. Es war mir unklar, wie manche von ihnen die Vorausscheidungen hatten überleben können. Ich bin zwar weder eine Expertin in Sachen volkstümlicher Unterhaltung noch ein Fan, aber die Fünfundvierzigjährige, die in einer Art Ballettkostüm mit rosa Leggings an ein Klavier gelehnt stand und das Lied »Oh, mein Papa« zum Besten gab, konnte sich bloß hereingeschmuggelt oder jemanden bestochen haben. Nahezu kein Ton entsprach dem, was ihr Begleiter am Klavier spielte. Nach einem Gicksen brach sie endlich ab. Sicher, es war eine Herausforderung, so ganz allein im Licht eines Scheinwerfers auf dieser riesigen Bühne zu stehen. Es gab noch keine Kulissen, stattdessen Koffer mit technischem Material, Kabel und jede Menge Staub. In der ersten Reihe saß die Jury, dahinter absolute Leere. »Ich fange noch einmal an«, sagte die Frau und kicherte. Man hätte sie nie antreten lassen dürfen. Das war Quälerei. Die Kameraleute amüsierten sich unüberhörbar.

Danach wurden weinende Zwillinge und eine erboste Mutter auf die Bühne geführt. »Sie weinen sonst nie. Sie sind schon in den größten Hallen aufgetreten, und sie weinen nie. Sie haben sie zum Weinen gebracht. Warum müssen meine Kinder mit den ganzen Dilettanten zusammenstehen und sich alles anhören? Irgend so ein Idiot hat gesagt, dass sie kleine Kinder nur auf die Bühne bitten, um sie dem Mörder zum Fraß vorzuwerfen. Meine Kinder sind sensibel, kein Wunder, dass sie sich fürchten. Ich werde den Idioten verklagen.«

»Wenn Sie wollen, kommen die Zwillinge später an die Reihe. Bis dahin können sie sich beruhigen.« Das war die Stimme von Joe.

»Das wäre das Mindeste. Meine Kinder sind Profis. Zwei Minuten, dann sind sie wieder fit. Sie freuen sich schon. Komm, sag, dass du dich freust, Max!« Der Junge schniefte. Es war zum Kotzen.

Eine angeblich echte Sennerin jodelte. Kühen wäre sofort die Milch sauer geworden. Obenherum sah die Sennerin allerdings wie Pamela Anderson aus. Und es war klar, dass sie ihre Oberweite, soweit es im Familienprogramm möglich war, nicht verbergen würde. Warum starrte Joe sie so an? Okay, ich starrte sie auch an.

Drei Männer sangen ein Lied von einem Hirschen und einer Hirschkuh. Ich glaube, der Text war anzüglich. Ich verstand ihn aber nur zum Teil. Sie sangen wenigstens nicht falsch.

Nach einem Typen, der die Coolen Kerle aus den Bergen imitierte – lange Haare, topmodischer Kinnbart, Koteletten, violette Tracht – und eine angebliche Eigenkomposition sang, die sich sehr nach »Yellow Submarine« gemischt mit ein paar Jodlern anhörte, traten noch ein steppender Großvater und die Gruber-Familie an. Die Gruber-Familie war ein einheimischer Verschnitt der Kelly-Family. Ihr Lied handelte vom Glück, eine große Familie zu sein. Sie würden wohl gewinnen. Heile Familie und wahre Werte, das trifft die Fans ins Herz. Selbst die Regierung hätte da vor Freude geschluchzt.

Nun kamen die Zwillinge dran. Die Mutter hatte sie gut dressiert: Jetzt strahlten sie um die Wette. Wie kleine, aufgezogene Spielzeugaffen. Sie konnten nicht älter als zehn sein. Es dauerte, bis die Playbackmusik erklang, aber die beiden blieben brav stehen und lächelten.

»Du«, begann das Mädchen nach einigen Takten, »singen wir ein Liedl?«

»Ja«, sang sein Bruder, »ich bin der Bub und du das Mädel.«

»Und zusamm'?«

»Und zusamm', da fang ma richtig an.«

Sie nahmen einander an den Händen. »Die Schwester liebt ihr'n Bruader, des is jo auch a Guater. Das Mädel liebt den Bua, sie machen's Türl zua. Die Mutter liebt den Vater, den altersschwachen Tatter. Des is so auf der Welt, dass man einander gefällt. Des is so ...«

Ich hätte sie alle umbringen können. Jetzt. Sofort. Joe sah den beiden Kleinen ausdruckslos zu. Der Regisseur tuschelte und beugte sich zu ihm. Joe zuckte mit den Schultern. Jetzt redete der stellvertretende Fernsehdirektor mit dem Regisseur. Der »echte« Heinrich mischte sich ein. Die Kinder sangen unterdessen so laut, wie man es ihnen beigebracht hatte, weiter.

»Weißt was, Schatz? Ich geb' dir einen Schmatz, Schatz!« Einen Meter vor ihnen lag eine große Kabeltrommel. Aber die beiden sahen bloß geradeaus in das nicht vorhandene Publikum, lächelten, drehten sich, fassten einander wieder an den Händen.

Die Entscheidung hatte nichts Feierliches. Der Regieassistent bat alle, auf die Bühne zu kommen. Der stellvertretende Fernsehdirektor dankte fürs Mittun, gab jedem Eintrittskarten für die Show am Wochenende und gratulierte der Mutter der gedrillten Zwillinge.

»Schiebung!«, schrie einer. »Ich bin der Manager der Gruber-Familie. Es ist da nicht mit rechten Dingen zugegangen. Ich werde das an die Medien weitergeben! Das kann nicht ...«

Der stellvertretende Fernsehdirektor hatte ein Funkmikrofon und übertönte ihn mit samtweicher Stimme spielend: »Also noch einmal allen Teilnehmerinnen und Teilnehmern herzlichen Dank. Und viel Spaß am Samstag! Wie Sie aus Ihren Verträgen ersehen können, ist die Entscheidung der Jury bindend und kann nicht angefochten werden. Die Jury entscheidet sich für den, der am besten in die Sendung passt, und muss ihre Gründe nicht offen legen. Sie waren alle hervorragend. Viel Glück und auf Wiedersehen am Samstag!«

Wütendes, teilweise niedergeschlagenes Gemurmel. Die Mutter der Zwillinge eilte mit ausgebreiteten Armen auf den Fernsehdirektor zu. Ich hatte genug gesehen. Ich verließ die Bühne durch einen Seitenausgang und fragte mich, ob Vesna ihren Dienst in der Küche hatte antreten können.

Es gab in der Kulturhalle drei Büfett-Stände, die aber nur während Großveranstaltungen geöffnet waren, und eine Kantine, in der Menschen aus der Umgebung und alle, die gerade hier zu tun hatten, essen konnten. So viel hatte ich in Erfahrung gebracht.

Ich war nervös, wahrscheinlich die Nachwirkungen dieser Endausscheidung. Scheiße. Joe saß in der Jury, auch ein Teil seines Jobs, dressierten Kindern ins Rampenlicht zu verhelfen. Und wo war diese Produktionsassistentin?

Ich irrte herum. Es ist unangenehm, keinen Rückzugsort zu haben. Kein Büro, keine Garderobe, nicht einmal einen Schreibtisch. Solange ich da war, musste ich irgendwelche Aktivitäten vortäuschen. Ich hatte bereits mit beinahe allen Stars geredet. Auch mit ihren Managern. Amüsant übrigens, dass die meisten der Manager Verwandte waren. Offenbar sollte das Geld in der Familie bleiben.

Über den Streit wegen der Plattenverträge hatte ich wenig herausgefunden. Tatsache war, dass ein paar Stars die Firmen, bei denen sie bisher unter Vertrag waren, unter Druck setzen wollten. Und dass es neue Labels gab, die ihnen bessere Konditionen boten. Downhill-Sepp hatte diesen Aufstand nicht gewollt.

Ich irrte durch die wenig einladenden Gänge im Bürotrakt der so genannten Kulturhalle und suchte die Küche. Wäre ich bloß durch den Haupt- und nicht durch den Bühneneingang gekommen. Ich bog ab und war wieder dort, wo ich fünf Minuten zuvor zu suchen begonnen hatte. Okay, zurück in den Zuschauerraum, dann ins Eingangsfoyer. Hier gab es einen Pfeil mit der Aufschrift Kantine. Ich hörte rasche Schritte hinter mir und drehte mich um.

Es war der Regieassistent. »Eine Nachricht für Sie«, rief er. »Sie ist versehentlich auf meinem Schreibtisch gelandet. Dabei steht groß Mira Valensky drauf.«

»Welche Nachricht?«

»Der Zettel ist zugeklebt, ich habe ihn natürlich nicht gelesen.«

Er überreichte mir ein kariertes Blatt, das von einem Block abgerissen worden war. Ich entfernte den Klebestreifen und las: »Wir müssen uns treffen. Im Kühlkeller. Sofort! Wichtig!« Der Regieassistent sah mich erwartungsvoll an.

»Danke!«, sagte ich. Die Nachricht konnte nur von Joe sein. War schon wieder etwas passiert? Oder sie stammte von Vesna. Der Keller lag wahrscheinlich neben der Küche, vielleicht auch darunter. Ich würde ihn finden. Schnell, hatte es geheißen.

Ich eilte durch das Foyer Richtung Kantine. An der gläsernen Eingangstür zum Gastraum klebten Werbeplakate für die Super-Sommer-Hitparade. Daneben waren zwei weitere Türen. Die eine war der Eingang zur Küche. Ich warf einen kurzen Blick hinein und zog meinen Kopf rasch zurück. Vesna hatte ich nicht gesehen. Ich sollte nachschauen, ob ihre halbkriminelle Mischmaschine am Parkplatz stand. Doch dafür hatte ich jetzt keine Zeit. Die andere Tür führte in einen engen Gang. Am Ende des Ganges war eine Treppe. Ich hastete die Stufen hinunter. Warum kannte sich Joe so gut aus? Mit Sicherheit war er hier schon öfter aufgetreten. Und während der Warterei bei den Proben lernte man wahrscheinlich schnell das ganze

Haus kennen. So groß war es schließlich auch nicht. Ich machte Licht. Vor mir lag ein typischer Kellergang. Auf dem Boden ein billiger Kunststoffbelag. Graue Betonwände. Ein schwach muffiger Geruch. Einige Türen. Ich bildete mir ein, Schritte gehört zu haben. Aber da war niemand. Die ersten beiden Türen waren versperrt. Die dritte führte in einen Abstellraum. Dreieckständer mit vergilbten Ankündigungsplakaten verstellten mir den Weg. Ich schlängelte mich durch. Noch eine Tür. Ein Türgriff wie bei einem alten Kühlschrank. Die Tür ging auf. Ich tastete nach einem Lichtschalter, fand aber keinen. Ich machte einen Schritt in den Raum hinein. Drei mal drei Meter, rundherum glattes Metall, Edelstahl, das matt im spärlichen Licht der Gangbeleuchtung schimmerte. Der Geruch nach rohem Fleisch stach mir in die Nase. Da hing etwas. Ich zuckte zurück. Wo war der Lichtschalter? Die Tür fiel zu.

Es war stockfinster. »Hallo!«, schrie ich. »Hallo!« Der Ton hallte seltsam dumpf von den Wänden zurück. Nichts. Ich hielt die Luft an. Kein Geräusch. Nichts. Ich tastete mich zur nächsten Wand. Meine Hand berührte kaltes Fleisch. Mit einem leisen Quietschen baumelte es hin und her. Ganz ruhig, Mira. Da hing wahrscheinlich ein halbes Schwein oder so etwas Ähnliches. Fleisch, davor fürchtete ich mich doch sonst auch nicht. Ein letztes Quietschen, und das tote Tier hing wieder ruhig da. Wenn man einen Menschen ... ich dachte nicht weiter. Das war kein Mensch, sondern ein Tier. Ich zwang mich, daran zu riechen. Es war Schweinefleisch, ganz sicher.

Ich tastete die Tür ab. Irgendwo musste die Klinke

sein. Egal, wer mich draußen erwartete, ich wollte hier hinaus. Ich ermahnte mich, systematisch vorzugehen. Wahrscheinlich hatte ich die Klinke in meiner Aufregung bloß übersehen. Übersehen? Wie witzig. Bei dieser Finsternis. Also noch einmal. Da war keine Klinke. Ich fand nur ein kleines Loch, aus dem ein kurzes, viereckiges dünnes Metallstück ragte. Die Klinke war abgenommen worden. Vielleicht hatte es auch nie eine gegeben.

Man hatte mich hergelockt und eingesperrt. Ich war wie eine Idiotin in die Falle getappt. Ein Briefchen, und schon läuft Mira in den Kühlkeller. Wenn ich wenigstens dem Regieassistenten Bescheid gesagt hätte. Niemand wusste, wo ich war. Lediglich einer der Kameraleute hatte mich im Foyer gesehen. Von dort aus konnte ich überall hingegangen oder -gefahren sein. Die Proben waren für heute vorbei. Eine halbe Stunde noch, und alle würden die Halle verlassen. Joe würde mich nicht suchen. Er würde glauben, dass ich schon weggefahren war. Und Vesna? Ich wusste nicht einmal, ob sie heute schon in der Küche gearbeitet hatte. Vielleicht würde jemand kommen und ein Stück Fleisch holen. Ich stieß mich an einem Plastikfass. Es war leer. Jetzt erst fiel mir auf, wie kalt es war. Fleisch wurde bei ein paar Grad über null aufbewahrt. Ich trug bloß Jeans und ein T-Shirt. Wenn heute niemand mehr kam, würde ich erfrieren.

Es musste zirka acht Uhr am Abend sein. Wie lange würde die Kantine offen haben? Die Leute in der Küche waren schon beim Wegräumen gewesen. Und auch die Mitarbeiter des Fernsehsenders würden bald abfahren. Diese Woche stand keine andere Veranstaltung auf dem Programm. Die Vorbereitungen für die Volksmusikshow beanspruchten den ganzen Platz und alle Ressourcen. Ob es einen Nachtwächter gab? Kam er auch in den Keller? Was hätte er hier bewachen sollen? Die alten Plakatständer? Die halben toten Schweine?

Ich musste mich bewegen und warm halten. Wie viel Zeit war vergangen? Die Dunkelheit nahm mir jedes Gefühl dafür. Ich musste mich bewegen, durfte aber nicht zu viel Energie verbrauchen. Wie ging das? Ich hopste von einem Bein auf das andere. Siebenundvierzig, achtundvierzig, neunundvierzig. Meine Füße wurden schon jetzt bleiern, dafür jagte mein Herz. Ich tappte alle Wände ab. Fleisch und Edelstahl, nichts, womit ich mich hätte wärmen können. Meine Füße steckten in dünnen Sandalen. Die Zehen schmerzten, als ob sie über einem Feuer geröstet würden. Das Gegenteil war der Fall. Sie wurden langsam tiefgefroren.

Wo war meine Handtasche? Ich hatte sie fallen lassen. Ich suchte Zentimeter für Zentimeter den Boden ab. Da! Die Tasche mit dem Handy. Ich hatte das Handy ganz vergessen. Das konnte ich auch vergessen. Der Keller lag im zweiten Untergeschoss. Trotzdem fingerte ich nach dem Apparat. Als ich auf die Tasten drückte, leuchtete ein kleines Licht auf, das zwar nicht ausreichte, um irgendetwas außer der Handytastatur zu sehen, aber es flößte mir etwas Hoffnung ein. Es gab noch Licht. Ich erinnerte mich an eine der schrecklichen Geschichten, die mir als Kind erzählt worden waren. Sie handelte von einem kleinen Mädchen, das sehr böse gewesen sein soll.

Man sperrte es in einem stockfinsteren Zimmer ein. Hier sollte es über seine schwarze Seele nachdenken. Als viele Stunden später die Tür wieder aufging, war das Mädchen blind. Seit dieser Geschichte hasse ich Finsternis.

Ich suchte nach Papiertaschentüchern. Meine Zähne klapperten. Ich konnte nichts dagegen tun. Drei Papiertaschentücher, mehr hatte ich nicht mit. Ich wickelte sie mir um die Handgelenke. Die Füße konnte ich in die Tasche stecken, aber dann konnte ich mich nicht mehr bewegen.

Panik. Schreien war sinnlos, niemand würde mich hören. Das Plastikfass. Ich nahm das Fass und schleuderte es mit voller Wucht gegen die Tür. Es prallte ab und traf mich am Schienbein. Ich stürzte. Das rechte Handgelenk tat höllisch weh. Ich durfte nicht liegen bleiben. Warum nicht? Vielleicht verschwendete ich auf diese Weise am wenigsten Energie. Stöhnend stand ich auf. Ich konnte die rechte Hand kaum mehr bewegen. Beim Fallen hatte ich mich voll darauf abgestützt. Mit meinen ganzen 76 Kilo. Fett hält warm, sagt man. Warum fror ich dann so entsetzlich? Ich versuchte es noch einmal. Ich durfte das Fass bloß nicht loslassen, wenn ich es gegen die Tür schlug. Ich wuchtete es mit der linken Hand hoch und ließ es gegen die Tür krachen. Zu leise. Das war viel zu leise gewesen.

Ich weiß nicht mehr, wann ich es aufgab. Mein Atem ging nur noch pfeifend, die Lippen klebten aufeinander, die Phase des Zähneklapperns war schon vorbei. Kein Laut war zu hören. Kein Lichtschein war zu sehen. Ewige Finsternis und Kälte. Ich hockte mich an die Tür und stellte meine Füße in die Handtasche. Ich riss den Kopf hoch. Nur nicht einschlafen! Wer einschläft, erfriert. Zumindest war das in den Bergen so. Bergsteigen in Eis und Schnee – nicht mein Fall. Ich war nicht in den Bergen, sondern im ewigen Eis ... Aufstehen. Verdammt, Mira Valensky, steh auf! Ich rappelte mich tatsächlich wieder auf. Die Knie zitterten so stark, dass ich nicht mehr stehen konnte, ohne mich an einem Regal festzuhalten. Dafür hatten die Schmerzen im Handgelenk nachgelassen. Vereist. Wie praktisch. Ich kicherte hysterisch.

Ich tastete nach dem Fass, das zirka einen Meter hoch war. Ich musste versuchen hineinzukriechen. Plastik isoliert. Warum war ich darauf nicht früher gekommen? Doch ich stand entweder bis zur Hüfte im Fass und ragte mit dem Oberkörper in die Kälte, oder ich stülpte mir das Fass über den Kopf und war mit den Beinen im Freien. Das Fass stank nach einer Mischung aus Plastik und keimtötendem Putzmittel. Trotzdem. Der Schutz des Oberkörpers war wichtiger. Da waren das Herz und die Lunge. Das enge Fass machte das Atmen noch schwieriger. Aber ich merkte, dass die Luft, die ich einatmete, nicht mehr so kalt war. Ich vergeudete nicht mehr so viel Wärme. Aber wie lange würde ich Sauerstoff haben? Ich musste für Frischluftzufuhr sorgen und das Fass kurz hochheben. Ich hatte nicht den Eindruck, dass ich das schaffen würde. Meine Beine gaben nach, und ich landete auf dem Boden.

Das war das Ende. Mein Herz schlug wie wild. Wumm, wumm. Ich sah Gismo vor mir. Warum ausgerechnet Gismo? Ich weiß es nicht. Wumm, wumm. Dann wurde es strahlend hell, dort, wo das Fass aufhörte. Ja, davon berichteten alle, die schon fast auf der anderen Seite gewesen sind. Strahlende Helle. Dann sah ich Vesna. Gute Vesna. Mein Leben zog an mir vorbei. Dann erblickte ich Joe. Offenbar hatte er mir doch etwas bedeutet. Vesna rüttelte mich unsanft. Mir war wieder kalt, sie sollte mich in Ruhe lassen. Meine Zähne begannen wieder aufeinander zu schlagen. Dann wurde es ganz hell, und Joe nahm mich in die Arme und rieb mir den Rücken. Das tat gut.

Vesna und Joe meinten später, ich hätte bloß einen Augenblick gebraucht, um wieder voll da zu sein. Das ist Unsinn, ich weiß, es waren Stunden. Jedenfalls hockten wir irgendwann im Kellergang, Joe mit nacktem Oberkörper, er hatte sein Hemd um mich gelegt. Es war eher eine ritterliche als eine hilfreiche Geste. Es war Sommer, und sein Hemd war aus hauchdünner Baumwolle. Aber es roch sehr gut.

»Wir müssen die Polizei verständigen. Und du musst sofort ins Krankenhaus«, sagte Joe.

»Wir müssen denken«, erwiderte Vesna.

»Kein Krankenhaus«, bat ich schlotternd. »Whiskey.« Nach einem Whiskey würde man weitersehen. Die beiden lachten los. Schön, dass ich sie immer noch erheitern konnte. Dann grinste auch ich. »So schlecht kann es mir also nicht gehen, oder?« Die Zehen brannten fürchterlich, sie konnten also nicht abgestorben sein. »Wer war es?«, fragte ich.

»Wir haben keine Ahnung. Wir haben dich beide zu suchen begonnen. Unabhängig voneinander. Ich habe dein Auto auf dem Parkplatz gesehen. Ich war einer der Letzten, habe mich gewundert und nach dir Ausschau gehalten, dich aber nirgends gefunden.«

»Ich habe in der Küche gearbeitet, wie ausgemacht. Und dann war Schluss. Und ich habe auch dein Auto gesehen, Mira Valensky. Und ich habe gewusst: Ich muss suchen.«

»Irgendwann sind wir uns begegnet. Deine Putzfrau hätte mir fast eines über den Schädel gegeben, aber dann hat sie mir doch geglaubt, dass ich zwar hinter dir her bin ... allerdings anders, als sie befürchtete.«

»Irrtum! Ich war aufgeregt.«

»Sie schwärmt für dich.«

»Mira Valensky, rede keinen Unsinn, sonst Krankenhaus.«

Ich grinste. Meine Lebensgeister kehrten wieder zurück. Mir war zwar saukalt, aber ich lebte. »Whiskey«, stöhnte ich.

»Ich werde in Küche sehen«, murmelte Vesna und eilte davon.

»Mira«, sagte Joe mit tiefer, rauer Stimme. Mir wurde schwindlig. Das konnte nur mit der Kühlkammer zu tun haben. Ich vergrub mein Gesicht an seinem Hals. Das wärmte, das wärmte wunderbar.

Vesna kam mit einer Flasche billigem Cognac zurück. Er brannte abscheulich. Aber er brachte mein Gehirn auf Touren.

»Keine Polizei. Die macht nur Schwierigkeiten. Wir wissen jetzt, dass sich der Täter auch in der Kulturhalle gut auskennen muss. Oder die Täterin, Frauen haben ja angeblich mit Küche und Keller und so mehr am Hut. Es muss jemand aus der Branche sein. Nützen wir unseren Vorsprung. Wenn's sein muss, kann ich Müller das Ganze ja später erzählen.«

Joe stellte meinen Wagen einige Gassen weiter ab. Vesna stieg auf ihre nicht zugelassene Mischmaschine und wollte uns bei meiner Wohnung treffen. Joe wickelte mich in eine Decke, die er im Auto hatte, drehte die Heizung voll auf und fuhr los. Kurz vor der Wiener Stadteinfahrt konnte ich kaum mehr atmen. Joe rann der Schweiß in Bächen herunter. Ich drehte die Heizung ab und öffnete ein Fenster. Lauer Wind, Luft.

»Du darfst nicht weitermachen«, sagte Joe. »Ich weiß nicht, was ich getan hätte, wenn dir etwas passiert wäre.«

Meine Nase wurde langsam wieder warm. Ich hielt sie in den Fahrtwind. »Mir ist aber nichts passiert, weil ihr mich gefunden habt.«

Joe und ich hatten jeder ein Glas irischen Whiskey vor uns stehen, Vesna ein Glas Rotwein. Aus mir unerfindlichen Gründen konnte sie Whiskey nichts abgewinnen. Zu dritt saßen wir um den Wohnzimmertisch und tauschten Informationen aus.

Vesna erzählte, dass die Kantine täglich um 20 Uhr schloss, außer es gab Veranstaltungen.

Joe nickte. »Das stimmt. Das weiß jeder, der versucht hat, bei Proben am Abend noch ein Bier zu bekommen.«

»Jeder weiß das?«

»Alle, die dort schon aufgetreten sind und geprobt haben.«

»Ihr habt öfter Sendungen aus dieser Halle, oder?«

Joe grinste. »Da merkt man, wie sehr du dich dafür interessierst. Es werden eine Menge Shows in dieser Halle abgewickelt, sie ist praktisch: Man geht von der Großstadt aufs Land zu den Leuten. Und sie ist trotzdem nur eine halbe Stunde von Wien entfernt. Sie ist groß, und sie ist billig.«

»Das heißt: Jeder von eurem Zirkus hat gewusst, dass nach acht niemand mehr in den Kühlraum geht.«

»Stimmt. Wo der Kühlraum ist, habe ich allerdings nicht gewusst. Nicht einmal, dass es so etwas dort gibt.«

Vesna und ich erzählten Joe von Langthalers sexuellem Übergriff. Joe nickte. »Ja, ich erinnere mich ... es hat da einmal Gerüchte gegeben. Langthaler war nicht gerade ein Kostverächter. Ich weiß, dass es einmal geheißen hat, er würde notfalls auch Druck ausüben.«

»Ziemlich verniedlichend, deine Ausdrucksweise, findest du nicht?«

»Er war ein ziemliches Schwein, wenn dir das lieber ist.«

»Wie gut kennst du Elisabeth Korinek?«

»Ich weiß nicht ... Liz ... sie ist sehr kompetent. Hat in Wirklichkeit schon seit langem die Arbeit von Langthaler erledigt. Mehr als das, eigentlich. Sie musste ja auch noch seine Streitereien schlichten. Zeitweise hatte sie schon damit eine Menge zu tun.«

»Aber warum hat sie den Vergewaltigungsversuch vertuscht?«

»Vergewaltigung ... ich weiß nicht ...«

»Jedenfalls war es ein Angriff.«

»Warum sie es vertuscht hat? Wahrscheinlich, weil sie mit ihm gearbeitet hat. Er war betrunken. Und ich traue ihr zu, dass sie ihn dann so unter Druck gesetzt hat, dass ein solcher Übergriff nie mehr wieder passiert ist. Das könnte ihre Position sogar gestärkt haben.«

»Ja, ja, aus dem Opfer wird die Täterin. Ihre Position wird auch sonst nicht schlecht gewesen sein, wenn sie ihm die ganze Arbeit abgenommen hat.«

»Stimmt auch wieder.«

»Und was ist, wenn er sie unter Druck gesetzt hat? Gedroht hat, sie hinauszuwerfen, wenn sie die Wahrheit erzählt?«

»Er war zwar auch Produktionschef, aber er stellte keine Leute ein. Sendungsverantwortlicher ist der stellvertretende Fernsehdirektor. Langthaler hatte Einfluss. Das schon. Die Quoten seiner Sendungen waren gut, sehr gut sogar. Er galt als der Macher im Hintergrund. Er entwickelte die Ideen mit, er hatte das letzte Wort beim Skript. Er hätte wahrscheinlich dafür sorgen können, dass sie versetzt wird. Oder dass sie hinausfliegt.«

»Und sie ist eine, die sich das gefallen lässt?«

Joe zuckte mit den Schultern. »Sie hat ihm jedenfalls zugearbeitet. Und sie hat den ... Übergriff vertuscht. Außer von einem Gerücht haben wir beim Sender nichts gewusst. Und ihr Name ist in diesem Zusammenhang nie aufgetaucht.«

»Irgendwann ist es zu viel«, murmelte Vesna, »man tut und tut, und irgendwann platzt man.«

Ich nickte. »Aber es war ein überlegter Mord. Der Nylonfaden muss vorher geknüpft worden sein.«

»Liz ist eine besonnene Person. Die flippt nicht einfach aus. Das habe ich jedenfalls noch nie gesehen. Und Gelegenheiten dafür gibt es bei uns genug.« Joe nahm noch einen Schluck.

Ich hatte wieder Schüttelfrost und bemühte mich, meine Zähne unter Kontrolle zu halten. Zumindest im Magen war mir schon schön warm. Die Temperaturempfindung am übrigen Körper schlug absurde Wellen. Vesna sah mich an. »Ich mache heißes Bad fertig«, sagte sie und stand auf.

»Du zitterst ja«, stellte Joe fest.

»Keine Sorge, Fett hält warm.«

»Das habe ich gemerkt.«

»Danke.«

»Ich ...«

Ich versuchte ein Lächeln. »Nimm's leicht ...«

»Deine Zähne klappern.«

»Wenn du davon redest, wird es auch nicht besser.«

»Du solltest doch sicherheitshalber ... ich habe keine Ahnung von Unterkühlungen.«

»Jetzt weiß ich, wie sich das Gemüse im Kühlschrank fühlt.«

»Haha, wie witzig.«

»Kein Krankenhaus. Wenn es morgen nicht besser ist, gehe ich zu meiner Ärztin. Aber es wird mir morgen besser gehen. Und morgen bin ich wieder bei den Proben.«

»Du bist was?«

»Klar, ich möchte das Gesicht von dieser Elisabeth Korinek sehen, wenn ich wie Ötzi, der Mann aus dem Eis, auftauche.«

»Ich weiß nicht, ob Liz ...«

»Natürlich weiß man nicht, aber es deutet einiges auf sie hin, oder?«

»Das stimmt. Andere sagen, dass einiges auf mich hinweist.«

»Einen Mörder gibt es auf jeden Fall. Oder eine Mörderin.«

»Die tüchtige Liz?«

»Vesna hat schon Recht, irgendwann einmal reicht es. Und wenn jemand wie diese Korinek dann durchdreht, dann gründlich.«

»Warum sollte sie Downhill-Sepp ermordet haben?«

»Weiß ich auch nicht. Wir müssen es eben herausfinden. Die Möglichkeit dazu hätte sie jedenfalls gehabt. Sie hätte ihm unmittelbar nach dem Auftritt etwas von dem Isodrink, den man in seinem Magen gefunden hat, geben können. Dieser Geschmack überdeckt den von Beruhigungsmitteln.«

»Aber angeblich haben die Medikamente nicht zum Tod geführt.«

»Tja, vielleicht hat sie ihn gar nicht umgebracht, und es war tatsächlich ein Unfall. Sie hat sich dann gedacht, jetzt ist der Zeitpunkt so günstig wie nie, um Langthaler zu ermorden ... Was hat übrigens Heinrich in eurer Jury verloren gehabt?«

Joe grinste. »Wir haben uns auch gewundert. Es war die Idee der neuen Intendantin. Eine kluge Person. Wirklich toll.«

Verspürte ich tatsächlich Eifersucht? Nein, ich bin kein eifersüchtiger Mensch, niemand gehört einem anderen. Das sagte mir zumindest meine Vernunft.

»Sie hat in der letzten Vorbereitungssitzung gemeint, dass wir versuchen sollten, unseren schärfsten

Kritiker einzubinden. In der Jury könnte er Einfluss darauf nehmen, dass mehr echte Volksmusik auf Sendung geht.«

»Wie man am Ergebnis sieht.«

»Er ist eben unterlegen. Er war für die jodelnde Sennerin.«

»Also hat er es mit großen Oberweiten. Hat er gleich zugesagt?«

»Ich war nicht dabei. Der Regieassistent hat ihn angerufen. Und Heinrich ist gekommen. Seltsam ist es schon.«

»Hat ihn niemand auf seinen Sinneswandel hin angesprochen?«

»Nein, niemand. Wir hatten alle versprochen, zu ihm freundlich zu sein und uns um einen besseren Kontakt zu bemühen. Die Intendantin überlegt sogar, ihm eine Originalvolksmusikleiste einzurichten. Nicht, dass er sie moderieren soll. Dazu sieht er nicht …«

»Im Gegensatz zu dir.«

»Ach, vergiss es. Es gibt eben telegenere Typen und weniger telegene. Er soll die Leiste betreuen. Ob es eine zehnminütige Kurzsendung wird oder ein Block in einer Show, ist noch nicht klar.«

»Jedenfalls hätte er die Gelegenheit gehabt, mich in den Kühlkeller zu sperren. Und er war im Fernsehgebäude, als Langthaler ermordet wurde.«

»Ich hätte auch Gelegenheit gehabt, dich in den Kühlkeller zu sperren. Und ich war der Letzte, der mit Langthaler gesehen wurde.«

»Aber bei Downhill-Sepps Tod warst du auf der Bühne.«

»Ja. Vielleicht hat er selbst zu viele Medikamente eingeworfen. Und irgendjemand hat im Interesse des sauberen Images der volkstümlichen Unterhaltungsmusik die Spuren beseitigt.«

»Es standen nur ein Fläschchen und eine Medikamentenschachtel am Waschbecken. Zu wenig für einen ganzen Cocktail.«

»Wer weiß, was drinnen war.«

»Ja, wer weiß? Irgendjemand hat dafür gesorgt, dass es auch niemand erfährt.«

»Ich habe heute die Produktionsassistentin nicht auf der Probe gesehen. War sie überhaupt da?«

Joe sah mich an. »Du hast Recht. Ich habe sie auch nicht gesehen. Wenn sie nicht da war, kann sie dich auch nicht eingesperrt haben. Oder sie ist heimlich gekommen. Heimlich? Schwer möglich in dieser Halle.«

»Heinrich hat mir mit Konsequenzen gedroht, falls ich ihn in meiner Reportage mit den Todesfällen in Verbindung bringe.«

»Und hast du?«

»Nur ganz am Rande, wahrscheinlich, weil mir seine Besserwisserei auf die Nerven geht. Die neue Ausgabe des Magazins ist seit fünf Uhr am Nachmittag im Straßenverkauf erhältlich. Auf den Bahnhöfen etwas früher.«

»Er hätte also ein Heft kaufen und dann in die Kulturhalle fahren können.«

»Theoretisch hätte es gereicht. Aber woher weiß er, dass die Kantine um acht schließt? Woher weiß er, wo der Kühlkeller ist?«

»Von Auftritten. Er spielt ja selbst in einer Volksmusikgruppe. Einer Originalvolksmusikgruppe, versteht sich.«

»Und er ist zumindest neugierig. Das hat er letzten Samstag im Fernsehzentrum bewiesen.«

Vesna trat ins Zimmer und ordnete an: »Mira Valensky muss jetzt heiß baden.« Ihr Blick war dabei fest auf Joe gerichtet. Du liebe Güte, sie würde sich wohl nicht als Wächterin meiner Tugend aufspielen. »Wenn Herr Platt bleibt, gehe ich. Wenn er geht, bleibe ich.«

»Du darfst das nicht falsch ...«

Aber Joe begann zu lachen. Er lachte aus vollem Hals, und sein Lachen war so ansteckend, dass uns bald allen dreien Tränen über die Wangen rollten. Wir waren schon ein seltsames Team: der Starmoderator einer volkstümlichen Musiksendung, die unterkühlte Journalistin und Vesna, die Putzfrau der besonderen Art.

Vesna verabschiedete sich und versprach, in der Früh vorbeizukommen. Würde ich mich gut genug fühlen, sollte sie mich zur Kulturhalle fahren. Allerdings nicht mit ihrer Maschine, sondern mit dem Auto ihres Mannes.

»Joe blieb die ganze Nacht bei mir. Ich drückte mich an ihn, und nach und nach war mir nicht mehr kalt.

9

Einige Dinge mussten heute geklärt werden. Ich saß neben Vesna auf dem Beifahrersitz und rekapitulierte. Joe würde Heinrich anrufen und ihn zu einem Gespräch in die Kulturhalle bitten – falls er nicht ohnehin dort war. Joe hatte versprochen, dafür zu sorgen, dass er mit Heinrich sicherheitshalber nie allein sein würde. Wenn klar war, wann und wo ihr Treffen über die Bühne gehen sollte, würde es mein Part sein, zeitgerecht aufzutauchen. Ziel war es, Heinrichs Reaktion auf mein Erscheinen zu beobachten.

Ähnliches hatten wir mit der Produktionsassistentin vor. Ich sollte auf sie zugehen und Informationen über einige Details der Sendungsabwicklung verlangen. Außerdem würde Joe endgültig abklären, ob die Produktionsassistentin gestern Abend in der Kulturhalle gewesen war oder nicht. Gefragt war ein wirklich wasserdichtes Alibi.

Und: Wir würden versuchen herauszufinden, gegen wen Heinrich und Liz Korinek noch einen besonderen Groll haben könnten – um weitere Todesfälle zu vermeiden.

Vesna hielt neben meinem Auto. Ich stieg aus, fuhr mit meinem Wagen zur Halle, nieste und ging zum Bühneneingang.

In meiner Handtasche hatte ich heute neben dem üblichen Kram eine Strumpfhose und eine ganz klein zusammenfaltbare Windjacke verstaut. Das war zwar unsinnig, aber die beiden Kleidungsstücke gaben mir zumindest das Ausmaß an Sicherheit, das ich für meine weiteren Aktivitäten brauchte. Joe hatte sich noch nicht gemeldet. Ich ging in die Kantine und ließ mir einen heißen Tee geben. Am Teeglas verbrannte man sich die Finger, das Teesäckchen schwamm traurig obenauf. Ein Kameramann hob grüßend die Hand. Ich riss mich zusammen und lächelte. Okay, Mira, los! Ich ergriff die Untertasse und trug den Tee zu ihm hinüber. »Pause?«, fragte ich.

»Ist das eine journalistische Frage?«

»Klar, meine nächste Story heißt: Aufgedeckt – die Pausen der Kameraleute.«

»Schön wäre es. In fünf Minuten geht es wieder weiter. Wir müssen Engelchens Talfahrt proben.«

»Die kleine Sommer?«

»Bei uns heißt sie Engelchen. Aber nur wegen ihrer goldblonden Zöpfe. Dieses Kind weiß, wo es langgeht. Haben Sie mitbekommen, wie sie gestern mit ihrem Vater umgesprungen ist?«

Ich nickte. »Es muss nicht ganz einfach sein für sie. Superstar, eine Menge Arbeit. Trotzdem noch ein Kind. Bewundert und herumgestoßen. Langthaler hat sie ganz schön terrorisiert.«

»Das hat er mit allen gemacht, und sie kann ein ganz schönes Scheusal sein.«

»Ein Kind.«

»Ein Teenager, der ein Kind spielt.«

»Umso schlimmer für sie.«

»Ich weiß nicht. Unsere beiden Produktionsassistentinnen sind jedenfalls auf Engelchen nicht gerade gut zu sprechen. Vor allem Liz Korinek.«

»Warum?«

»Hören Sie, ich sollte Ihnen eigentlich nichts erzählen. Mit den Medien dürfen bei uns nur die Chefs reden und die Stars, aber denen können wir ohnehin nichts verbieten.«

»Wird ja auch nicht so wichtig sein. Mir jedenfalls tut die Kleine Leid. Keine Kindheit, wie man sie sich wünschen würde.« Meine Kindheit war auch nicht so gewesen, wie ich sie mir gewünscht hätte. Bei wem war die Kindheit schon nach Wunsch verlaufen?

»Wissen Sie, was Engelchen gemacht hat? Sie hat der Polizei erzählt, dass sie bei Liz Korinek ein Bild von Downhill-Sepp mit der Widmung ›Für immer Dein‹ gesehen hat.«

»Hat sie?« Das war das Motiv: Downhill-Sepp und die Produktionsassistentin. Und irgendetwas mit ihrer Beziehung war gründlich schief gelaufen.

»Ja, aber es war eine glatte Lüge, die der armen Liz eine Menge Probleme gemacht hat. Der Chefinspektor hat das Bild wirklich in ihrer Schublade gefunden. Liz hat immer wieder beteuert, dass sie nicht weiß, wie das Bild dahingekommen ist. Aber dann ...«

»Ja?«

»Die Kleine ist gesehen worden. Einer unserer Tonassistenten hat beobachtet, wie sie das Bild in die Lade gelegt hat. Es war offenbar ein Foto aus Downhill-Sepps Garderobe, mit einer Widmung für seine Frau, wahrscheinlich.«

»Aber wer hat Fotos von sich selbst in der Garderobe?«

»Noch keine Bekanntschaft mit der Eitelkeit unserer Superstars gemacht? Downhill-Sepp war nicht gerade frei davon. Und die kleine Sommer schleicht überall herum.«

»Und sie hat es gestanden?«

»Aber nein! Sie hat gesagt, dass sie sich das Bild bloß angesehen hat. Weil er jetzt ja tot ist. Und dass ihr das Leid tut.«

»Das könnte doch wahr sein.«

»Nein, ich glaube Liz. Ich kenne die Beteiligten.«

Wusste Susi Sommer etwas? Ich musste dringend mit ihr reden. In ein paar Minuten sollte ihre Schaukelfahrt geprobt werden. Wenn sie die Wahrheit gesagt hatte, konnte sie, statt vom Himmel zu schweben, in den Himmel der Volksmusik auffahren. »Nur eins noch«, fragte ich. »Wer hatte die Idee, Susi Sommer in die Schaukel zu setzen? Eine prächtige Idee.« Ich hoffte, dass mich meine Stimme nicht verriet.

»Lassen Sie mich nachdenken! Liz Korinek hat mich angerufen, um zu fragen, ob es kameratechnisch ein Problem geben könnte. Sie hat mich während der Produktionssitzung angerufen. Aber wer die Idee gehabt hat ...«

Ich hatte genug gehört.

Joe stand mit einigen Produktionsleuten am Rand der Bühne. Ich konnte keinen günstigeren Zeitpunkt abwarten. Ich winkte ihm möglichst unauffällig. Er winkte möglichst unauffällig zurück. Meine Güte, wie konnte er nur so begriffsstutzig sein! Ich wollte ihm nicht einfach winken, sondern mit ihm sprechen. Gleich begann die Probe. Die Korinek hatte allen Grund, die Kleine nicht zu mögen. Und die Kleine sollte nun vom Himmel herabsegeln. Fragte sich bloß, in welchem Tempo. Ich blieb stehen. Jetzt schien Joe meinen Wunsch begriffen zu haben. Er kam aber nicht auf mich zu, sondern wandte sich zum Seitenausgang. Kluger Joe. Er ging in sein Zimmer. Ich nahm den anderen Ausgang und hastete den Flur entlang.

»Die Produktionsassistentin war ...«, begann Joe.

»Später! Wir müssen unbedingt die Schaukel überprüfen lassen. Sofort. Die Kleine darf nicht hinauf.« Ich erklärte ihm alles. Wir rannten zur Bühne zurück. Zu spät. Susi Sommer fuhr schon nach oben. Am Samstag würde alles von der Dekoration verdeckt sein, aber jetzt sah man den eisernen Aufzugskäfig und zwei Männer, die das Mädchen oben in Empfang nahmen und in die Schaukel setzten.

»Stopp!«, schrie ich. Alle drehten sich zu mir um. Ich schluckte. Was jetzt? »Ich ...« Ich musste husten. »Ich habe einen anonymen Hinweis bekommen, dass mit der Schaukel nicht alles in Ordnung ist. Man sollte sie überprüfen.«

Stimmendurcheinander. Ein anonymer Hinweis? Wann? Wo? Über das Handy. Die Produktionsassistentin starrte mich an. Das hättest du dir wohl nicht gedacht, was? Allerdings starrten mich auch alle anderen an.

»Susi, du fährst wieder herunter!« Das war Joes Stimme. Fest. Tief. Was ein gutes Stimmtraining ausmachte.

»Die Entscheidungen treffe hier ich«, versuchte der Ersatzregisseur sich durchzusetzen.

»Sicher ist sicher«, sagte die Produktionsassistentin. Aber ja doch.

Die beiden Männer schoben Susi Sommer in die Aufzugskabine zurück, und sie fuhr nach unten. Sie stieg aus. Ihre Augen waren schreckgeweitet. Mag sein, dass sie nicht das reine Engelchen war. Aber ich ging zu ihr und nahm sie in die Arme. Emotionale Überreaktion. In Anbetracht dessen, was mir in letzter Zeit passiert war, verständlich. Engelchen versteifte sich. Ich ließ sie wieder los und war Mittelpunkt von zumindest zwanzig gespannten bis verärgerten Menschen. Ich holte tief Luft.

»Ein Anruf auf dem Handy, gerade als ich zur Bühne gehen wollte. Eine verstellte Stimme sagte: ›Mit der Schaukel stimmt etwas nicht.‹ Das war alles. Es wurde sofort aufgelegt.«

»Wir verlangen Schmerzensgeld«, rief Susis Vater.

»Sie können für etwas, das nicht passiert ist, kein Schmerzensgeld verlangen«, hielt der Regisseur dagegen.

»Aber es hätte etwas passieren können. Wir verlangen Schadenersatz. Und meine Tochter wird selbstverständlich nie mehr in diese idiotische Schaukel steigen.«

»Wer sagt, dass der Anrufer Recht hat?«, warf die Produktionsassistentin ein.

»Wir müssen es zumindest überprüfen lassen«, meinte Joe.

»Und die Polizei verständigen«, forderte Susis Vater.

»Zuerst überprüfen wir die Schaukel.«

»Der Lift hat jedenfalls nichts gehabt.«

»Schickt die Bühnenarbeiter herunter und holt den Techniker!«

Nach einer halben Stunde war klar, dass die Schaukel ohne Probleme funktionierte. Zum Beweis segelte der Regisseur selbst vom Bühnenhimmel nach unten. Alle fünf Frohsinn-Mädel sahen interessiert zu. Ich hatte mir einige neue Feinde gemacht. Aber es gab besser unfreundliche Gesichter als einen neuerlichen Mord. War die Produktionsassistentin wirklich im Stande, dieses halbe Kind zu ermorden? »Menschenmaterial« hatte Langthaler seine Stars genannt. Und sie hatte bei ihm gelernt.

Es gab einen weiteren Auftritt zwischen Susi Sommer, ihrem Vater und dem Regisseur. Susi wollte vom Himmel schweben. »Wenn alles in Ordnung ist, dann tue ich es«, sagte sie und reckte ihr Kinn tapfer nach oben. Ein Profi. Ihr Vater unterlag ihr einmal mehr.

»Vor jeder Probe wird einer von uns mit der Schaukel nach unten fahren, zum Test«, versuchte der Regisseur ihn zu beschwichtigen.

»Und am Samstag? Während der Sendung?«

»Da lassen wir jemanden unmittelbar vor Beginn der Sendung hinunterfahren. Alles wird bewacht werden. Es wird zusätzliche Security-Leute geben.«

Man konnte bloß hoffen, dass diese Maßnahmen reichen würden.

Ich traf mich mit Vesna wie vereinbart in ihrer Pause einige Gassen von der Halle entfernt.

»Vormittag Kartoffel schälen. Dann Geschirr waschen. Nachmittag Kraut schneiden. Ich bin gerne Putzfrau.« Sie stöhnte.

Herausgefunden hatte sie wenig. Das Küchenpersonal hatte mit den Events in der Halle kaum etwas zu tun. Manche Stars gaben sich mit dem Kantinenessen zufrieden, andere ließen sich etwas aus Wien bringen. In die Kühlkammer durfte man aus Sicherheitsgründen nur zu zweit gehen. Die Tür ließ sich von innen nicht öffnen. Mit einigem Pech konnte man sich selbst einschließen. Hatte ich mich selbst eingesperrt? Mit Sicherheit nicht. Ich hatte Schritte gehört. Und irgendjemand hatte mir die Nachricht geschickt.

Vesna würde versuchen, mit dem Reinigungspersonal der Halle zu reden. Vielleicht gab es in den Garderoben der Musiker oder in den Büros der Produktionsleute irgendetwas Besonderes.

Siegbert Heinrich erschien am späteren Nachmittag. Joe zog sich mit ihm an den Rand des Zuschauerraumes zurück. Ich kam dazu und nieste wieder einmal.

»Gesundheit!«, sagte Heinrich. »Recherchieren Sie noch immer?«

Das war nicht eben die Reaktion, die wir uns erwartet hatten. Aber vielleicht war er bloß ein eiskalter Typ. Mich fröstelte. Andererseits hatte Siegbert Heinrich bisher nicht eben kühl und überlegt agiert. Kaum kam die Rede auf Volksmusik, wurde er emotional. Egal, wir mussten ihn im Auge behalten.

An diesem Abend widmete ich mich zur Abwechslung wieder einmal dem Leben der Reichen, der

Schönen und Gestylten und all jener, die es gerne sein wollten. Lifestyle in Wien: etwas provinziell, dafür aber pompös. Ein großes Bankinstitut hatte zu einem Fest im Prater geladen. Die Wiese vor dem Riesenrad war Schauplatz des Events. In jedem Waggon des Riesenrads standen weiß gedeckte Tische. In einem gab es italienische Spezialitäten und passende Musik, in einem anderen karibische Köstlichkeiten und im dritten Happen aus dem Sudan. Auch russische Küche konnte man ausprobieren. Das Fest stand unter dem Motto »Globalisierung verbindet«. Menschen aus den Ursprungsregionen vieler dieser kulinarischen Schwerpunkte könnten darüber anderer Meinung sein. Aber sie wussten ja nichts davon. Und Wiens Bürgermeister fand es ausgesprochen schick, sudanesische Teigtaschen zu essen und über Völkerfreundschaft zu reden. Die Regierung war gerade dabei, einen Einwanderungsstopp zu verhängen. Volkstümelei im politischen Sinn. Für Vesna ein Problem, für den Bürgermeister weniger.

Ich beschloss, mich für die letzten harten Tage zu belohnen, und kostete nahezu von allem. Gar nicht übel. Trotzdem: Meine Lieblingsküche blieb die italienische, allerdings waren frisch zubereitete Blini mit Kaviar auch eine feine Sache. Und das Bankinstitut konnte es sich ja leisten. Ich würde darüber einen harmlosen Klatschbericht liefern: Wer war da gewesen, wer hatte mit wem geredet, wer hatte Designerklamotten und wer bloß billige Kopien davon getragen, wie hatte es den Gästen geschmeckt. Nicht eben anspruchsvoll, aber angenehm. Ich war fürs angenehme Leben.

Meine Fotografin konnte ich ruhig allein losziehen lassen. Sie wusste, was ich wollte, und sie würde es alleine schneller schaffen. Eigentlich war sie Objektkünstlerin, aber davon konnte man in Wien schlecht leben. Woanders wahrscheinlich auch nicht.

Ich fing einige Gesprächsfetzen auf. Es war einer der wenigen schönen Sommerabende in diesem Jahr. Ich nahm mir ganz fest vor, am nächsten Tag Chefinspektor Müller zu erzählen, was mir im Kühlkeller passiert war und welche Verdachtsmomente wir hatten. Es war höchste Zeit, vernünftig zu werden. Er war der Profi.

Ich führte Smalltalk mit der Geschäftsführerin einer großen Modekette. Sie war eine aparte Erscheinung, schlank und groß und erfolgreich. Vielleicht würde ich doch wieder den Versuch unternehmen, ein paar Kilo loszuwerden. Aber heute Abend mit Sicherheit nicht. Und Joe schien ich so zu gefallen, wie ich war. Was sollte das? Wenn, dann nahm ich für mich ab und nicht, um einem Mann besser zu gefallen. Zumindest war mir das vom Grundsatz her klar.

Ein Wirtschaftsredakteur, den ich seit Jahren kannte, winkte mir. »Sie ist eine wirkliche Weinkennerin«, sagte er.

Ich nickte zur Begrüßung in die Runde. Einen der Männer in den leichten, aber dunklen Sommeranzügen erkannte ich. Er war Banker, aber von denen wimmelte es ja auf diesem Fest geradezu. Teure Anzüge und als äußerste Referenz an die Bequemlichkeit eine gelockerte Krawatte ab einem Zeitpunkt, an dem alle anderen schon längst ihre Sakkos ausgezogen und die Ärmel aufgekrempelt hatten – daran konnte man Bankmenschen ganz gut erkennen. Der Redakteur reichte mir ein Glas Rotwein. Offenbar handelte es sich um einen besonderen Tropfen. Ich ließ ihn ohne viel Getue im Glas kreisen und roch daran. Du liebe Güte. Ich nahm einen Schluck. Der Wein schmeckte ausschließlich nach Holz und sonst nach gar nichts. Die Herren aus dem Bankgeschäft sahen mich erwartungsvoll an.

»Barrique«, sagte ich.

»Nicht wahr«, erwiderte einer von ihnen, »großartig!«

»Woher stammt er?«

»Aus dem Mittelburgenland.«

»Schade um die Trauben, schade um das Fass.«

Fassungslose Blicke, als ob ihre Börsennotierung in einer Sekunde um zehn Prozent gesunken wäre.

»Barrique ist wunderbar, wenn es die Trauben unterstreicht. Aber wer will schon Holzsaft trinken?«

»Mag sein, dass der Holzton etwas ausgeprägt ist ...« Dem Wirtschaftsredakteur war es sichtlich peinlich, mich hergebeten zu haben. Er wechselte das Thema und sprach jetzt über die zunehmenden Verspätungen im Flugverkehr. Es geht nichts über breit gestreute Interessen. Österreichs Weintrinker mit ausreichend viel Geld lieben in Barrique ausgebaute Weine. Sie sind im Allgemeinen teuer, und da weiß man, dass man etwas Besonderes bekommt. Ich hatte schon öfter die Erfahrung gemacht, dass Geschmack und Geld wenig miteinander zu tun haben. Und so mancher angebliche Weinliebhaber kann Ribiselwein nicht von einem Bordeaux unterscheiden, wenn es nicht auf dem Etikett steht. Ewig schade.

Ich schlenderte über die sorgfältig gepflegte Wiese und ließ mich dann noch einmal mit dem Riesenrad über die Dächer von Wien heben. Von hier heroben war die Stadt wirklich schön. Blitzende Lichter, nächtlich-dunkle Hügel am Horizont, die hohen Bäume des Praters, eine Mischung aus moderner Metropole und romantischem Zauberort. Momentan schien ich ziemlich anfällig für Romantik. Wenn alles vorbei war, sollte ich mit Joe Riesenrad fahren und auf Wien schauen. Genau wie jetzt. Ich nahm mir mit Prosciutto umwickelte Grissini und schüttelte den Kopf. Da wären aber zu viele Leute, die Joe kannten. Einige Tage im Veneto würden sich eher anbieten. Gianni würde uns seine Spezialdrinks machen, am Abend würden wir an mittelalterlichen Häusern und Palästen vorbeispazieren und dann ausgiebig bei »Armando« zu Abend essen.

Ich war wieder am Erdboden angekommen, stieg aus und stieß beinahe mit einer jungen Frau zusammen. Sie trug ein raffiniert geschnittenes schwarzes Schlauchkleid. Sie war äußerst schlank und hatte ihr langes blondes Haar wirkungsvoll nachlässig aufgesteckt. Sie schien mich zu kennen. Und sie bemerkte, dass ich sie nicht erkannte.

»Auf der Bühne sehe ich anders aus.«

Blond, zart, maximal zwanzig. Ich überlegte. Es war das jüngste der Frohsinn-Mädel. Sie war bei dem Interview im Kaffeehaus nicht dabei gewesen. Bei den Proben hatte sie zwar kein Dirndl, sondern Jeans angehabt, aber die Haare waren geflochten gewesen und in einem altmodischen Kranz um den Kopf gelegen.

»Sie sehen toll aus«, sagte ich.

»Gefällt mir auch besser so. Aber das andere gehört eben dazu zum Geschäft. Eigentlich hätte ich ja Schauspielerin werden wollen, aber mein Onkel ist der Manager der Truppe. Meine Mutter war eine Mitbegründerin, sie singt schon seit Jahren nicht mehr.«

»Sind Ihre ... Kolleginnen auch hier?«

»Nein, nur ich. Mein Freund ist im Bankgeschäft.«

Sie sagte es mit einem Stolz in der Stimme, als sei er Nobelpreisträger.

»Ich habe mir nur schnell etwas zu essen holen wollen.«

Ich nickte.

»Finden Sie es nicht auch ganz arg, was bei uns los ist?«

Ja, ich fand es auch ganz arg, um bei ihrer Wortwahl zu bleiben. Ich wollte aber heute Abend endlich einmal nichts mit den mörderischen Volkstümlern zu tun haben.

»Glauben Sie auch, dass es Joe Platt war?«, fragte sie.

Ich schüttelte den Kopf. Nichts wie weg.

»Ich glaube es eigentlich auch nicht. Dabei habe ich gehört, dass bei ihm daheim genau die gleiche Angelschnur gefunden worden ist, wie sie am Scheinwerfer gehangen hat.«

Das konnte nicht sein. »Von wem haben Sie das gehört?«, fragte ich scharf.

»Vom Regieassistenten. Er hat mich angerufen, weil wir eine Probe verschieben mussten, und da hat er gesagt, dass sie bei einer Hausdurchsuchung die Angelschnur gefunden haben.«

»Viele Menschen haben Angelschnüre.«

Sie zuckte wenig interessiert mit den Schultern. »Irgendwie gruselig, wenn er es wäre. Da arbeitet man mit einem, und er ist immer so freundlich und auch fesch. Ich meine, er ist schon ziemlich alt, aber ...«

»Ich muss jetzt gehen.«

»Ich hätte Ihnen noch gerne ...«

»Ein anderes Mal.« Wenn ich weiter mit der Ziege sprach, würde ich für nichts garantieren können.

»Ich habe da etwas Seltsames gesehen, von dem ich einfach nicht weiß ...«

»Wir reden darüber. Bei den Proben.« Ich hätte ihr zuhören sollen.

Mir war es egal. Früher oder später würden die Kriminalisten ohnehin etwas über unsere Beziehung herausfinden. Ich lief in Richtung Praterstern, bis der Partylärm nachließ, überlegte mir einen unverbindlichen Beginn für den Fall, dass Joes Telefon abgehört wurde, holte das Handy aus der Tasche und wählte. Dreimal ertönte das Freizeichen. Dann hob er ab.

»Hallo, hier ist Mira Valensky vom Magazin. Ich wollte nur nachfragen ...«

»Frau Valensky, ich habe jetzt keine Zeit. Wir sehen uns sicher morgen.« Seine Stimme klang nach akuter Selbstmordgefahr. Oder bildete ich mir das bloß ein? Man hatte bei ihm die Nylonschnur gefunden. Er hatte mir nicht erzählt, dass er genauso eine Nylonschnur besaß. Warum sollte er auch? Alle Angler hatten solche Schnüre, auch Bastler, jeder konnte sie haben. Daran dachte man eben nicht. Auch nicht, wenn dauernd über eine Nylonschnur geredet wurde?

Ich hielt die Ungewissheit nicht mehr aus. Ich fuhr zu Vesna und klopfte an ihr Fenster. Vesna wohnte ebenerdig, in einem Haus in einer Seitengasse mit wenig Licht, aber in einem Bezirk innerhalb des Gürtels. Das war Vesna wichtig. Auf der Straße spielten noch einige Kinder. Sie redeten wienerisch, hatten dunkle Augen und schwarze Haare. Vesnas Zwillinge waren nicht dabei. Sie öffnete das Fenster und hatte sichtlich jemand anderen erwartet. Als sie mich sah, entspannte sich ihr wütendes Gesicht. »Dachte, es ist mein Mann. Er ist heute trinken gegangen. Wir haben gestritten. Komm herein, Mira Valensky!«

Vesnas Küche war blitzsauber. Auf dem Tisch standen eine große Schüssel mit ausgelösten Marillen und eine Packung Zucker. Sie war offensichtlich gerade dabei gewesen, Marmelade einzukochen. »Kannst du dir vorstellen, Mira Valensky? Den ganzen Tag in der Küche und dann bringt er diese Früchte und will Marmelade. Ich bin kein Küchenmensch.«

»Vesna, ich glaube, Joe ist in ziemlichen Schwierigkeiten.«

Zehn Minuten später fuhr sie mit meinem Auto los. Ich saß in ihrer Küche und wartete. Da konnte ich ebenso Marmelade einkochen. Das war gut gegen strapazierte Nerven. Saftige Marillen, gleich viel Zucker. Ich fand ein Stück Zimtrinde. Marillenschnaps wäre gut, aber Vesna mochte keine harten Getränke. Und ihr Mann? Was, wenn ihr Mann heimkam? Ich hatte ihn schon zwei-, dreimal gesehen. Wäre er nicht in Ordnung, würde Vesna nicht mit ihm leben.

Konnte man das immer so genau sagen? Frauen lassen sich manchmal mit Männern ein, die ich ihnen nie zugetraut hätte. Masochismus. Verblendung. Einsamkeit. Konventionen. Was weiß ich. Und wie war das bei mir? Ich schnitt die Marillen klein. Was würde ich machen, wenn er betrunken war? Es gab andere Dinge, über die ich mir Sorgen machen konnte.

Vesna sollte bei Joe anklopfen und sich für den Fall, dass er die Polizei im Haus hatte, als seine Putzfrau ausgeben. Ich war noch nie in seiner Wohnung gewesen. Warum eigentlich nicht? Jedenfalls kannte ich seine Adresse. Wenn möglich, sollte sie Joe mitbringen. Er war jedenfalls nicht verhaftet worden. Noch nicht. Wer weiß, was sich während unseres kurzen Telefonats in der Wohnung abgespielt hatte.

Schon war eine halbe Stunde vergangen. Die Marmelade war eingedickt und schlug Blasen. Ich hatte im Küchenschrank hochprozentigen Rum gefunden und einen kräftigen Schuss davon in die blubbernde Masse geleert. Dann füllte ich die Marmelade in die bereitstehenden Gläser. Für mich hätte ich in jedes obenauf noch einmal einen Schuss Rum geleert. Das desinfiziert und schmeckt köstlich. Aber wer weiß, ob das die Zwillinge gut finden würden. Also schraubte ich die Gläser fest zu, wusch ab und ging zum Fenster. Eine Dreiviertelstunde seit Vesnas Abfahrt. Joe war verhaftet worden. Vesna saß in der Sicherheitsdirektion beim Verhör. Ihr Aufenthaltsstatus war nie ganz und auf Dauer geklärt. Vielleicht nahm man sie gleich in Abschiebehaft. Das ging schnell in Österreich. Rein ins Gefängnis und zurück in die angebliche Heimat.

Ich durfte jetzt nicht zu spinnen beginnen. Vesna lebte mit einem Mann zusammen, der fest angestellt war. In einer Farbenfabrik, wenn ich mich recht erinnerte. Sie hatte Zwillinge. Die Zwillinge waren sogar Klassenbeste. Niemand würde ihr so schnell etwas tun können. Und wenn man Joe verhaftet hatte, hätte er ja gar nicht mehr ans Telefon gehen können. Vielleicht war er einfach nicht daheim. Vielleicht war er zu mir gefahren. Dass ich daran nicht gedacht hatte. Sie hörten seine Telefone ab, aber sie würden ihn nicht verfolgen. Warum eigentlich nicht? Wir mussten mit dem Versteckspielen aufhören. Es war lächerlich. Nein, es war notwendig. Oder war ich bloß feige? Und er?

Draußen schrie eine Frau auf Kroatisch. Die Kinder riefen etwas zurück und verschwanden in der Hauseinfahrt. Jetzt war die Gasse menschenleer. Menschenleer. Ich lehnte meinen Kopf an den Fensterflügel. Man brauchte Menschen. Joe. Vesna. Meine Freundinnen. Droch. Ihn hatte ich in der letzten Zeit vernachlässigt. Ich wusste, wie reserviert er üblicherweise war. Mit mir hatte er eine Art Freundschaft geschlossen. Seine Freundschaft war kostbar, sie war selten. Ich wollte ihn nicht verletzen, er war verletzt genug. Und das hatte nichts mit seiner Lähmung zu tun.

Ich war eine Egoistin. Und ich war viel zu impulsiv. Ich hätte mit ihm reden sollen. »Hör mal, ich habe mich in den Moderator der Super-Sommer-Hitparade verliebt. Er trägt zwar röhrende Hirsche auf seiner Jacke, aber sonst ist er wirklich ein netter Mensch. Und er hat Langthaler nicht ermordet.« Unsinn. Aber irgendwann, wenn alles vorbei war, würde ich die beiden einander vorstellen. Droch mit seinem grau-borstigen Haar und dem widerborstigen Charakter und der attraktive, charmante Joe Platt? Herzlos. Droch mochte mich. In den letzten Tagen hatte er einen großen Bogen um mich gemacht. Ach, verdammt. Wo blieben Vesna und Joe?

Mein kleiner Fiat bog um die Ecke. Ich konnte nicht sehen, wer darin saß. Zum Glück gab es in der Gasse einen Parkplatz. Vesna stieg aus. Alleine.

»Er ist zu Hause. Er sagt, er wird beobachtet. Wahrscheinlich. Also bleibe ich zum Putzen eine halbe Stunde. Dann lasse ich meine Tasche dort und fahre her. Er ruft an hier. Ich muss bei Zwillingen sein. Er fahrt und bringt mir Tasche.«

»Wie geht es ihm?«

»Er ist fertig. Ich habe nicht geputzt, sondern geredet und gesagt: ›Wenn es schlecht ist, muss man weitergehen. Schneller. Nach vorne. Damit man wegkommt.‹ Das haben wir auch gemacht, in Bosnien. Mein Mann will zurück. Da haben wir heute gestritten.«

»Ich dachte, über die Marillen.«

Vesna machte eine wegwerfende Handbewegung. »Wer streitet über Marillen?«

Dann sah sie die gefüllten Gläser und begann zu lächeln. »Mira Valensky, du bist wirklich meine Freundin.«

»Gehst du mit, wenn er geht?«

»Ich will nicht. Aber ich habe nur Aufenthaltsgenehmigung, weil er eine hat. Putzen ist schwarz. Keine Arbeitserlaubnis. Wenn er in Bosnien, fehlen mir Papiere. Ich will dableiben. Ich will, dass die Zwillinge dableiben. Sie gehen da in die Schule. Sie kennen Schule nur in Wien.«

Das Telefon läutete.

»Oh, Herr Platt«, sagte Vesna. »Das ist schreckliche Sache. Meine Ausweise, Geld, alles. Aber ich kann nicht weg wegen den Zwillingen.«

Joe sagte seinen Part, dann war Vesna an der Reihe: »Wenn Sie das wirklich machen. Es ist ganz nett von Ihnen. Natürlich bin ich wach. Ganz herzlichen Dank.« Sie zwinkerte mir zu. Ich würde ihr helfen. Ich musste ihr helfen.

»Ich werde dir helfen, sonst gehen mir alle Blumen ein, und ich ersticke im Dreck.«

Das war der Ton, den Vesna liebte. »Werden einen Weg finden.«

Vielleicht war alles andere halb so schlimm. Wir tranken jugoslawischen Rotwein, einen robusten, kräftigen Wein aus der Zeit vor dem Krieg. Beruhigend.

Jemand klopfte ans Fenster. Es war Joe. Im Licht der Straßenbeleuchtung sah er gespenstisch blass aus. Vesna öffnete das Fenster und rief laut: »Oh, da habe ich Dumme meine Tasche vergessen! Kommen Sie herein, Herr Platt. Bitteschön. Einen Moment.« Ich spähte durch den Vorhang. Niemand war zu sehen. Kein anderes Auto. Kein Fußgänger. Sie hatten ihn offensichtlich nicht verfolgt. Oder sie legten es intelligenter an, als ich es ihnen zugetraut hätte.

»Sie haben meine Wohnung durchsucht. Ich habe

ihnen in der Kulturhalle meinen Schlüssel gegeben und gesagt, sie könnten ruhig sofort hinfahren. Eine gute Idee, habe ich gedacht. Dann merken sie, dass ich nichts zu verbergen habe.«

»Wann war das?«

»Am Nachmittag. Einer ist zu den Proben gekommen und hat etwas von Routine geredet. Mir ist klar, dass eine Hausdurchsuchung mehr ist als Routine.«

»Dazu braucht man einen dringenden Tatverdacht«, warf ich ein.

»Ihr solltet euch nicht mit mir sehen lassen.«

»Mira Valensky, das Gangsterliebchen. Steht mir die Rolle nicht?« Der Scherz ging etwas daneben. Niemand konnte herzlich lachen.

»Ich war mit meinen Kindern ab und zu angeln. Und die Angelschnur entspricht genau der Schnur, die sie in Langthalers Zimmer gefunden haben. Aber es kommt noch schlimmer ...«

Was konnte noch viel schlimmer sein?

»Sie haben auch mein Büro im Fernsehzentrum durchsucht und auch dort ein Stück Angelschnur gefunden.«

»Wie gibt's das?«

»Ich habe vor längerer Zeit ein paar Meter Schnur mitgenommen, um zwei Bilder aufzuhängen. Wir haben nur Wandleisten und dürfen keine Nägel einschlagen. Ich wollte eine durchsichtige Schnur, und da ist mir die Nylonschnur eingefallen.«

»Dann müssen die Kriminalbeamten ja die Bilder mit der Schnur gesehen haben.«

»Ja, aber das beweist nur, dass ich die Schnur verwendet habe. Ich hatte völlig vergessen, dass noch ein Stück Schnur in einer Schreibtischlade liegt. Ich habe einfach nicht mehr daran gedacht.«

»Sie können dir nichts nachweisen.«

»Sie können mich aber in Untersuchungshaft nehmen. Jederzeit.«

Ich nickte. »Aber dann bekommen sie es mit mir und dem Magazin zu tun.«

Joe seufzte. »Wenn das so einfach wäre.«

»Wir müssen schneller sein«, sagte Vesna.

Wenn das so einfach wäre.

»Morgen liegt der kriminaltechnische Befund vor, ob die Schnur am Tatort mit meiner Schnur übereinstimmt.«

»Warum erzählen sie dir das alles?«

»Keine Ahnung, sie wollen mich wahrscheinlich mürbe machen. Ich soll gestehen.«

»Ich vermute etwas anderes. Sie zweifeln selbst an ihrer Theorie.«

Vesna schüttelte den Kopf. »Nein, nein! Joe Platt ist Promi. Sie haben Angst vor Skandal.«

Da ging die Tür auf. Herein kam Vesnas Lebensgefährte, sichtlich angetrunken. Irritiert sah er von einem zum anderen. Dann starrte er Joe an. »Joe Platt?«, fragte er mit zittriger Stimme.

Vesna sah ihn von oben bis unten an und sagte dann: »Da siehst du, was ich für Freunde habe.«

Es folgte ein Wortduell auf Kroatisch.

»Ich habe nur erklärt, dass es wirklich Joe Platt ist. Und dass Autogramm peinlich ist.«

Joe begann zu grinsen.

»Und ich habe noch gesagt, dass Terezija Stielaugen kriegen würde. Und Roman auch.«

»Ich wusste gar nicht, dass ich da so viele Fans …«

»Was glauben Sie, Joe Platt, was Menschen aus Bosnien nach Arbeit tun? Fernsehen. Wie Österreicher.«

»Den gleichen Mist«, ergänzte ich und grinste auch.

10

Am nächsten Tag war das jüngste der Frohsinn-Mädel tot. Ein Tontechniker hatte die junge Frau gefunden, auf dem Bauch liegend, als ob sie auf der Bühne eingeschlafen wäre. Ihr Kopf aber lag in einer Blutlache. Blonder Haarkranz und hellrotes Blut.

Ich war zu diesem Zeitpunkt in der Redaktion gewesen. Vesna in der Kantinenküche. Dort hatte man Hochbetrieb, Mittagszeit.

Als ich in der Kulturhalle eintraf, gab Chefinspektor Müller gerade eine improvisierte Pressekonferenz. Wir hatten heute früh miteinander telefoniert. Ich hatte ihm von dem angeblichen anonymen Anruf wegen Susis schwebender Schaukel erzählt und ihm eine Stimme beschrieben, die nur in meiner Fantasie existierte.

»Meine Damen und Herren, wir ermitteln auf Hochtouren. In alle Richtungen.«

»Muss man sich nicht nach diesem dritten Todesfall die Frage stellen, ob die Kriminalpolizei völlig versagt hat?«, fragte ein lang gedienter Reporter.

»Wir tun unser Möglichstes, und ich will über die Hintergründe der Todesfälle auch nicht weiter spekulieren. Tatsache ist, dass gewisse mutmaßliche Morde nicht so einfach verhindert werden können. Tatsache ist auch, dass es keinesfalls erwiesen ist, dass es sich um Morde handelt.«

»Vermuten Sie Zusammenhänge mit dem Mord am Manager der Kastelruther Spatzen?«

»Wir behalten das im Auge und arbeiten selbstverständlich mit unseren deutschen Kollegen zusammen. Es sieht aber so aus, als gebe es keinen Zusammenhang.«

»Sie halten also die Volksmusikszene grundsätzlich für eine mörderische Branche?« Die Meldung kam von einem Gesellschaftsreporter. Er hatte es gerne witzig.

»Sie werden verstehen, dass ich darauf nicht einmal antworte.«

»Es gibt kein perfektes Verbrechen, also müssen die Ermittlungen dilettantisch gewesen sein.«

»Das werden die verantwortlichen Stellen zu entscheiden haben. Wir unterliegen sowohl der medialen als auch der politischen Kontrolle. Mehr kann ich zum jetzigen Zeitpunkt nicht sagen. Meine Damen und Herren, ich verabschiede ...«

Ich unterbrach ihn: »War es vielleicht doch ein Fehler, die Ermittlungen so stark auf Joe Platt zu konzentrieren?« Natürlich war die Sache mit der Hausdurchsuchung und der Nylonschnur längst durchgesickert. Es gab kaum eine Zeitung, die nicht rechtzeitig für ihre heutige Ausgabe davon erfahren hatte.

Müller sah mich genervt an. »Sie wissen nicht, in welche Richtungen wir sonst noch ermitteln. Es sind die Medien, die meine Gespräche mit Herrn Platt hochspielen. Und Sie werden im Interesse der Sicherheit der Bevölkerung verstehen, dass ein Starmoderator von Ermittlungen nicht ausgenommen werden kann. Egal, wie populär er ist.«

»Hausdurchsuchungen sind mehr als übliche Ermittlungen.«

»Wir haben die Nylonschnur gefunden. Ich sage aber nicht, dass damit der Fall geklärt ist.«

»Wo war Joe Platt heute zur Tatzeit? Haben Sie das schon überprüft?«, meldete sich ein aufgeblasener Typ vom größten Revolverblatt. Ich hätte davon nicht anfangen sollen. Keine Ahnung, wo Joe gewesen war.

»Ich verrate nichts Unzulässiges, wenn ich sage, dass er angab, einen Fototermin gehabt zu haben.«

»Bei der Polizei?« Einige lachten.

»Für eine Zeitschrift. Gemeinsam mit einer Band ... den Coolen Kerlen aus den Bergen.«

»Kann es sein«, fragte wieder der Gesellschaftsreporter, »dass Sie volkstümliche Musik nicht mögen? Dass es Ihnen egal ist, wer da ermordet wird?«

Chefinspektor Müller schien nahe davor zu platzen. »Mir ist kein Mord egal. Und meine persönlichen Vorlieben stehen hier nicht zur Debatte.«

Joe dürfte also in diesem Fall ein Alibi haben. Ich atmete auf.

Das jüngste Frohsinn-Mädel war mit dem Aufzug zum Schnürboden hinaufgefahren, ausgestiegen und über das mehr als ein Meter hohe massive Stahlgeländer gefallen oder gestoßen worden. Die Aufzugskabine hatte sich jedenfalls nicht oben am Schnürboden, sondern unten befunden. Allerdings konnte man die Kabine auch von oben nach unten schicken. Aber warum hätte die junge Frau die Kabine nach unten schicken und sich dann umbringen sollen? Noch unwahrscheinlicher war ein Unfall. Das blonde Frohsinn-Mädel fährt nach oben, schickt den Aufzug nach unten, wird schwindlig und fällt hinunter? Unsinn.

Gestern noch war sie auf dem Fest im Prater gewesen – mit sich und der Welt zufrieden. Jung, hübsch, voller Bewunderung für ihren Freund aus dem Bankgeschäft. Sie hatte mir etwas erzählen wollen, aber ich hatte ihr Geschwätz über Joe nicht ertragen. Eine oberflächliche junge Frau, die etwas gesehen hatte, es aber nicht hatte einordnen können. Wahrscheinlich war es ohnehin nicht wichtig gewesen. Jedenfalls würde sie es mir nicht mehr erzählen können. Ich musste die anderen Frauen der Truppe fragen. Und den Manager.

In der Mittagszeit war der Bühnenbereich leer gewesen. Sich hereinzuschleichen war für einen, der die Halle kannte, kein Problem. Ein Teil der Belegschaft hatte in der Kantine gegessen. Kamera-, Licht- und Tonleute hatten eine Sitzung gehabt. Der Tontechniker, der die Tote gefunden hatte, war zurückgekommen, um seine Zigaretten zu holen. Joe und die Coolen Kerle aus den Bergen hatten in einer Grünanlage neben der Kulturhalle für Fotoaufnahmen posiert. Der Großteil der Stars sollte erst am Nachmittag zu den Proben kommen. Der Regieassistent, einige der Produktionsmitarbeiter und die Produktionsassistentin Liz waren zur Tatzeit zwischen den improvisierten Büros, dem Regieraum und der Kantine unterwegs gewesen.

Ich kam mir so unzulänglich vor. Es ging nicht darum, Joe zu beschützen. Der konnte ganz gut auf sich selber aufpassen. Es ging auch nicht darum, irgendwelche Fäden zu ziehen oder gar zu entwirren. Das war kein Spiel, das war mehr als der Hintergrund für eine gute Story. Gestern hatte sie noch gelacht, sich gefreut. Sie hatte mit ihrem Bankmenschen Pläne geschmiedet. Und sie hatte mit ihren Kolleginnen hart daran gearbeitet, die Hitparade zu gewinnen. Oder zumindest mit dabei zu sein. Sie hatte wie ich in der Wiese vor dem Riesenrad gestanden. Sie hatte wie ich die Lichter der Stadt gesehen. Jetzt war sie tot. Keine Lichter mehr, keine Wiese. Nie mehr.

Ich hatte einen üblen Geschmack im Mund, wie nach alten Sägespänen. Ich setzte mich auf einen der ramponierten Holzstühle, die im Zuschauerraum standen. Dort auf der Bühne hatte sie gelegen. Dort, wo jetzt die unvermeidliche Kreidezeichnung und die Absperrungsbänder der Spurensicherung zu sehen waren.

»Bitte verlassen Sie den Saal! Die Pressekonferenz ist zu Ende.«

Ich sah auf. Ein Gendarm stand vor mir, mittelgroß, mittelschlank, mittleren Alters. Ein Durchschnittsbeamter, darauf geschult, das zu tun, was ihm aufgetragen wurde. Müde sagte ich: »Ich habe einen Sonderausweis.« Ich tippte auf meine Handtasche. An der Tasche festgeklippt baumelten beide Ausweise.

»Man hat mich angewiesen, alle Journalisten hinauszubitten.«

»Kann sein, das bezieht sich aber nicht auf mich.«

»Sie sind doch Journalist. Nicht wahr?«

»Nein, Journalistin. Finden Sie lieber den Mörder. Oder die Mörderin.«

»Die Mörderin?« Derartiges schien für ihn ausgeschlossen. »Haben Sie Informationen?«

»Die habe ich bereits Chefinspektor Müller gegeben.«

Der Gendarm war verunsichert.

»Bleiben einige Gendarmen zur Bewachung in der Halle?«

Er scharrte unruhig mit den Füßen.

»Ach so, auch Zivilbeamte. Habe ich Recht? Werden sie sich als neue Volksmusikgruppe ausgeben? Nach dem Vorbild von Kottans Kapelle?«

»Ich habe Ihnen nichts gesagt.«

Ich bedankte mich höflich. Er ging weg, und ich hörte ihn telefonieren. Offenbar erkundigte er sich über mich in der Sicherheitsdirektion. Solange die Intendantin wollte, durfte ich bleiben. Aber wollte ich das noch? Man hatte versucht, mich kaltzustellen. Im wahrsten Sinn des Wortes. Immer mehr war ich geneigt zu glauben, dass der Mörder ein Wahnsinniger war. Es gab verschiedene Formen des Irreseins. Volkstümliche Musik konnte die eine oder andere vielleicht beschleunigen.

Der Schnürboden war gesperrt, die Bühne auch. Die nachmittäglichen Proben entfielen. Wenn alles gut ging, würde ein Teil der Proben am Abend nachgeholt. Zuvor war noch einmal die Spurensicherung an der Reihe. Welche Auswirkungen würde dieser neuerliche Mord auf die Show haben? Wahrscheinlich würde ihr der Medienrummel nur nützen. Eine Mischung aus Mitleid, Sensationsgier und dem Wunsch, den nächsten Mord vielleicht live mitzuerleben, würde noch mehr Leute vor die Fernseher locken. Wer konnte es dem Publikum verdenken, dass es nicht mehr im Stande war, zwischen Realität und Show zu unterscheiden?

Die Helden der Super-Sommer-Hitparade fuhren Porsche, ließen sich ihren privaten Whirlpool bringen und verbrachten einige Monate des Jahres in warmen Gefilden, wo man sie nicht kannte und sie ihr Geld ungeniert ausgeben konnten. Auf der Bühne aber waren sie die Typen von nebenan, mit allen per du, volkstümlich eben. Hinter der Bühne standen ihre Manager, verhandelten über Verträge und strichen dabei, wenn sie auf das richtige Pferd gesetzt hatten, Millionen ein.

Ich schüttelte den Kopf. Sie war fünfzehn Meter in die Tiefe gestürzt, auf den Bühnenboden geknallt und sofort tot gewesen. Es würde schwer sein, noch heute mit dem Rest ihrer Truppe zu reden. Würden die überlebenden vier am Samstag auftreten?

Ich fand die gar nicht fröhlichen Frohsinn-Mädel in ihrer gemeinsamen Garderobe und blieb in der halb geöffneten Tür stehen. Der Manager war auch da. Er meinte: »Wir können ihr das nicht antun. Und die Leute wollen das auch nicht. Eine stirbt, und die anderen machen weiter, als ob sie das ganz kalt lassen würde.«

Die älteste der Truppe war anderer Meinung: »Du weißt, dass uns das nicht kalt lässt. Es ist ... fürchterlich.« Ihre Stimme brach, aber es wirkte auf mich eher künstlich. »Wir müssen auftreten. Da ist der Vertrag. Die CD. Und was viel wichtiger ist: Sie hätte es auch gewollt. Sie war so lieb, und sie hätte gesagt ...«

»... dass das Leben weitergeht«, ergänzte ein anderes Frohsinn-Mädel. »Wir könnten das Zirkuslied singen. Ihr zu Ehren. Damit könnten wir ...«

»Seid ihr wirklich so herzlos?«, schrie eine andere.

»Der Zirkus geht weiter. Wir singen es für sie. Ich bin sicher, der Sender hat nichts dagegen.«

Ich klopfte an die Tür und trat ein. Blasse, aufgeregte Gesichter wandten sich mir zu.

»Es tut mir Leid, dass ich in dieser Situation störe.«

Der Manager stand auf. »Bitte gehen Sie!«

»Mir geht es nicht um irgendwelche Sensationsgeschichten. Was ich möchte, ist, dass Sie mir alle, ganz persönlich, etwas über die Verstorbene erzählen. Ich gebe Ihnen die Texte zu lesen, bevor der Artikel gedruckt wird. Ich schreibe das, was Sie sagen wollen. Eine Art Auf-Wiedersehen-Gruß.« Ein guter Gedanke, war mir eben erst gekommen: authentische Erzählungen über das Frohsinn-Mädel von ihren Kolleginnen. Und ich konnte sie unauffällig fragen, ob ihnen das Mädel erzählt hatte, dass ihm irgendetwas seltsam vorgekommen war.

»Wenn es wirklich so ist ...«

Sie versprachen, mir in einer halben Stunde Bescheid zu geben. Bis dahin hatte ich Zeit, Joe zu finden, und Zeit, in die Nähe der Küche zu gehen und mit Vesna zu reden. Beide waren so ratlos und niedergeschlagen wie ich selbst. Joes Alibi war nicht so gut, wie ich gedacht hatte. Sowohl die Coolen Kerle aus den Bergen als auch Joe waren während des Fototermins auf die Toilette, zur Schminkmeisterin und in die Kantine gegangen. Die Abläufe ließen sich nicht mehr restlos klären. Es war eine lange Fotosession gewesen, mit dem Ziel, zwanglose und witzige Aufnahmen für ein Hochglanzmagazin zu bekommen. Joe in Jeans und weißem Hemd, die Coolen Kerle in ihren schrägen Fantasie-Outfits. Mit den Mitgliedern dieser Gruppe hatte ich bisher noch am wenigsten Kontakt gehabt. Sie waren die absoluten Superstars der Saison, kamen entsprechend knapp zu den Proben, mussten nicht warten und rauschten blitzartig wieder ab. Der Leadsänger fuhr einen himmelblauen offenen Mercedes und gab sich eher wie ein Popstar. Nur Geld verdiente er mehr. Die anderen hatten unterschiedliche Modelle der Marke Porsche, die Farbe war bei allen gleich: schwarz. Joe hatte mir erzählt, dass die Coolen Kerle beinahe fünfzehn Jahre lang von Zeltfest zu Feuerwehrfest und wieder zurück getingelt waren. Eine volkstümliche Unterhaltungsband wie viele andere eben auch. Sie hatten ihren Erfolg einer hervorragenden Managerin zu verdanken. Die Managerin war selten bei den Proben dabei, ich hatte sie nur einmal kurz nach einer Sendung gesehen. Sie sah eher aus, wie ich mir die Direktorin einer Versicherung vorstelle: korrekt, etwas streng angezogen, sparsames Lächeln, selbstbewusstes Auftreten. Distanziert. Beobachtend. Ursprünglich hatte sie mit einem aus der Gruppe ein Verhältnis gehabt. So war sie überhaupt erst auf die Idee gekommen, die Band zu managen. Und aus der Durchschnittsgruppe wurden die Coolen Kerle aus den Bergen, die volkstümliche Musik mit aktuellem Zuschnitt boten, und keine biederen Onkel oder Brüder, sondern eben coole Kerle waren. Sie hatten es geschafft. Bei ihrem letzten Solokonzert waren an die

Besucher grün gefärbte Brillen verteilt worden, und die Coolen Kerle hatten ihren Superhit »Grüne Berge, grüne Kühe, grünes Land« gesungen. Sie gingen am Samstag als Spitzenreiter der Hitparade ins Rennen. Und sie würden ihre Position wohl auch mit ihrem dieswöchigen Schlager »Wir schauen in den Mond« verteidigen. Diesmal war es eine Ballade, etwas fürs Herz. Da war es beinahe schon egal, ob die Frohsinn-Mädel antreten würden oder nicht.

Allerdings: Der Tod der Jüngsten und dann das Zirkuslied ... da würde kein Auge trocken bleiben. Ich tippte darauf, dass die Frohsinn-Mädel auftreten würden. Und ich bekam Recht. Sie entschieden sich für einen Auftritt, der ihrer toten Kollegin und Freundin gewidmet sein würde. Und sie erzählten mir über sie.

Gabriele Weichselberger hatte sie geheißen. Sie war 21 Jahre alt und die Tochter einer der Begründerinnen der Truppe gewesen. Gabi hatte seit dem fünften Lebensjahr gesungen. Ihre Mutter hatte allerdings darauf bestanden, dass sie nicht professionell ins Showgeschäft einstieg, bevor sie einen Schulabschluss hatte. Kluge Frau. Sie hatte wohl selbst einiges erlebt. Gabi hatte also nebenbei in verschiedenen Formationen, auch mit ihrer Mutter gesungen, und vor drei Jahren die Matura gemacht. Sie war die Erste in ihrer Familie mit einem höheren Schulabschluss gewesen. Dann hatte sie ihr Onkel zu den Frohsinn-Mädeln gebracht. Eine hübsche, naturblonde junge Frau, die auch noch singen konnte. Ein Glücksgriff. Seit einigen Monaten allerdings hatte sie mit dem Ausstieg aus der Truppe spekuliert. Schuld daran war ihr Freund aus dem Bankgeschäft gewesen. Nach einer Heirat, so hatte sie ihren Kolleginnen erzählt, wolle sie nicht mehr weitermachen. Sie wolle zwei oder drei Kinder und ein schönes Haus haben. Du liebe Güte. Offenbar hatte sie die volkstümlichen Texte für bare Münze genommen. Vater, Mutter, Kind und unsterbliche Rollenklischees. Ihr Freund habe das Showgeschäft nicht sonderlich geschätzt, erfuhr ich noch, und dass ihre liebste Freizeitbeschäftigung Reiten gewesen sei. Sie habe sich im letzten Jahr zwei Pferde gekauft, die in einem Reitstall in der Nähe von Wien betreut wurden. Aber all das lieferte kein Mordmotiv.

Und keine aus der Truppe konnte sich erinnern, dass Gabi über außergewöhnliche Beobachtungen gesprochen hatte. »Wir haben über die Todesfälle geredet, das natürlich«, erzählte mir die älteste der Frohsinn-Mädel. »Sie hat Downhill-Sepp ganz gern gemocht, aber den haben fast alle gemocht.«

»Und Langthaler?«

Sie stutzte und rieb sich die Schläfe. »Den haben wenige gemocht.«

»Hatte sie einen besonderen Grund dafür?«

»Einen besonderen Grund? Nein, nicht dass ich wüsste. Es waren sein Umgang mit Menschen, seine Schreierei. Aber man soll über Tote nichts Böses sagen.«

»Ist Ihnen irgendetwas Besonderes aufgefallen? Irgendein Zusammenhang, den Sie zwischen den Todesfällen sehen?«

Jetzt sah sie mich misstrauisch an. Sie zupfte ihre Bluse zurecht und erwiderte: »Wir wollten bloß über die arme Gabi reden. Das andere ist Sache der Polizei. Außerdem ist mir nichts aufgefallen. Außer, dass alle Opfer bei der Hitparade mit dabei waren.«

Vielleicht war es einer, der selbst nicht mit dabei sein durfte. Oder einer, der volkstümliche Musik nicht ausstehen konnte. Oder eine aus der glücklichen Familie der Volksmusik, die ausgerastet war und jetzt persönliche Rechnungen beglich. Wie viele waren noch offen?

»Glauben Sie, dass Gabi selbst gesprungen ist? Vielleicht, nachdem sie jemand massiv unter Druck gesetzt hat?«

Die Frau seufzte. »Das kann ich mir nicht vorstellen. Sie war etwas labil, aber wer ist das mit 21 nicht? Wir waren nicht glücklich, dass sie gehen wollte. Aber ehrlich gestanden habe ich mir gedacht, dass die Phase mit ihrem Freund einmal vorbeigehen wird. Sie waren ja nicht einmal verlobt.«

»Man kann auch so heiraten.«

»Nein, sie wollte eine Verlobung und eine Hochzeit mit allem Drum und Dran. Sie war noch so jung.«

Sie würde nicht mehr älter und klüger werden können.

In der Kantine wurden auf einer Tafel Frankfurter Würstchen mit Saft, Schweinsbraten und Wiener Schnitzel angeboten. Die Würstchen und die Schnitzel waren durchgestrichen. Schweinsbraten war das Letzte, was ich wollte. Ich bekam bereits beim Gedanken daran Magendrücken. Volkstümliche Küche, volkstümliche Musik, volkstümliche Morde.

Warum war das Frohsinn-Mädel auf den Schnürboden gefahren? Ihr Mörder musste oben gewartet haben, der Aufzug war nur für eine Person zugelassen. Hatte sie etwa auch ein Briefchen bekommen? Die Sache mit dem Kühlkeller hätte mir verdächtig vorkommen sollen. Aber »Wir treffen uns auf dem Schnürboden«? Das wäre sogar dem naiven Frohsinn-Mädel seltsam erschienen. Warum dort? An dieser Stelle konnte man von allen gesehen werden. Gut, es war Mittagszeit gewesen, und es hatte eine Techniksitzung gegeben. Trotzdem: Der Mörder – oder die Mörderin – war ein ziemliches Risiko eingegangen. Dass Gabriele Weichselberger eine Nachricht erhalten hatte, war also unwahrscheinlich. Gerade nach meinem dramatischen Einschreiten am Vortag wäre niemand so einfach auf den Schnürboden gefahren.

»Was wollen Sie?«

Ich zuckte zusammen. Ich musste wohl schon einige Minuten vor dem Büfett der Kantine gestanden und auf die Tafel über der Kasse gestarrt haben. »Haben Sie ein Käsebrot?«

Die dicke Frau im weiß-fleckigen Mantel deutete wortlos auf eine Kühlvitrine.

Ich schnappte mir ein Käsebrot und ließ mich an einem der vielen leeren Tische nieder. Wirklich anheimelnd. Stühle mit orangefarbenen Plastikauflagen. Braune Resopaltische mit einigen feuchten Ringen, wie sie Gläser nun einmal hinterließen.

Das Käsebrot war eine Zumutung. Okay, ich esse gerne gut, aber ich bin durchaus auch mit einfachen Dingen zufrieden. Ich esse sogar hin und wieder bei McDonalds, schon allein deswegen, weil mir die Attitüden gewisser Gourmets so auf die Nerven gehen. Dort weiß man wenigstens, was man bekommt.

Doch dieses Käsebrot musste mindestens von vorgestern sein. Die untere Brotscheibe war matschig, bei der anderen bog sich der Rand bereits trocken nach oben. Der Käse sah nicht nur wie ein in Form gegossenes Kunstprodukt aus, sondern schmeckte auch so. Dazu gab es weder Butter noch ein Blatt Salat, geschweige denn ein kleines Stück Paprika. Ich biss zweimal ab und ließ das Brot liegen.

Ich musste von hier weg.

Susi Sommer saß in der gegenüberliegenden Ecke der Kantine und baumelte mit den Füßen. Sie war wirklich erstaunlich klein für vierzehn oder fünfzehn Jahre. Ob es stimmte, was Heinrich erzählt hatte? Dass die Kinderstars Hormone bekamen, die ihr Wachstum hemmen sollten? Da fiel mir ein, dass ich die Kleine nach der Geschichte mit dem Foto von Downhill-Sepp fragen wollte. Der Zeitpunkt war günstig. Neben ihr saß bloß ihre Mutter, und die hatte noch nie den Mund aufgemacht.

»Kann ich dich etwas fragen?«

»Ich gebe keine Interviews.«

»Das ist kein Interview, ich wollte bloß etwas fragen.«

Ihre Mutter mischte sich ein. Leider doch. »Interviewtermine müssen Sie mit meinem Mann absprechen, er ist ihr Manager.«

»Kann ich trotzdem ganz kurz mit Ihrer Tochter reden?«

»Das kann ich nicht entscheiden.«

»Ich rede mit ihr«, sagte das Engelchen. Es schien immer das zu tun, was man nicht von ihm wollte. Sollte mir recht sein.

»Aber Susi ...«

»Was wollen Sie wissen?«

»Wie war die Geschichte mit dem Bild von Downhill-Sepp, das du gefunden hast? Es geistern alle möglichen Gerüchte herum, und ich möchte nichts Falsches schreiben.«

»Diese Assistentin hat gelogen. Ich war in ihrem Zimmer, es war ja die Tür offen. Alle sind in allen Zimmern unterwegs. Und ich habe gewusst, dass sie ein Bild von ihm hat. Weil ich es schon vorher einmal gesehen habe. Wann, weiß ich nicht. Und da habe ich mir gedacht, ich will mir das Bild noch einmal anschauen, weil er jetzt doch tot ist.«

»Und dann?«

»Nichts. Ich habe mir es angesehen, und dann bin ich wieder gegangen.«

»Du wurdest gesehen.«

»Ja, dieser Idiot hat behauptet, ich habe es ihr in die Lade gelegt. Hätte ich doch gar nicht können. Woher bitte hätte ich das Bild haben sollen?« Sie sah mich triumphierend an.

»Aus der Garderobe von Downhill-Sepp.«

»Aber da war doch die Polizei. Und die haben alles angeschaut. Und versperrt.«

Die Kleine hatte Recht. Wenn die ermittelnden Beamten eine vernünftige Inventarliste gemacht hatten, musste klar festgestellt werden können, ob das Bild mit der Widmung in seinem Zimmer gewesen war oder nicht.

»Sie hat ihn geliebt, glaube ich«, sagte Susi Sommer.

Was wusste sie schon von Liebe? Sie sang darüber, das schon. Nichts ist offenbar rührender als ein kleines, unschuldiges Mädchen, das von der Liebe singt. Ich fand es zum Kotzen.

Es war also ziemlich klar: Die Produktionsassistentin hatte das Bild tatsächlich in ihrer Schublade gehabt. Ich würde sie damit konfrontieren. Sofort. Ich hatte Glück und fand Elisabeth Korinek in ihrem improvisierten Büro. Sie saß vor einem Laptop und tippte hektisch. Sie zog die Augenbrauen hoch. Vielleicht war es leichtsinnig, mit ihr allein ... Ihr Blick war auf mich gerichtet. Starr, vielleicht zu starr. Aber bisher hatte sie alle Morde gut geplant. Keine unüberlegten Aktionen, zumindest bis jetzt nicht. Wenn sie die Täterin war.

Ich fragte sie nach dem Foto, und sie geriet sofort in Rage. »Ich weiß nicht, woher Sie Ihre Informationen haben. Ich weiß nur, dass Sie Ihre Zutrittsberechtigung eigentlich für eine andere Reportage bekommen haben. Und mir fällt auf, dass seit Ihrem Erscheinen laufend Unglücksfälle passieren.«

»Unglücksfälle? Morde.«

»Es ist schlimm genug, trotz allem die Sendung am Laufen zu halten.«

»Was war mit diesem Foto? Es kann ja auch eine ganz harmlose Geschichte sein.«

»Harmlos? Dieses Kind versucht, mich zu denunzieren. Ich weiß nicht, warum, aber es ist so. Als ob ich mit diesem ...«

»Downhill-Sepp.«

»Ja. Also ob ich mit ihm etwas gehabt hätte. Lächerlich. Ich habe wirklich anderes zu tun, als mit irgendwelchen Mitwirkenden ein Verhältnis anzufangen.«

»Sie hatten das Bild in Ihrer Schreibtischlade.«

»Behauptet Susi.«

»Aber es lag ja tatsächlich in Ihrer Schreibtischlade.«

»Weil sie es dorthin gelegt hat. Oder der Mörder. Oder sonst jemand. Was weiß ich. Ich habe es jedenfalls nicht hineingelegt.«

»Sie sagt, dass sie das Bild schon früher einmal in Ihrem Zimmer gesehen hat.«

»Unmöglich!«

»Aber Sie haben doch mit Sicherheit Promotionfotos der Stars.«

Sie sah mich an. »Sie meinen, sie hat vielleicht ein anderes Foto ... eines, das diesem ähnlich sah, oder sogar das gleiche ... es stammt aus einer Promotionserie. Nur sind die Fotos normalerweise ohne persönliche Widmung.«

»Es wäre immerhin eine Möglichkeit«, sagte ich langsam. Hatte ich etwas übersehen? War es möglich, dass beide die Wahrheit sagten? Hatte Susi Sommer vor einiger Zeit ein Promotionfoto ohne Widmung gesehen, dann in der Lade gestöbert und das Foto mit der Widmung gefunden? Hatte man der Produktionsassistentin das Foto wirklich in den Schreibtisch gelegt? Wer konnte daran ein Interesse haben?

Über Langthalers Übergriff wollte ich mit ihr lieber nicht reden. Sie hätte wahrscheinlich alles abgestritten und wäre nur noch feindseliger geworden. Und mir gab es vielleicht einen kleinen Vorsprung, wenn sie nicht wusste, was ich wusste.

Die Bühne war noch immer gesperrt. Die Leute von der Spurensicherung waren mit einer Reihe merkwürdiger Werkzeuge an der Arbeit. Die Proben sollten um sieben am Abend weitergehen. Ich hatte also drei Stunden Zeit. Ich hatte keine Lust, in die Redaktion zu fahren. Das Magazin würde am Thema dranbleiben, das war nach dem heutigen Mord klar. Und ich hatte den entsprechenden Auftrag des Chefredakteurs in der Tasche. Das Ergebnis meiner Recherche über die Nylonschnur war in allen möglichen Medien zitiert worden. Das hatte ihm gefallen. Unglücklicherweise hatte die Story auch dazu beigetragen, dass Joes Wohnung durchsucht worden war. Doch wie hätte ich das wissen sollen? Hätte ich es gewusst, hätte ich die Story dann anders geschrieben? Oder gar nicht? Unnötig, mir darüber den Kopf zu zerbrechen. Ich hatte den Artikel geschrieben, und nach journalistischen Kriterien war die Story eine gute Sache gewesen: neu, spannend und sogar wahr.

Auf dem Parkplatz entlang der Schmalseite der Kulturhalle standen bereits zwei große Übertragungswagen des TV-Senders. Sie blitzten in der Sonne. Ein Team war gerade dabei, Kabel ins Innere des Gebäudes zu verlegen. Ein Mann schrie einem anderen etwas zu. Ich war zu weit weg und konnte es nicht verstehen. Das hier war Routine. Beruhigende Routine.

Ich stieg in meinen kleinen Fiat und fuhr los. Ich brauchte Abstand und Zeit, um nachzudenken.

Ich fuhr durch ein Dorf nach dem anderen. Staubige Straßendörfer in der Nachmittagssonne. Wenige Bäume am Straßenrand, verlassene Gehsteige. Von hier kam angeblich die Volksmusik. Vom Land. Ich überholte einen Traktor und hatte Mühe, einem daherbrausenden Lieferwagen gerade noch auszuweichen.

Von Idylle keine Spur. Wald und Feld und Kühe und was noch so alles besungen wird, gibt es noch. Aber die paar Kühe, die in dieser Gegend gehalten werden, stehen das ganze Jahr über im Stall und nicht auf einer Wiese. Die Felder bringen so wenig ein, dass die meisten Leute einer zusätzlichen Arbeit nachgehen müssen.

Vielleicht ist das der Grund, warum Volksmusik so populär ist. Ersatz für etwas, das längst verloren ist. Wenn es überhaupt jemals existiert hat. Sehr idyllisch konnte auch früher das Landleben nicht gewesen sein – ohne Traktor und Mähdrescher. Der Rücken musste den Landarbeitern wehgetan haben, und man sang wahrscheinlich nur, um nicht miteinander reden zu müssen. Ich weiß es nicht. Ich habe wenig Beziehung zum Leben außerhalb der Großstadt. Aber ich stelle es mir eher unangenehm vor, einem einzigen Wirtshaus, einem einzigen Lebensmittelhändler, einem einzigen Bäcker ausgeliefert zu sein.

Eine alte Schulfreundin war in diese Gegend gezogen. Ich hatte sie vor einiger Zeit zufällig getroffen, und wir hatten angeregt und lange geplaudert. Die Stadt sei ihr zu unpersönlich, hatte sie erzählt. Sie wolle einen Garten, eigenes Gemüse, echte Nachbarn. Ihr Mann und sie arbeiteten in der Werbebranche. Vor allem sie versuchte, immer mehr Arbeit von daheim aus zu erledigen. Landleben als Gegensatz zur Arbeit in der Stadt. Na ja ...

Ich rollte in den nächsten Ort, der mit seinem Bach in der Mitte und den Trauerweiden am Ufer ausgesprochen hübsch war. So konnten Dörfer auch vor hundert Jahren ausgesehen haben – abgesehen von den Alufenstern, die da und dort die alten hölzernen Fenster ersetzt hatten.

Vielleicht hatte Siegbert Heinrich doch Recht mit seiner Sorge ums Echte. Nur seine Rechthaberei ging mir auf die Nerven. Eigentlich konnte ich mir schwer vorstellen, dass er der Mörder war.

Ich passierte wieder eine Ortstafel und fuhr an einem flachen großen Gebäude mit einem riesigen Parkplatz rundherum vorbei: »Die Disco« stand auf einer großen Tafel und darunter, dass hier am Samstagabend die »Miss Dirndl« gewählt werden würde. Auf mich wirken echte Trachten genauso falsch wie neue modische Trachten.

Volkstümelei, die Österreich zusammenhalten soll. Pseudogemeinschaft. Hochgehalten auch von Politikern mit und ohne Trachtenanzügen. Was nicht »österreichisch« war, war fremd, wurde zur Bedrohung stilisiert. Damit ließ sich Stimmung machen, damit konnte man die Leute aufhetzen. Immer noch. Der Ausflug in die Welt der volkstümlichen Unterhaltungsmusik hatte meinen Patriotismus nicht eben gestärkt.

Ich hielt am Straßenrand und sah auf die Karte. Ich musste links abbiegen und noch ein paar Kilometer weiterfahren. Dann kam das Dorf, in das meine Freundin gezogen war. Ich hatte beschlossen, sie zu überraschen. Eine Straße Richtung Norden, und plötzlich begann die Weingegend. Statt ebener Einöde sanfte Hügel. Wein aus dem Weinviertel.

Meine Freundin war nicht zu Hause. Ich rüttelte an dem dunkelgrünen Tor. Fest versperrt. Ich läutete. Keine Reaktion. Dann nicht. Es wäre eine angenehme Abwechslung von meinen mörderischen Volkstümlern gewesen, mit ihr zu plaudern.

»Wollten Sie zu den Nachbarn?«, fragte eine alte Frau. Das Nebentor hatte sich einen Spalt weit geöffnet und ließ gerade ihr Gesicht und einen gekrümmten Rücken sichtbar werden.

»Ja, sie ist eine frühere Schulfreundin von mir.«

»Vielleicht sind sie beim Heurigen. Da gehen sie oft hin. Oder sie sind in der Stadt.«

Ich bedankte mich. Hier wussten die Leute übereinander Bescheid. Ich klopfte an das Tor, das schon wieder zugegangen war.

»Entschuldigen Sie, können Sie mir sagen, wo der Heurige ist?«

»Der Hofer schenkt ...«

»Schenkt?«

»Na, ausg'steckt hat er.«

Ich fand den Hof ohne Probleme. Im Freien standen einige lange, ungedeckte Holztische und Bänke. Die meisten von ihnen waren besetzt. Meine Freundin war nicht da. Ich ging zum Büfett. Da war alles hausgemacht. Das war ein Heuriger, wie ich ihn gerne hatte. Echt. Warum mir das Wort heute immer wieder in den Sinn kam? Schein und Sein. Die Blutwurst sah nach Sein aus.

Der Wein war leicht, frisch und trocken. Und die Blutwurst schmeckte so, wie sie aussah. Der Ort lag bloß zwanzig Minuten von der Kulturhalle entfernt. Dazwischen waren Welten.

Ich bemerkte, wie mich die Gruppe am Nebentisch anstarrte und tuschelte. Allein trinkende Frauen fallen in dieser Gegend auf. Damit konnte ich leben.

Morgen würde ich Joe hierher lotsen. Und wenn man ihn erkannte? Na und? Mich jedenfalls kannte hier niemand, und mit Journalisten war nicht zu rechnen. Außerdem sah Joe ohne sein Bühnengewand wie ein ganz normaler Mensch aus. Wie ein sehr netter Mensch. Und er war auch ein sehr gut aussehender Mensch. Aber das war ja schließlich kein Nachteil.

Pünktlich zu den Proben war ich zurück. Der neue Regisseur ging mit Joe einige seiner Auftrittspositionen durch. Da und dort wurden auf den Boden kleine Markierungen geklebt. Die Kreideumrisse der Leiche waren entfernt worden. Inzwischen hatte man auch die festen Kulissen montiert. Nur dort, wo Susi Sommer mit der Schaukel niederschweben sollte, war es noch kahl. Die Kulisse eines steilen Berges mit einer schneebedeckten Spitze würde wohl erst morgen geliefert werden. Ich hatte die Zeichnung auf den Aufbauplänen gesehen. Kein Aufwand war zu groß, um die Menschen in eine künstliche Welt zu versetzen. In eine heile ohne Leichen.

Die Intendantin war gekommen, um vor Ort mit dem Produktionsteam über den bestmöglichen Umgang mit den Todesfällen zu beraten. Sie hatte einen Werbefachmann mitgebracht, der eine Brille mit knallroter Fassung trug und alle an der Produktion Beteiligten mit spöttischer Überheblichkeit ansah.

Während die Frohsinn-Mädel ihr Zirkuslied probten, steuerte die Intendantin auf mich zu. Das Zirkuslied war Gehirn erweichend. »Lache, Zirkusprinzessin, weil die Show muss weitergehen. Lache, Prinzessin, weil niemand will deine Tränen sehen.«

»Können wir miteinander reden?«, flüsterte die Intendantin. »Am besten gleich hier. Haben Sie etwas herausgefunden?«

Ich erzählte ihr nahezu alles, was ich wusste. Mit zwei Einschränkungen: Die Geschichte mit dem Kühlkeller und meine Beziehung mit Joe Platt erwähnte ich mit keinem Wort.

11

Ich genoss die Fahrt. Wir waren entkommen, zumindest für einige Stunden. Ein Knopfdruck und schon glitten die Scheiben mit einem dezenten Surren nach unten. Im Allgemeinen bin ich keine Freundin dicker deutscher Autos. Und über BMW-Fahrer weiß ich im besten Fall zu sagen, dass ihnen wohl etwas fehlt, das sie durch ein starkes Auto und aggressives Fahrverhalten kompensieren müssen. Im Besonderen war es herrlich, durch die Landschaft zu gleiten. Joe fuhr zügig, aber nicht rücksichtslos. Die Ledersitze waren bequem, der Motor schnurrte, ich ließ meine Haare im Fahrtwind wehen.

Die Dörfer erschienen mir heute viel hübscher, viel lebendiger. Wellige Weinlandschaft in sattem Grün. Dazwischen Sonnenblumenfelder.

Heute hoffte ich beinahe, meine Schulfreundin nicht beim Heurigen zu sehen. Ich wollte Joe nicht teilen müssen. Und nicht mit anderen Menschen reden, sondern nur mit ihm. Ein Abend zu zweit, endlich wieder. Die Proben waren ohne größere Zwischenfälle verlaufen, Hans, der Leadsänger der Coolen Kerle aus den Bergen, hatte seinen Whirlpool geliefert bekommen. Beleuchtung und Kulissen waren nun komplett, Tische und Bänke waren aufgestellt worden und ließen den Zuschauerraum nicht mehr so enorm groß und bedrohlich leer aussehen. Chefinspektor Müller hatte noch einmal alle an der Produktion Beteiligten befragen lassen. Über die Ergebnisse der Ermittlungen hatte uns niemand informiert. Die Show der Super-Sommer-Hitparade war bereits restlos ausverkauft. Und vor der Kulturhalle hatten sich schon heute einige Autogrammjäger herumgetrieben. Zusätzliche Security-Kräfte waren eingetroffen.

Ob man Joe beim Heurigen erkennen würde? Er schien nicht einmal daran zu denken. Heute Abend waren seine Falten in den Mundwinkeln nicht so hart wie während der letzten Tage, heute waren es die Fältchen eines Menschen, der gerne lacht. Joe versperrte den Wagen mittels Fernbedienung und lächelte, als ob er meine Gedanken erraten hätte.

»Der Ausflug war eine hervorragende Idee, Mira.«

»Etwas anderes als der Heurige in Grinzing, bei dem wir uns das erste Mal über den Weg gelaufen sind.«

»Das muss Jahre her sein.«

Das kam mir auch so vor.

Wir gingen durch das Tor in den Innenhof. Das Gebäude an der Längsseite des Grundstücks mit seinen malerischen Arkaden hatte früher mit Sicherheit als Stall gedient. Jetzt befanden sich dort zwei Räume mit Tischen und Bänken und der Büfett-Raum. Im Freien standen in einer kurz gemähten Wiese fünf lange Tische. Das Haus an der hinteren Schmalseite des Grundstückes war wohl das Wohnhaus. Zwei Kinder saßen auf einem Apfelbaum.

Wir hatten Glück und ergatterten einen freien Tisch. Hinter uns waren nur Sträucher, neben uns ein Tisch mit einem älteren Ehepaar. Die beiden aßen und schwiegen einander an. Stilles Einverständnis? Oder hatten sie einander bloß nichts mehr zu sagen? Joe setzte sich mir gegenüber und nahm meine Hand. Wie lange hatte das schon kein Mann mehr getan? Wir waren alle viel zu cool. Gefühlen gegenüber viel zu skeptisch. Joe verstand noch etwas von Romantik.

»Was wollen wir trinken?«

Ich seufzte zufrieden und wachte aus meinen Tagträumen auf.

Bald schon standen ein halber Liter Heuriger, Sodawasser und eine Reihe ländlicher kulinarischer Köstlichkeiten vor uns: Blutwurst, Leberwurst, Presswurst, von der Weinbäuerin selbst geräucherter Rohschinken, selbst eingelegte Pfefferoni, Aufstriche, darunter ein nahezu genialer Quargelaufstrich, und frisches Brot.

Der halbe Liter Wein war bald geleert, der nächste halbe Liter wurde bestellt. Es konnte nicht an diesem bisschen Wein liegen, dass mir so leicht zu Mute war. Ich beobachtete eine Gruppe von Menschen, die zwei Tische entfernt von uns saßen. Vielleicht hatten sie Joe erkannt. Ich sah, wie sie miteinander redeten und zu uns herüberspähten. Aber jedenfalls gab es niemanden, der herkam und Joe um ein Autogramm bat oder gar etwas vorsingen wollte. Wahrscheinlich waren sie einfach nicht sicher, ob dieser Mann in Polohemd und Jeans tatsächlich ihr Idol der volkstümlichen Unterhaltungsmusik war. Oder sie waren keine

Fans dieser Musik. Soll es ja auch geben, selbst auf dem Land.

Irgendwann einmal fragte die Weinbäuerin bei uns nach, ob alles zu unserer Zufriedenheit sei, und zündete ein Windlicht an. Es war finster geworden, und wir hatten es kaum gemerkt. Wir lobten ihre hervorragende Küche, und ich ließ mir das Quargelaufstrichrezept geben. Dass es so gute Dinge gab, die derart einfach waren. Gleich viel Quargel und Butter vermischen, etwas Salz und scharfes Paprikapulver dazu – fertig.

Der nächste halbe Liter Wein wurde gebracht. Ich nieste. Das waren die letzten Folgeerscheinungen meines Ausfluges in den Kühlkeller.

Joe stand auf, setzte sich eng neben mich und legte seinen Arm um meine Schulter. Ich hatte nicht gewusst, dass mir noch das Herz wie einem verliebten Schulmädchen klopfen konnte. Still sahen wir in die dunklen Büsche. Mag sein, dass wir ein etwas eigenartiges Bild abgaben, mit dem Rücken zu den anderen Gästen, eng aneinander gedrückt und doch schon einiges über das Alter hinaus, in dem man für gewöhnlich seine Gefühle so offen zur Schau stellt. Joe sah mir in die Augen und küsste mich. Und ich erwiderte den Kuss. Und mir war es piepegal, was die Menschen rundherum dachten. Vielleicht aber hatte ich inzwischen doch schon etwas zu viel Wein getrunken.

Wir waren die letzten Gäste. Als wir gezahlt hatten und mit steifen Beinen, kalt gewordenen Hintern und warmen Herzen aufstanden, kam der Weinbauer und sagte: »Ich hoffe, es hat Ihnen geschmeckt, Herr

Platt. Es war uns eine Ehre, und ich freue mich, wenn Sie wiederkommen.« Er überreichte Joe eine Flasche Grünen Veltliner als Geschenk des Hauses. Es war schön, prominent zu sein. Die Menschen waren nett zu einem und ließen einen trotzdem in Ruhe. Hier wusste man noch, was Privatsphäre ist. Ich würde aufs Land ziehen. Irgendwo in diese Gegend. Mit Joe.

Hand in Hand gingen wir zum Auto.

Gismo war wieder einmal ins Stiegenhaus entkommen. Das Mistvieh machte sich einen Sport daraus, mich die Treppen hinauf- und hinunterzujagen. Sie wartete immer auf mich, putzte sich und lief davon, sobald ich mich nahe genug herangeschlichen hatte.

»Gute Katze, ich werde dich nicht mehr so vernachlässigen wie in der letzten Zeit. Es wird wieder Hühnerrücken geben, sogar frisches Rindfleisch. Und ich werde wieder mehr Abende daheim verbringen. Sicher. Ganz ruhig, Gismo ...«, gurrte ich. Ohne Anstrengung lief meine Katze zum nächsten Treppenabsatz hoch und starrte mich mit ihren gelben Augen an. Ich brauchte jemanden, um sie in die Enge zu treiben. Joe war schon vor zwei Stunden gegangen. Wie üblich ohne Frühstück. Üblich? Üblich war bei uns noch gar nichts. Der gestrige Abend war wunderschön gewesen, auch wenn sich bei Tageslicht betrachtet einige Zweifel an meinem Geisteszustand ergaben. Hatte ich wirklich stundenlang schmachtend auf einer schmalen Heurigenbank gesessen? Warum nicht. Es war schön gewesen. Wirklich.

Gismo saß jetzt vor meiner Wohnungstür. Sie schärfte ihre Krallen an der Fußmatte. Ich musste nur vorsichtig die Tür öffnen und sie hineinschubsen. Meine Hand lag bereits auf der Türklinke. Jetzt hieß es, schnell die Tür aufzustoßen und ihr einen kleinen Fußtritt zu verpassen – nur einen sanften selbstverständlich, aber den hatte sie sich verdient. Ich riss die Tür auf, und Gismo war bereits auf den Stufen nach unten. Ich hätte diese Bestie nie aufnehmen dürfen. Ich hätte sie damals nass, klein und frierend am Straßenrand sitzen lassen sollen.

Zwei Stockwerke tiefer maunzte Gismo in voller Lautstärke. Im hallenden Stiegenhaus klang das wie ein eindrucksvolles Gebrüll. Die Tür der alten Frau Schneider, einer großen Katzenfreundin, ging auf. Das letzte Mal hatte sie Gismo mit einer Unzahl von Weihnachtskeksen gefüttert. Gismo war entzückt gewesen. Mit dem Durchfall danach hatte ich mich herumschlagen müssen. Ich hetzte nach unten.

»Frau Valensky?«, rief die alte Dame. Ich kam keuchend bei ihr an.

»Ihr Kätzchen hat so geschrien, jetzt ist es in meine Wohnung gelaufen.«

Kätzchen hätte ich die Bestie nicht genannt. Frau Schneider lud mich ein hereinzukommen. Kaum war die Tür zu, schmiegte sich Gismo mit unschuldigem Blick an die Beine ihrer alten Freundin. »Warten Sie, ich muss einfach etwas Feines für die Katze haben, es ist eine so feine Katze.«

Ich finde ja, dass sie mit ihrem wild orangeschwarz gemusterten Fell nicht besonders vornehm aussieht. Und vom Charakter her ...

»Die Plätzchen sind für Sie«, beruhigte mich Frau Schneider und hielt mir einen Teller mit selbst gemachter Bäckerei hin. »Mein jüngerer Enkelsohn kommt später, und da habe ich schon etwas gerichtet.«

Gismo wurde trotz meines Protests mit mindestens hundert Gramm Pressschinken gefüttert. Sie schmatzte und schleckte und sah sich nach mehr um.

Ich lehnte es dankend ab, mich zu setzen. Ich sollte längst auf dem Weg zur Kulturhalle sein. Aber wenigstens ein Keks? Ich nahm ein gefülltes, in Schokolade getunktes Stück Gebäck. Es war köstlich. Frau Schneider erzählte unterdessen von ihren Enkelkindern. Der Kleinere sei ein so braves Kind, so musikalisch und dabei so klug. Klug sei der Größere auch, aber momentan hätten seine Eltern jede Menge Schwierigkeiten mit ihm. »Neunzehn ist er und studiert Englisch. Und wissen Sie, was er getan hat?«

Ich schüttelte den Kopf.

»Er hat sich von einem Mädchen dazu bringen lassen, in so einem Striplokal aufzutreten. Mit dem Geld, das er verdient hat, wollten sie in Urlaub fahren. Nach Hawaii. Und wissen Sie was? Das Mädchen ist erst fünfzehn oder sechzehn. Und so raffiniert.«

»Mit neunzehn wird er schon selbst wissen, was er tut. Ich kann mir nicht vorstellen, dass das Mädchen ihn dazu gezwungen hat ...«

»Es hat. Ich weiß ja, dass es nicht nur solche Mädchen gibt, aber ...«

Das Weib, das die armen, ach so männlichen Unschuldsengel verführt. Ich wollte mit der netten Frau Schneider lieber nicht darüber diskutieren. Mir schien es wahrscheinlicher, dass dieser Typ genau wusste, was er tat, und seine junge Freundin als Ausrede verwendete.

Ich versprach, bei Gelegenheit wieder einmal vorbeizuschauen.

Am Anrufbeantworter blinkte es. Ich setzte Gismo weniger sanft als sonst auf den Boden und ließ das Band zurücklaufen.

»Kommen Sie in die Redaktion! Sofort! Es ist zehn Uhr und fünf Minuten.«

Der Chefredakteur des Magazins neigte auch sonst nicht zu übertriebener Höflichkeit. Chefredakteure hatten keine Zeit und mussten entsprechend kurz angebunden sein, lautete seine Maxime. Aber das war gar etwas kurz angebunden. Und seine Stimme klang ziemlich scharf. Das war keine Aufforderung, sondern ein Befehl.

Vesna hatte ab heute ein Handy. Ich rief sie in der Kulturhalle an. »Ich komme später, Vesna. Ich muss in die Redaktion. Ich weiß nicht, was los ist.«

»Hier ist es ruhig. Ich war auf Bühne, weil ich Brote gebracht habe. Habe Chef gesagt, dass Brote für alle gute Stimmung machen. Image.«

»Wo bist du?«

»Auf dem Weg in die Küche.«

»Pass auf Joe auf!«

Vesna kicherte etwas. Wahrscheinlich fand sie mich lustig. Ich legte auf. Wahrscheinlicher war, dass meine Nerven langsam verrückt spielten. Den Befehlston des Chefredakteurs bildete ich mir mit Sicherheit ebenso ein wie die akute Gefahr für Joe. Die Security-Leute waren auf ihren Posten. Joe war die ganze Zeit über von vielen Menschen umgeben.

Ich hörte mir die Nachricht noch einmal an. Am Befehlston war nicht zu zweifeln. Ich setzte mich ins Auto und machte, dass ich in die Redaktion kam.

Ich ging erst gar nicht zu meinem Schreibtisch, sondern sofort ins Sekretariat des Chefredakteurs. Er hielt es für ein Zeichen seines Engagements, auch am Samstag in der Redaktion zu sein. Und seine Sekretärinnen mussten es ihm gleichtun.

»Was ist denn los?«, fragte ich die Sekretärin, mit der ich mich recht gut verstand.

»Ich weiß nicht. Er ist schwer geladen und hat herumgebrüllt. Ich habe versucht herauszubekommen, warum – aber ohne Erfolg.« Sie zuckte bedauernd mit den Schultern und wandte sich zur Sprechanlage. »Frau Valensky ist da.«

»Soll sofort hereinkommen!«

Die Sekretärin nickte mir aufmunternd zu. Ich versuchte zu grinsen, atmete tief durch und trat ein.

Der Chefredakteur lag nahezu in seinem schweren Ledersessel. Irgendwann würde er damit umkippen, und ich wünschte, ich wäre dann dabei.

»Setzen Sie sich!«

Es musste etwas Ernstes sein, einen Platz bot er einem selten an. Ich ließ mich auf einem deutlich kleineren und unbequemen Stuhl auf der anderen Seite seines Schreibtisches nieder, weit weg von ihm. Er fixierte mich. Er verstand es, seine Position bestmöglich zur Schau zu stellen. War wohl auch notwendig, denn über natürliche Autorität verfügte er nicht.

»Sie haben ein Verhältnis mit Joe Platt.«

Darauf war ich nicht gefasst gewesen. »Selbst wenn – ich weiß nicht, was Sie mein Privatleben angeht.«

Er brüllte: »Es geht mich etwas an, verdammt noch einmal, wenn eine Redakteurin ein Verhältnis mit dem Hauptverdächtigen in einem Mordfall hat. Und wenn sie auch noch über diesen Fall schreibt.«

»Die Polizei ermittelt in alle Richtungen, hat Chefinspektor Müller betont.«

»Die Polizeibeamten wissen, dass Sie ein Verhältnis mit Platt haben.«

»Das können sie nicht wissen.«

»Sie wissen es. Gehen Sie ins Bett, mit wem Sie wollen. Mit einem Neger oder von mir aus sogar mit einer Frau. Aber gehen Sie niemals mit einem Verdächtigen ins Bett, über den Sie schreiben. Niemals! Sie haben uns zutiefst lächerlich gemacht! Und Sie haben uns in einen Mordfall verstrickt!«

Ich versuchte, ganz ruhig zu bleiben. »Erstens ist Joe Platt weder des Mordes angeklagt, noch wird das passieren. Zweitens haben Sie meine Reportagen bisher sehr gut gefunden. Und Ihnen wird es wohl nicht an Objektivität mangeln, oder? Drittens heißt es nicht Neger, sondern Schwarze. Viertens verbitte ich mir Ihre rassistischen Äußerungen. Und fünftens geht Sie mein Privatleben einen Dreck an!«

»Weiter als bis fünf können Sie wohl nicht zählen, was? Wenn Sie nämlich etwas weiter zählen könnten, hätten Sie begriffen, dass dieser Joe Platt mit Ihnen eine ganz miese Nummer abgezogen hat. Vorausgesetzt Sie machen mit ihm nicht gemeinsame Sache, aber davon will ich einmal ausgehen. Eine ganz miese Nummer. Kaum macht Ihnen ein Mann schöne Augen, fallen Sie darauf herein. Ein volkstümlicher Casanova, und schon wird Mira Valensky schwach. Einfach peinlich!«

»Weil es ja nicht möglich ist, dass sich jemand in mich verliebt, oder?« Dafür, dass mir dieser Satz herausgerutscht war, hätte ich mir die Zunge abbeißen können. Ich war offenbar wirklich so blöd, wie mein Chefredakteur behauptete.

»Sie sind vielleicht naiv! Sehen Sie den Tatsachen ins Auge: Sie sind an die vierzig. Dieser Joe Platt kann jeden Tag mit einer anderen Tussi ins Bett springen und tut das auch sicher. Dumm wäre er. Und Sie glauben, er hat sich passenderweise gerade in Sie verliebt, als er unter Mordverdacht gerät. Was haben Sie mit ihm vereinbart? Was hat er Ihnen eingeredet?«

»Haben Sie nicht den Eindruck, dass ich selbst weiß, was ich tue? Dass ich mir von irgendwelchen idiotischen Männern nichts einreden lasse, sondern fähig bin, selbst zu entscheiden?«

Der Chefredakteur kippte mit seinem Sessel nach vorne. Sein Gesicht kam mir gefährlich nahe. Sein Atem roch nach Pfefferminzbonbons. Er senkte seine Stimme. »In diesem Fall wohl nicht.«

»Ich lasse mich nicht verleumden«, protestierte ich. Es war unmöglich, gegen jemanden anzuschreien, der nun ganz ruhig sprach. Wie mit einer Schwachsinnigen. Ich bebte vor Wut.

»Ich versuche bloß, Ihnen zu helfen. Und ich muss an das Magazin denken. Sie sind ab sofort von der

Story abgezogen. Über alles Weitere reden wir nächste Woche.«

»Woher haben Sie Ihre Anschuldigungen? Das ist das Mindeste, was Sie mir sagen müssen.«

Er wurde wieder laut und schlug mit der Faust auf den Tisch. »Ich muss Ihnen gar nichts sagen. Ich bin Ihnen gar nichts schuldig. Seien Sie froh, wenn ich Sie nicht verklage!«

»Weswegen? Wegen Beischlafs mit einem Moderator?«

»Wegen Täuschung, wegen Kreditschädigung unseres Unternehmens, wegen einer Reihe anderer Gründe, die unseren Rechtsanwälten einfallen werden. Wegen Betrugs.«

Mir rannen die Tränen herunter. Ich konnte nichts dagegen tun. Dieses miese Schwein spielte sich auf, als sei er der liebe Gott, und ich hatte keine Chance. Es waren Tränen der Hilflosigkeit, der Wut über die Ungerechtigkeit. Und wie fast alle Männer wurde er angesichts dessen sofort weich. Bei solchen Idioten sollte man Tränen gezielt einsetzen. Mir waren sie allerdings in erster Linie peinlich. Der Typ sollte mich nicht schwach sehen. Er sah mich aber schwach, sehr schwach.

Er stand auf, ging um den Schreibtisch herum und legte mir mit einer gekünstelt väterlichen Geste die Hand auf die Schulter. Er war gerade ein Jahr älter als ich. »Mira, ich muss Sie vor sich selbst schützen.«

Ich kramte nach einem Taschentuch und putzte mir die Nase. So einen Schmus hatte ich seit langem nicht einmal im Kino gehört. »Klar denken!«, ermahnte ich mich. Ich atmete tief durch. Er musste definitiv von unserer Beziehung wissen. Sonst wäre er etwas vorsichtiger gewesen. Sinnlos, sie abzustreiten. Ich wollte aber herausfinden, wer es ihm erzählt hatte. »Die Polizeibeamten« hatte er gesagt. Das konnte auch gelogen sein. Joe und ich waren vorsichtig gewesen. Und ich musste versuchen, ihn dazu zu bringen, mich nicht von der Story abzuziehen. Er konnte ja meinetwegen alles vorher lesen. Tat er ohnehin meistens, zumindest bei den Titelgeschichten. Er konnte mir unter Umständen, wenn es sein musste, einen Redakteur beistellen. Besser, eine Redakteurin. Ich hatte da schon eine im Auge.

»Ich gebe Ihnen einen guten Rat, Mira: Bleiben Sie die nächsten Tage daheim. Gehen Sie nicht ans Telefon. Lassen Sie Joe Platt nicht in die Wohnung. Er ist gefährlich.«

Ich war nahe daran aufzufahren. Ich beherrschte mich und presste mit zu Boden gesenktem Blick heraus: »Von wem haben Sie es erfahren? Was haben Sie gehört?«

Er schüttelte den Kopf. »Ich kann mich nicht mehr auf Sie verlassen. Wenn Sie es ihm weitererzählen, ist er gewarnt. Ich weiß ja nicht, wie weit Sie ihm verfallen sind.«

Das war zu viel. Ich brüllte: »Ich bin ihm nicht verfallen! Das letzte Mal, als ich einem Mann verfallen war, war ich sechzehn! Es war mein Mathematiklehrer, und ich habe ihn so geliebt, dass ich freiwillig die Tafel geputzt habe!«

Er zuckte zurück.

»Wer hat es Ihnen erzählt? Wer macht aus einer völlig harmlosen Sache einen Elefanten?«

»Dreifacher Mordverdacht ist keine harmlose Sache. Und ein Verhältnis mit einem Mörder auch nicht.«

»Er ist nicht der Mörder.«

»Mira, er hat Sie ...«

»Er hat mich nicht. Wer war es? Oder ...« Ich suchte fieberhaft nach einem Druckmittel. »... oder ich verrate, mit wem Sie letztes Jahr in der Redaktion ein Verhältnis hatten. Sie sind zwar kein Mörder, aber Ihrer Frau würde das sicher nicht gefallen.« Ich hatte nicht gewusst, dass ich jemals so tief greifen würde. Keine Ahnung, ob er letztes Jahr mit jemandem von der Redaktion ein Verhältnis gehabt hatte. Gerüchte gab es eine Menge.

Er sah mir böse in die Augen.

Ich schüttelte den Kopf. »Ich tue es.«

»Ich hatte kein Verhältnis. Das wissen Sie genau.«

»Sagen Sie es!«

Der Chefredakteur seufzte, ging wieder hinter seinen Tisch und ließ sich in seinen Ledersessel fallen. »Nur um Sie zu beruhigen. Und um Ihnen zu zeigen, dass ich wirklich auf Ihrer Seite bin.«

Das hatte ich schon gemerkt.

»Chefinspektor Müller hat mich angerufen. Er muss die Information heute in der Früh bekommen haben. Er hat Sie gesucht, aber nicht gefunden. Und da er in Sorge war, hat er mit mir geredet.«

Dieser miese Polizist. Er konnte mich nicht ausstehen, deswegen hatte er es dem Chefredakteur erzählt. Niemand konnte mir weismachen, dass er nicht in der Lage gewesen war, meine Privatnummer herauszufinden. Es gab in Wien nur eine Mira Valensky.

Und meine Nummer stand im amtlichen Telefonbuch. »Woher hat Müller diese Information?«

Der Chefredakteur ließ seine Arme bedauernd auf die Lehnen fallen. »Das hat er mir nicht gesagt. Ich habe ihn gefragt. Ich habe ihm gesagt, dass ich das nicht glauben kann. Er hat etwas von Zeugenschutz gemurmelt.« Das konnte stimmen. Plötzlich war in meinem Hirn eine große Leere.

»Gehen Sie heim!« Das klang jetzt tatsächlich besorgt. »Vielleicht haben Sie eine Freundin, die sich um Sie kümmern kann. Und ... wir werden einen Weg finden, nächste Woche.«

Ich nickte. Ich stand auf und trabte wie in Trance zur Tür. Was war, wenn ich Joe wirklich falsch eingeschätzt hatte? Natürlich hatten wir alles abgesprochen. Natürlich hat er jede Menge weiblicher Fans. Warum also gerade ich? Ich war nicht einmal ein Fan. Natürlich war seine romantische Tour etwas auffällig gewesen, jedenfalls aber höchst wirkungsvoll. Der Chefredakteur hielt mir die Tür auf.

Verdammt nochmal, ich würde mich von diesem Chefverschnitt nicht irremachen lassen. Ich blieb stehen, sah ihn möglichst fest an und sagte: »Ich möchte an der Story dranbleiben.«

Er knallte die Tür wieder zu. »So nicht, Mira Valensky! Ich dachte, wir haben uns verstanden.«

»Und Sie wollen sich die Story wirklich entgehen lassen? Ich bin die Einzige, die so nahe dran ist. Wirklich nahe.«

»Etwas zu nahe.«

»Gehen wir davon aus, er ist der Mörder: Ich könnte ihn entlarven.«

»Mit Objektivität und professioneller Distanz? Das haben Sie ja hinlänglich bewiesen.«

»Er ist nicht der Mörder. Ich werde die Mörderin finden.«

»Die Mörderin?«

»Ich tippe auf eine Frau. Keine direkte Gewalt. Überlegte Planung.«

Er lachte höhnisch auf. »Gewaltfrei und klug wie Frauen nun einmal sind.«

»Es gibt Verdachtsmomente.«

»Jetzt auf einmal?«

»Sie wissen so gut wie ich, dass wir etwas in der Hand haben müssen.«

»Und Sie werden mir den Namen der Verdächtigen wahrscheinlich so lange nicht sagen, bis Sie mehr in der Hand haben. Halten Sie mich für so dumm, dass ich darauf hereinfalle?«

»Elisabeth Korinek, die Produktionsassistentin.«

»Wer ist das?«

»Die Mörderin, zumindest deutet alles auf sie hin.«

»Beweise?«

»Wenn ich nicht dort bin, kann ich keine Beweise sammeln.«

»Wenn Sie nicht dort sind, macht sich das Magazin nicht lächerlich, indem es mit einem Mörder kollaboriert.«

»Hat Müller Sie gebeten, mich abzuziehen?«

»Das musste er mich gar nicht bitten. Das ist klar.«

»Er hat es also getan. Mit welcher Begründung?«

»Sitzen Sie auf Ihren Ohren? Er hat es nicht getan.«

Er hat es nicht getan, er hat es doch getan, er hat es nicht getan. Wo waren wir? Im Kindergarten? »Wenn er mich der Beihilfe zum Mord anklagen will, soll er es tun.« Das klang reichlich pathetisch.

»Das wird er tun, nur keine Sorge.«

»Aber bis zu diesem Zeitpunkt bin ich an der Story dran. Er will mich doch nur weghaben, weil er mich nicht ausstehen kann. Er kann Journalisten grundsätzlich nicht ausstehen. Und Journalistinnen noch viel weniger.«

»Er will Sie weghaben, weil Sie sich mit dem Mordverdächtigen eingelassen haben.«

»Na und? Was schadet ihm das?«

»Der Mordverdächtige hat Ihre Hilfe. Leuchtet Ihnen das nicht endlich ein?«

»Geben Sie mir meinetwegen einen Redakteur mit. Damit ich nichts anstellen kann.«

»Ich habe weder Personal noch Lust, Sie überwachen zu lassen. Sie sind vom Fall abgezogen. Und wenn Sie lange debattieren, überlege ich mir, ob ich mit einer so naiven und halsstarrigen Person überhaupt noch zusammenarbeiten möchte.«

»Wenigstens bis zur Show.«

»Nein!«

»Ich bringe Ihnen die beste Story. Die Eigentümer werden nicht danach fragen, was mit mir passiert. Ich bringe die beste Story. Ich kenne alle. Und ... Sie haben das letzte Wort. Sie bekommen die Story Wort für Wort zu Gesicht. Und Sie werden Joe Platt wohl nicht auf den Leim gehen, oder?«

Er schüttelte den Kopf.

»Eben. Werden Sie nicht. Und eines kann ich Ihnen auch sagen: Ich bin mir sicher, dass Joe Platt nicht der Mörder ist. Aber sollte ich mich trotz allem irren, wird niemand so sehr hinter ihm her sein wie ich. Darauf können Sie sich verlassen.«

Das endlich schien er mir zu glauben.

»Nur bis nach der Show. Und: Seien Sie vorsichtig! Im eigenen Interesse.«

Ich atmete tief durch, klopfte ihm mit einem halben Lächeln auf die Schulter und ging. Die Sekretärin machte ein fragendes Gesicht.

»Hoffnungslos, aber nicht ernst.«

Sie tat, als würde sie mich verstehen.

Ich ging zu meinem Schreibtisch. Kein Anruf auf dem Anrufbeantworter. Also hatte Müller mir auch in der Redaktion keine Nachricht hinterlassen. Er musste mich unglaublich intensiv gesucht haben. Er mochte mich nicht und hatte deswegen dem Chefredakteur alles erzählt. Tun konnte ich dagegen nichts. Müller würde einfach behaupten, er habe in Sorge um mich gehandelt. Gefahr im Verzug oder irgend so etwas. Dafür lag eine Nachricht von Droch auf meinem Platz: »Egal, was los ist: zuerst zu mir ins Zimmer!« Zu blöd, dass ich direkt zum Chefredakteur gegangen war. Ob der Chefredakteur die Neuigkeit schon im Haus herumerzählt hatte? Es war Samstag. Da gab es keine Redaktionssitzung, und die meisten meiner Kolleginnen und Kollegen waren nicht da. Dass Droch arbeitete, war nicht weiter ungewöhnlich. Er zog es vor, seine ausführlichen Kommentare in Ruhe zu schreiben. Und ich hatte den Verdacht, dass er daheim ohnehin nicht viel mit sich anzufangen wusste. Aber warum hätte der Chefredakteur ausgerechnet mit Droch darüber reden sollen? Mit der politischen

Redaktion hatte ich von Ausnahmefällen abgesehen nichts zu schaffen. Und vor Droch schien sich der Chefredakteur ohnehin zu fürchten.

Ich musste zur Probe. Ich hatte nicht viel Zeit. Heute Abend war die Show. Und danach ...

Ich klopfte an Drochs Zimmertür und trat ein.

Er sah mich mit steinernem Gesicht an. »Du musst nicht mit mir reden«, sagte er schließlich.

»Ich will mit dir reden«, rief ich, »ich weiß bloß nicht, wo ich anfangen soll. Und ich habe jetzt keine Zeit. Ich muss ...«

Droch drehte seinen Rollstuhl vom PC weg und kam näher. »Ich weiß von der Sache zwischen dir und diesem Moderator. Ich will mich nicht einmischen, das steht mir nicht zu.«

Es hatte ihn getroffen. Nicht, dass zwischen uns je einmal so etwas gewesen wäre, das man landläufig als Beziehung definieren würde, aber ... ich war schon wieder nahe daran, in Tränen auszubrechen. Das war sonst nicht meine Art.

»Das Ganze stimmt vom Prinzip her, auch wenn ich nicht weiß, was herumerzählt wird.«

»Er hat dich deswegen rufen lassen?« Droch deutete Richtung Chefredaktion.

»Das weißt du nicht?«

»Ich habe mitbekommen, dass er dich herzitiert hat. Und zuvor hat er mit diesem Kriminalinspektor telefoniert.«

»Woher ...«

»Glaubst du, nur du kannst recherchieren?«

»Er wollte mich vom Fall abziehen.« Ich erzählte ihm unser Gespräch in groben Zügen. Ließ man Beleidigungen und Emotionen weg, ging das ganz schnell.

Ich setzte mich.

Droch nickte ein paar Male. »Ich erzähle dir, was ich weiß. Es ist nicht allzu viel. Zwischen Müller und meinem ... Informanten herrscht nicht gerade ein freundschaftliches Verhältnis.«

Wir beide wussten, dass sein Informant Zuckerbrot war. Ich nickte. Dass auch Zuckerbrot Müller nicht mochte, bestärkte mein Urteil.

»Müller wurde heute früh davon informiert, dass du ein Verhältnis mit diesem Moderator hast.«

Der Moderator hatte einen Namen. Ich war davon überzeugt, dass Droch ihn kannte.

»Müller hat es in der Früh in der Kantine der Sicherheitsdirektion herumerzählt. Das ist unprofessionell, aber er dürfte weder dich noch die Volksmusikbranche besonders lieben.«

»Und er ist bisher bei seinen Ermittlungen total erfolglos gewesen.«

»Ja. Er steht unter ziemlichem Druck. Jedenfalls hat mein Informant ihn um Aufklärung gebeten.«

Ich nickte aufmerksam.

»Es war eine von der Volksmusiksendung, die Müller angerufen hat. Der Regieassistent der Produktion ist mit dem Heurigenwirt verwandt, bei dem ihr gewesen seid. Er wollte Wein bestellen, und da wurde ihm offenbar sofort erzählt, dass der Moderator bei ihnen zu Gast gewesen war. Mit einer Frau. Selbstverständlich hat der Regieassistent nachgefragt. Du bist leicht zu identifizieren.«

Sein Blick wurde weich. Ach, Droch.

»Und er hat das aus irgendwelchen Gründen einem jungen Mädchen erzählt, das in der Show auftritt. Ich kenne sie nicht, so etwas schaue ich mir wirklich nicht an.«

Hatte ich bisher auch nicht getan.

»Der Name des Mädchens ist Susi Sommer. Sommer hat am nächsten Tag in der Früh Chefinspektor Müller angerufen. Angeblich, weil sie sich fürchtet.«

Das Engelchen. Auf diese Idee wäre ich nie gekommen. »Wir sind bloß beim Heurigen gesehen worden?«

»Die Situation dürfte eindeutig gewesen sein.«

Ich nickte. Was hätte ich auch sagen sollen?

Droch wandte seinen Blick ab. »Sei vorsichtig, Mira!«

»Das hat mir der Chefredakteur auch schon gesagt.« Es sollte leicht und lustig klingen.

»Wenn ich dir irgendwie helfen kann ...«

»Ach, Droch.«

»Du weißt, wo du mich erreichst. Tag und Nacht.«

»Tag und Nacht erreichst?« Ich überlegte. »Das ist es: Wann hat dieses miese Aas von einem Regieassistenten mit der kleinen Sommer geredet? Wir haben den Heurigen erst gegen elf am Abend verlassen. Wann hat Müller angerufen? Der Chefredakteur hat mir kurz nach zehn in der Früh aufs Band gesprochen.«

»Du hast Recht, das ist seltsam. Müller muss etwa um halb zehn in der Redaktion angerufen haben. Aber er hat die Neuigkeit schon vorher in der Kantine der Sicherheitsdirektion verbreitet. Und Zuckerbrot hatte bereits mit ihm über die Sache geredet, als ich ihn anrief. Das war kurz nach halb zehn.«

»Du ihn?«

»Ich kann zwei und zwei zusammenzählen. Keine Sorge, ich spiele nicht deinen Beschützer.«

»Vielleicht brauche ich einen.«

»Du hast offenbar einen.«

»Dafür, Herr Droch, brauche ich einen Geliebten nicht.«

»Du doch nicht«, spöttelte er. Er griff zum Telefon.

Fünf Minuten später wussten wir: Müller hatte die Neuigkeit zirka um acht unter die frühstückenden Polizeibeamten gebracht.

»Die Proben beginnen um neun. Wie hat Susi Sommer vom Regieassistenten zwischen elf Uhr in der Nacht und acht Uhr früh davon erfahren können?«

Er sah mich an. »Vielleicht hast nicht nur du ein Verhältnis.«

Ich lachte. »Falsch geraten! Die kleine Sommer ist der Kinderstar der Produktion.«

»Mira, noch einmal: Sei vorsichtig!«

»Bin ich. Und ich rufe dich an. Aber jetzt muss ich los. Den Regieassistenten knöpfe ich mir vor. Sofort.«

12

Heute war der riesige Parkplatz der so genannten Kulturhalle nicht mehr so leer. Alle Mitwirkenden der Sendung waren zur Schlussprobe versammelt. Mit Kostümen, Instrumenten, Dekoration. Vor dem einen Übertragungswagen steckte ein Grüppchen von Technikern die Köpfe zusammen und debattierte aufgeregt. Es gab mir einen Stich. War schon wieder etwas passiert?

Ich eilte zum Zuschauerraum. Alles in Ordnung, bis auf meine Nerven. Auf der Bühne war gerade Pause. An ein paar anzüglichen Grinsern und einigem Getuschel merkte ich, dass sich die Nachricht vom etwas engeren Verhältnis zwischen mir und Joe bereits rasch verbreitet hatte. Wo, wenn nicht hier. Es war wie in einem Dorf. Man kannte einander. Zumindest oberflächlich. Und man war an allem interessiert, was man über die anderen in Erfahrung bringen konnte. Nicht immer stand Bösartigkeit dahinter. Eine Gruppe, die durch ihre Beziehung zur volkstümlichen Musik zusammengewürfelt worden war. Innerhalb einer Gemeinschaft wurden Gefühle bisweilen vertuscht, konnten Abneigung und Hass wachsen. Emotionen und davor eine künstliche Fassade. Wo war die Fassade künstlicher als hier?

Joe sah mich von der Bühne herunter fragend an.

Auch er wusste längst, dass man es wusste. Ich zuckte mit den Schultern und lächelte hinauf. Er lächelte zurück. Er schien das Ganze nicht weiter tragisch zu nehmen. Erst jetzt gestand ich mir ein, dass ich mir darüber Sorgen gemacht hatte.

Heute waren bereits ein gutes dutzend weiterer Journalisten in der Halle eingetroffen. Ein alter Kollege kam zu mir herüber und verzog den Mund: »Ein Kommentar der neuen Begleiterin des Starmoderators Joe Platt? Darf ich vielleicht erfahren, wann die Hochzeit ist?«

»Geh scheiß'n!«

»Sie gestatten, dass ich das zitiere?«

Ich grinste. »Wenn du willst.«

Es war alles halb so schlimm. Etwas Getratsche, aber anderes war wichtiger. War es ja auch. Chefinspektor Müller und seine Leute waren offenbar nicht hier. Nur der hauseigene Security-Dienst und ein paar Gendarmen. Es war kein Verbrechen, Joe Platt etwas näher zu kennen. Eigentlich war ich froh, dass die Geheimhalterei vorbei war.

Der Chefredakteur hatte mir nur bis nach der Show Zeit gegeben. Es war besser, ihm rechtzeitig etwas zu liefern. Ich musste mit dem Regieassistenten reden. Noch in dieser Pause. Danach hatte er zu tun und konnte mich abwimmeln. Heute war es nicht mehr so leicht möglich, vom Zuschauerraum auf die Bühne zu kommen, an den Aufgängen standen Security-Leute, Typen von einem Meter neunzig und mehr. Sie trugen T-Shirts mit der Aufschrift »Super-Sommer-Hitparade«, die sich über ihrer Brust spannten. Ich kramte meine Ausweise heraus, klipste sie wie jeden Tag an die Handtasche, stieg die vier Stufen nach oben und nickte den Aufpassern selbstbewusst zu. Sie ließen mich anstandslos passieren. Ich drängte mich an der Mutter mit den siegreichen Nachwuchszwillingen vorbei. »Haben Sie den Regieassistenten gesehen?«, fragte ich eines der Frohsinn-Mädel. Sie biss gerade von einem Wurstbrot ab und schüttelte den Kopf.

Ich ging in den Büro- und Garderobentrakt. Große schwarze Koffer für Instrumente oder technisches Gerät verstellten mir den Weg. Jemand griff mir auf die Schulter. Nervös drehte ich mich um. Es war Joe. »Jetzt kann ich dir endlich ohne blödes Versteckspiel einen Kuss geben.« Er tat es. Schauspielerte er? Unsinn. Ich durfte Müller und dem Chefredakteur nicht auf den Leim gehen.

Ich erzählte Joe schnell die wichtigsten Neuigkeiten aus der Redaktion.

Er nickte. »Hier war das Getratsche plötzlich überall zu hören. Ein Urheber war nicht auszumachen, wie das bei solchen Sachen ist. Irgendjemand beginnt damit, und schon erzählen es alle allen.«

Joe versprach, mir bei der Suche nach dem Regieassistenten zu helfen.

Ich blieb im Gang stehen und wartete. Einige Männer in kurzen Lederhosen eilten vorbei, die Schuhplattlertruppe. In einem Büro stritten sich Kameraleute mit dem Regisseur über veränderte Kamerapositionen und Überstundenabgeltungen. Ein Elvis-Double in voller Montur rauschte herbei. Elvis Presley glich er ebenso sehr wie ein Affe in einem paillettenbesetzten Bühnenkostüm. Er sang auch schaurig, aber er stammte aus der näheren Umgebung der Kulturhalle Unterbach und war deswegen und wegen irgendeines Todestages von Elvis als zusätzliche Einlage eingeladen worden. Er sah mich von oben herab an und bemühte sich, meine Ausweise zu entziffern. »Sie sind Journalistin?«

»Nein, Marilyn Monroe.«

Beleidigt zog er weiter. Seinesgleichen war in einem Mehrzweckraum untergebracht, der nun als Massengarderobe für die weniger bedeutenden Interpreten diente. Zwei schicke junge Produktionshelferinnen unterhielten sich über das miserable Essen in der Kantine und verschwanden in Richtung Bühne. Ein Mann in biederem Trachtenanzug sah sich suchend um. Er wirkte in diesem Tohuwabohu erstaunlich normal. »Suchen Sie die Garderobe?«, fragte ich ihn.

Er schüttelte den Kopf. »Ich soll zur Probe kommen.«

»Ich glaube, da müssen Sie sich beim Empfang melden.«

»Muss ich nicht. Ich bin der Bürgermeister.«

Da konnte ich ihm auch nicht weiterhelfen. Zwei Tonassistenten schleppten Kabeltrommeln und fluchten über die im Weg stehenden Instrumentenkoffer. Vesna erschien mit einem riesigen Tablett voller belegter Brote und grinste mir kurz zu. Ihr schien das Ganze zu gefallen. Ich hingegen hätte mich nicht gewundert, wenn jetzt auch noch drei grüne Kühe vorbeigekommen wären. Stattdessen tauchte einer der Coolen Kerle aus den Bergen auf und rief lauthals nach der Produktionsassistentin.

»Was ist denn los?«, fragte ich.

»Wir warten«, erwiderte er empört.

Wer nicht?

Klingelzeichen. Die Pause war vorbei. Joe hatte den Regieassistenten nicht rechtzeitig gefunden. Susi Sommer eilte mit ihrem Vater in Richtung Bühne. Ich hielt sie am Arm zurück.

»Warum hast du Müller angerufen?«

Sie riss die Augen auf. Ihre blonden Zöpfe pendelten hin und her. »Hab ich nicht.«

»Lassen Sie sofort mein Kind in Ruhe! Oder ich rufe die Polizei.«

»Das scheint in der Familie zu liegen.«

Sie riss sich los.

»Haben Sie Ihrem Kind gesagt, dass es die Polizei anrufen soll?«, schrie ich dem Vater hinterher. Er drehte sich nicht einmal um.

Vesna kam von der Bühne zurück und winkte mich zur Seite. »Ich habe geobachtet, was die Leute zu Mira Valensky und Joe Platt sagen.«

»Beobachtet.«

»Bin ja nur Küchentrampel.«

»Vesna ...«

»Na ja, Küche geht mir auf die Nerven.«

»Was hat die Produktionsassistentin über uns gesagt?«

»Gesagt? Nichts. Sie hat Joe Platt angeschrien. Wie eine Furie.«

»Auch schlechte Nerven?«

»Am Kippen. Ich bin hinterher. Sie hat Pillen geschluckt, eine ganze Menge.«

Also auch sie. Aber fairerweise musste man zugeben, dass die Produktion auch nervig genug war, wenn nicht ein Mitwirkender nach dem anderen aus dem Weg geräumt wurde. Das war eigentlich der schwache Punkt unseres Verdachts: Würde eine ehrgeizige und gute Produktionsassistentin ihre Show gefährden, indem sie Stars um die Ecke brachte? Den Regisseur, ja. Beinahe hätte sie die Produktionsleitung übertragen bekommen. Aber alles andere machte – von pietätvollen Überlegungen einmal abgesehen – eine Menge zusätzliche Scherereien. »Ist dir sonst noch etwas aufgefallen?«

»Der eine von den Coole Kerlen liebt einen Tonmenschen, hat ihn geküsst. Einen Mann. In unserem Dorf waren auch zwei solche. Die waren froh, wenn Ruhe war.«

»War Heinrich zu sehen? Du weißt schon, der mit der echten Volksmusik.«

»Rede nicht von Heinrich, Mira Valensky! Er war da und hat gefragt, wie ich heiße. Hat gesagt, er hat Respekt auch vor Bedienung. Und wie ich ihm gesagt habe, Vesna Krajner, hat er lange geredet über Oberkrainer und Wurzeln und Musikwelt. Nein, es heißt Weltmusik.«

Ich seufzte. »Du Arme. Weltmusik ... in der intellektuellen Musikwelt ist das der Trend schlechthin. Sie lieben Musik aus Gegenden, von denen bisher niemand etwas hören wollte.«

Vesna war sichtlich interessiert. »Bosnien passt? Bosnische Musik will niemand hören. Nicht einmal viele Bosnier. Ich mache bosnische Musik und trete auf. So gut singe ich wie ...«

»Hast du dich angesteckt?«

»Mit Mistwegräumen Geld verdienen oder mit Mistmusik, was ist der Unterschied? Das Geld! Viel mehr Geld.«

»Ich glaube immer mehr, dass das Mordmotiv Geld ist«, sagte ich langsam. Irgendjemand profitierte davon, dass die drei gestorben waren.

»Du hörst nicht zu. Du willst bloß Putzfrau behalten, Mira Valensky.«

Ich grinste. »Klar, was denkst du? Wenn du willst, kannst du beim Putzen singen. Die singende Putzfrau. Aber nur, wenn ich nicht da bin.«

Vesna verzog das Gesicht zu einer Grimasse. »Geld hast du gesagt, Mira Valensky. Geld ist oft das Motiv. Das mit dem Gefühl kann sich legen, das lernt man mit dem Alter. Liebe muss nicht bleiben und Gegenteil auch nicht. Aber Geld ...«

»Vesna: Wer hat etwas davon, dass die drei tot sind?«

»Keine Ahnung. Immer andere. Andere Leben. Anderes Geld. Andere Manager. Gemeinsam ist nur die Hitparade. Ich muss jetzt in die Küche.«

Dass sie alle mit der Hitparade zu tun hatten, schien tatsächlich das einzig Gemeinsame zu sein. Darauf lief es immer wieder hinaus. Joe profitierte von den Todesfällen nicht. Die Produktionsassistentin schien nur vom Tod Langthalers zu profitieren. Vielleicht. Sie konnte zeigen, wie tüchtig sie trotz der widrigen Umstände war. Aber deswegen zu morden?

Heinrich hätte zwar mit den Morden die volkstümliche Musik in ein schiefes Licht setzen können, aber warum hatte er sich dann in die Jury aufnehmen lassen? Offenbar wollte er bloß endlich ernst genommen werden. Mit dabei sein. Oder auch seinen Platz finden.

Von der Bühne klangen Fetzen eines schmalzigen Liebesliedes herüber. »Lass mich dich halten heut' Nacht, denn der, der über uns wacht, der sieht mit tausend Sternen, dass uns die Liebe lacht.« Vesna hatte schon Recht. Man lernt im Laufe der Zeit, dass sich Gefühle ändern können. Man lernt, Gefühle nicht so ernst zu nehmen, vor allem hier, in dieser Scheinwelt. Oder war das Gegenteil der Fall? Gab es hier jemanden, der zwischen falschen und echten Gefühlen nicht mehr unterscheiden konnte? Eine Person, die das alles wichtig genug nahm, um zu morden?

Der Gendarm, mit dem ich kurz nach dem Tod des Frohsinn-Mädels geredet hatte, kam mit wichtigem Blick auf mich zu. Nicht schon wieder Müller. Ich gestehe, mit Joe Platt ... was mit Joe Platt? Ich gestehe, ein Verhältnis zu haben. Eine Liebschaft. Von mir aus eine Bettgeschichte. Wie stand es da um die Gefühle?

»Ich muss Sie bitten, mir Ihren Ausweis zu geben und den Saal zu verlassen.«

»Ich stehe hier in einem Gang und nicht in einem Saal und kann ihn daher auch nicht verlassen.«

»Geben Sie mir Ihren Ausweis!«

»Dazu ist Müller nicht berechtigt. Er kann mich vorladen. Er kann wahrscheinlich sogar meinem Chefredakteur über mein Liebesleben erzählen. Aber der Ausweis wurde nicht von ihm ausgestellt, sondern vom Sender. Solange er mich also nicht verhaftet, wird er nichts dagegen tun können, dass ich da bin.«

»Ich komme im Auftrag der Intendantin.«

»Wer's glaubt.«

»Ich bitte Sie, mir den Ausweis zu geben.«

»Sie sind der Bote der Intendantin? Seit wann? Ich dachte, Ihr Chef ist der Innenminister.«

»Ich wurde im Anschluss an eine Krisensitzung darum ersucht. Und wenn Sie ausfällig werden, dann ist das Beamtenbeleidigung.«

»Ich wusste nicht, dass es Beamtenbeleidigung ist, wenn ich sage, dass Ihr Chef der Innenminister ist.«

»Geben Sie her!« Er griff nach den an der Handtasche angeklipsten Ausweisen.

Ich zog die Handtasche mit einer abrupten Bewegung hinter meinen Rücken. »Wenn die Intendantin mich nicht hier haben will, dann soll sie es mir sagen. Aber wahrscheinlich ist sie gar nicht da. Langsam frage ich mich, ob Ihr Chefinspektor Müller nicht etwas vertuschen will. Warum will er mich mit allen Mitteln aus dem Haus haben?«

Der Gendarm sah mich ratlos an. »Die Intendantin ist da. Zumindest war sie es bis vor kurzem. Sie wollte aber bald abfahren.«

»Okay, dann kommen Sie mit! Vielleicht finden wir sie noch auf dem Parkplatz.«

»Ich ... geben Sie mir Ihren Ausweis. Sofort!«

»Kommen Sie mit!« Diesem uniformierten Idioten würde ich es zeigen. Hoffentlich war die Intendantin noch da. Ich freute mich schon auf das Gestammel des Gendarmen. Und ich würde gemeinsam mit der Intendantin schon aus ihm herausbringen, dass Müller ihm diesen Auftrag gegeben hatte. Er folgte mir unter Protest. Ich stolperte über einen riesigen Blumenstrauß, der lieblos in einem Eimer am Gang stand.

Inzwischen kannte ich mich in den Gängen der Halle aus. Es gab ohnehin nur drei, den Gang im Küchentrakt mitgezählt, vier. Sie waren etwas verwinkelt, aber ich konnte mir kaum mehr vorstellen, dass ich mich hier vor einigen Tagen noch verlaufen hatte. Alles war eng und klein. Groß waren bloß der Zuschauerraum und die Bühne.

Hinaus auf den Parkplatz. Ich reckte den Kopf. Keine Ahnung, welchen Wagen die Intendantin fuhr. Doch da entdeckte ich sie. Sie redete mit zwei Mitarbeitern und sah auf die Uhr. Ich sprintete los. Der Gendarm lief hinter mir her. Gut so.

Ich keuchte, als ich bei ihr ankam. Sie zog die Augenbrauen hoch.

»Tut mir Leid, dass ich Sie aufhalte. Aber dieser Herr hier ...« – ich deutete auf den Gendarmen – »wollte mir meine Ausweise wegnehmen. Angeblich hat er den Auftrag dazu von Ihnen erhalten.«

Sie schaffte es, ihre Brauen noch etwas weiter in die Höhe zu ziehen. »Das ist richtig.« Ihre Stimme war eisig.

Mir fiel die Kinnlade herunter. An alles hatte ich gedacht, nur daran nicht. Der Gendarm lächelte triumphierend. »Darf ich also bitten ...«

Wieder zog ich die Tasche weg. »Warum? Wer hat Ihnen ...«

»Ich glaube, es ist besser, wenn wir gar nicht darüber reden. Sie haben unser Vertrauen nicht mehr, und daher sehe ich mich gezwungen, Ihnen die Ausweise abnehmen zu lassen.«

»Durch die Gendarmerie?«

»Er war gerade in der Nähe.«

»Warum?«

Sie sah mir wütend ins Gesicht. Der Mund des Gendarmen hatte sich leicht geöffnet. Er wollte keinen Augenblick versäumen. »Gehen Sie!«, herrschte die Intendantin den Gendarmen an. Etwas milder fügte sie hinzu: »Bitte!«

Der Gendarm ging.

»Sie haben mich hinters Licht geführt. Aus irgendeinem Grund habe ich gerade Ihnen vertraut. Und Sie haben das ausgenutzt. Sie haben wohl mit Ihren Kollegen über die naive neue Intendantin sehr gelacht? Lässt Sie herein, bittet Sie auch noch, ihr Dinge zu berichten, die sie von den eigenen Leuten nicht erfährt, geht mit ihr ins Zimmer von Langthaler, verschafft ihr einen Vorteil nach dem anderen.«

»Ich habe nie ...«

»Ich bin noch nicht fertig. Und sie erzählt der dämlichen Intendantin einfach das, was sie für richtig hält. Sie angelt sich den Moderator, eine weitere gute Quelle – kein Wort darüber. Sie schnüffelt bei der Produktionsassistentin herum und stellt sie als Verdächtige dar. Können Sie sich noch erinnern?« Sie stemmte die Arme in die Hüften und sah mich empört an. »Wir hatten eine Abmachung.«

»Ich habe gesagt, ich erzähle Ihnen das, was ich auch schreiben werde. Ich hätte niemals ...«

»Verschwinden Sie, und lassen Sie sich nicht mehr blicken! Und wenn mir das eine schlechte Publicity einbringt, soll es mir auch recht sein. Wird es aber nicht. Ich werde mit Ihrem Abteilungsleiter reden. Mit dem Chefredakteur, mit ...«

»Wer hat mit Ihnen geredet? Wer hat das alles verdreht?«

»Das geht Sie erstens nichts an. Sie werden ja nicht leugnen, dass Sie mich getäuscht haben. Und zweitens redet doch jeder über Sie und Joe Platt.«

»Er hat mit der Sache nichts zu tun.«

»Wie würden Sie das nennen?«, höhnte die Intendantin. »Gemeinsame Ausflüge, romantische Stunden ... aber er hat damit nichts zu tun?«

»Ich meine mit der Mordsache.«

»Davon bin ich auch überzeugt.«

Ich stutzte. Sie war die Erste, die davon überzeugt war. Außer mir.

»Ich werde herausfinden, wer es war.«

»Eine tolle Story – auf unsere Kosten.«

»Ich bin nahe dran.« War ich etwas zu nahe dran?

»Was haben Sie mir noch alles nicht erzählt?«

»Man hat mich in den Kühlkeller gesperrt. Man wollte mich erfrieren lassen.«

»Das fällt Ihnen jetzt ein.«

»Ich wollte nicht, dass Chefinspektor Müller ...«

»Müller hat Recht. Sie stören die Ermittlungen bloß.«

»Also hat Müller Sie aufgehetzt.«

»Dazu braucht es Müller nicht, das können Sie mir glauben.« Sie kramte nach ihrem Autoschlüssel.

»Warten Sie! Ich erzähle Ihnen noch etwas.«

»Ich habe mehr als genug Lügen gehört.«

»Nichts war gelogen. Ich habe nur ...«

»Wichtige Teile der Wahrheit weggelassen.«

»Zwei Minuten noch. Hören Sie zu: Der Regieassistent hat erst nach elf in der Nacht von unserem Ausflug zum Heurigen erfahren. Am nächsten Tag in der Früh wusste Müller bereits Bescheid. Angeblich hat ihn die kleine Sommer angerufen. Aber wie hätte sie es zwischen elf in der Nacht und acht am Morgen erfahren sollen? Die Proben begannen erst um neun. Also war es vielleicht gar nicht die kleine Sommer, die angerufen hat, sondern jemand, der viel mehr Interesse daran hat, dass ich nicht herumschnüffeln kann. Ich bin überzeugt, dieser Anruf hat ursächlich mit den Todesfällen zu tun. Ich kann noch nicht sagen, wie, aber es ist offenkundig.«

»Gerüchte gehen seltsame Wege. Wahrheiten manchmal auch.«

»Verdammt, jetzt wissen Sie doch alles. Was kann es Ihnen schaden, wenn ich da bin?«

»Ich lasse mich ungern für dumm verkaufen.«

Mir kam eine verrückte Idee. Ich versuchte, ihr fest in die Augen zu sehen und sagte ganz ernst: »Die Hitparade steckt in Schwierigkeiten. Sie ist zu teuer. Und die Zuschauerzahlen sinken. Und Sie sind dafür verantwortlich, weil Sie die Intendantin sind.«

Sie sah mich verblüfft an.

»Viele Menschen schauen zu. Aber bei den Kosten sind viele Menschen nicht genug. Es müssten wesentlich mehr sein. Sponsorfirmen machen Druck.« Heinrich hatte irgendwann einmal so etwas angedeutet.

»Probleme gibt es immer«, sagte die Intendantin langsam und wandte ihren Blick ab, »das gehört zum Geschäft. Und die Quoten sind ausgezeichnet.«

»Aber nicht gut genug, darum geht es. Doch jetzt ist alles anders. Diesmal werden sich Menschen die Hitparade ansehen, die so etwas noch nie gesehen haben. Die Morde haben eine Menge an kostenloser Werbung gebracht. Es wäre schlimm für Sie gewesen, Ihre Intendantinnenkarriere mit einem Flop zu starten. Der Flop ist abgewendet, dank Downhill-Sepp, Langthaler und dem Frohsinn-Mädel. Was wird als Nächstes passieren? Ein Mord auf offener Bühne? Eine tief betroffene Intendantin und Megaquoten. Herzlichen Glückwunsch! Wenn eine von den Morden profitiert, dann sind Sie es.«

»Sie sind ja verrückt«, zischte die Intendantin, stieg in ihren Mercedes und fuhr davon.

Ich stand da und sah ihr nach. Ich war vielleicht verrückt. Aber offenbar hatte ich ins Schwarze getroffen. Oder zumindest nur knapp daneben.

Seit die volkstümliche Hitparade von einer monatlichen Sendung zur wöchentlichen Super-Sommer-Hitparade ausgebaut worden war, sanken die Zuschauerquoten. Sie waren noch immer äußerst gut, der Rückgang war nicht wirklich krass. Deswegen hatte sich auch noch kein Journalist die Mühe gemacht, die Zahlen zu vergleichen. Die Kosten der Sendungen aber waren ständig gestiegen. Das ließ sich leicht anhand der Gagen der Superstars berechnen. Normalerweise traten sie vor Millionenpublikum für wenig Geld auf. Das war Teil ihrer Verträge mit den Plattenfirmen. Und darum ging es auch in dem Streit einiger Manager mit ihren Plattenlabels. Sie forderten unter anderem für TV-Auftritte frei zu vereinbarende Gagen. Die wöchentliche Hitparade war aber von den Promotionverträgen der Plattenfirmen schon jetzt nicht betroffen. Hier hatten die Manager die Möglichkeit, freie Gagenvereinbarungen zu treffen. Der Manager der Frohsinn-Mädel hatte mir das ohne Umschweife bestätigt. Wenn die Hitparade ein finanzieller Flop wurde, konnte es sein, dass die Intendantin sehr schnell wieder ihren Job los war. Einige einflussreiche Leute misstrauten ihr ohnehin. Sie kam aus dem Kulturmanagement. Und was hatten TV-Unterhaltung und Kultur schon miteinander zu tun? Jedenfalls: Millionen standen auf dem Spiel.

Warum war die Intendantin die Einzige, die davon ausging, dass Joe nichts mit den Morden zu tun hatte? Weil sie den Mörder oder die Mörderin kannte? Weil sie ahnte, was dahinter stand?

In Gedanken ging ich langsam über den Parkplatz. Sie konnte der Produktionsassistentin angeboten haben, später die Regie zu übernehmen. Weil die beiden gemeinsam die Morde geplant hatten? Frauen wollen endlich nach oben und gehen dabei über Leichen. Ich musste grinsen. Vielleicht war das der einzige Weg, um nach oben zu kommen. Vorausgesetzt, man wollte dorthin. Kein Mensch hatte sich um ihre Alibis gekümmert. Geld war ein gutes Motiv. Da war ich mit Vesna einer Meinung. Geld, Karriere und Anerkennung zusammen ein noch besseres. Hände hoch und endlich her mit der Anerkennung, die mir gebührt.

Die Intendantin war davongefahren, ohne mir die Ausweise abzunehmen. Und solange ich die Ausweise hatte, konnte mich niemand daran hindern weiterzuforschen. Bisher hatte ich die Intendantin ziemlich sympathisch gefunden. Offen, unkonventionell. Eigentlich fand ich sie noch immer sympathisch. Aber warum sollten Mörder oder Mörderinnen immer unsympathisch sein? Ich stieß die Tür zur Halle auf und stand dem Gendarmen gegenüber. »Ich habe meine Ausweise noch.«

Auf der Bühne probte Joe gerade seine unsäglichen Moderationstexte. »Tüchtige Leutln hier in der Gegend«, las er vom Teleprompter. Im Fernsehen würde es so aussehen, als ob er frei redete, doch in Wirklichkeit war der Text auf einem Bildschirm zu sehen – vorausgesetzt, alles funktionierte. »Und einer der Tüchtigsten, das ist Ihr Herr Bürgermeister. Einen großen Applaus für den Herrn Bürgermeister!« Applaus vom Band wurde eingespielt. Wahrscheinlich würde man damit heute Abend den echten Applaus des Publikums unterstützen. Sicher ist sicher. Der Bürgermeister wurde auf die Bühne geschubst. Mit stolzgeschwellter Brust ging er auf Joe zu.

»Stopp!«, rief der Regisseur. »Mein lieber Herr Bürgermeister, ich habe Ihnen schon zweimal gesagt, dass Sie nicht einfach auf Herrn Platt zugehen dürfen, bis Sie bei ihm sind. Sehen Sie die kleine blaue Markierung am Boden? Ja, diese. Wir haben Sie Ihnen schon gezeigt. Bei dieser Markierung bleiben Sie stehen. Aber bitte starren Sie nicht darauf! Also einfach ganz natürlich auf Herrn Platt zugehen und bei der Markierung stehen bleiben. Herr Platt kommt Ihnen dann entgegen. Dabei sagt er noch etwas, und dann ist er da und gibt Ihnen die Hand. In Ordnung?«

Der Bürgermeister nickte mit rotem Kopf. Selbst schuld, warum hatte er seinen Ort mit dieser so genannten Kulturhalle verunzieren müssen?

Der Regieassistent lehnte an einem Leiterwagen, der als Dekoration diente. Ich schlängelte mich an den eng gestellten Tischen im Zuschauerraum vorbei und kletterte zu ihm auf die Bühne. »Ich muss mit Ihnen reden. Sofort!«

»Wir haben Probe.« Sein schlechtes Gewissen war unübersehbar.

»Kommen Sie! Sonst könnte ich auf Ihr Getratsche sehr sauer reagieren. Ich könnte Chefinspektor Müller ein paar Sachen über Sie erzählen ...«

Er sah sich gehetzt um. »Ich kann jetzt nicht, glauben Sie mir. Ich darf die Probe nicht verlassen.«

»Wann ist die nächste Pause?«

»Ich weiß nicht. In einer Stunde oder so.«

»Sofort bei Beginn der nächsten Pause sind Sie ...« Ja, wo? Wo konnten wir ungestört reden? »Kommen Sie in den Keller, dorthin, wo die alten Plakatständer stehen. Und wehe, Sie sagen zu irgendjemandem ein Wort davon!«

Er nickte. Er kannte den Keller also. Oder er wollte mich bloß abwimmeln. Ich würde Vesna brauchen, damit sie im Notfall zu Hilfe kam. Nicht, dass das Bürschchen gefährlich wirkte, aber sicher war sicher. Jetzt war ich am Zug.

Ich klopfte im Takt auf einen der alten Ständer. Ich wartete. Vesna hatte sich in der Abstellkammer versteckt. Mich fröstelte. Die Schritte des Regieassistenten waren schon im Gang der oberen Etage deutlich zu hören. Ohne zu zögern, öffnete er die Tür zur Stiege und hastete herunter.

»Gut«, sagte ich anstelle einer Begrüßung.

»Ich habe nur ein paar Minuten Zeit. Und ich habe auf meinem Schreibtisch einen Zettel hinterlassen, auf dem steht, wo ich bin und mit wem ich mich treffe. Für alle Fälle.«

Ich sah ihn irritiert an. Spielte er Theater oder glaubte er tatsächlich, dass ich etwas mit den Morden zu tun hatte? Vielleicht gar nicht so schlecht. Vielleicht würde ihn die Angst davor zum Reden bringen. »Sie haben am späten Abend mit Ihren Verwandten vom Heurigen telefoniert. Am nächsten Tag, zeitig in der Früh, hat jemand, angeblich Susi Sommer, dem Chefinspektor erzählt, was Sie von Ihren Verwandten erfahren haben. Erzählen Sie – wie war das genau?«

Er räusperte sich. »Ich habe das zwischen Ihnen und Joe erfahren und ... ich musste Susi Sommer anrufen, wegen einer Probenumstellung. Und während dieses Telefonats habe ich ihr davon erzählt.«

»Susi Sommer lebt bei ihren Eltern. Hat sie abgehoben? Mitten in der Nacht?«

»Sie arbeitet seit Jahren am Abend, als Künstlerin.«

Künstlerin, dass ich nicht lache.

»Sie ist es gewohnt, spät schlafen zu gehen.«

»Und sie hat dann beschlossen, die Polizei zu verständigen. Warum? Warum die Polizei?«

»Sie hat sich gefürchtet. Ihr Vater redet ständig davon, dass man bei uns seines Lebens nicht mehr sicher ist. Sie hat sich gefürchtet und es für ihre Pflicht gehalten anzurufen.«

»Und warum haben nicht Sie die Polizei angerufen?«

»Ich hätte angerufen, aber Susi ist schneller gewesen.«

»Warum soll sie sich gefürchtet haben? Die kleine Sommer hat gute Nerven. Das hat sie immer wieder bewiesen. Und ich habe noch nie festgestellt, dass sie auf ihren Vater hört.«

»Ihr Vater ist ein Tyrann.« Das kam mit tiefster Empörung.

»Aber sie hört nicht auf ihn.«

»Sie ist wirklich alt genug, um selbst zu wissen, was sie tut.«

»Hören Sie!«, zischte ich und packte den Regieassistenten an seinem Super-Sommer-Hitparaden-Leibchen. »Ich glaube Ihnen kein Wort. Es hat sich jemand als Susi Sommer ausgegeben und Müller angerufen. Weil dieser jemand mich loshaben wollte. Weil ich an der Mordgeschichte zu nahe dran bin.«

Er riss die Augen weit auf und machte keinen Versuch, sich zu befreien. »Nein«, sagte er, »so war es nicht.«

»Sie stecken mit drin. Ist es das? Sie hatten genug Gelegenheiten. Noch ist nicht aufgefallen, wie seltsam es ist, dass Sie gegen Mitternacht von unserem Ausflug hören und bereits in der Früh, vor allen Proben, der Chefinspektor davon weiß.«

Er begann etwas zu zittern. Er war auch für diesen Keller viel zu kühl angezogen. Ich hatte mir Joes Jeanshemd ausgeborgt und es über mein T-Shirt gezogen. »Ich lasse Sie nicht weg, bis Sie mir nicht die ganze Wahrheit gesagt haben.«

»Das ist die Wahrheit!«, schrie er beinahe.

Meine Güte, er war noch so jung. Zwanzig, zweiundzwanzig. »Sie haben sich da in etwas hineinziehen lassen. Sie hätten die Geschichte wahrscheinlich herumerzählt. Aber Sie hätten nicht die Polizei verständigt. Warum auch? Außer Sie haben einen Grund, mich zu denunzieren.«

»Es ist ja wahr, dass Sie und Joe ...«

Ich ließ mich nicht mehr stoppen. Jetzt oder nie. »Sie wollten mich von der Produktion entfernen. Oder haben Sie den Auftrag bekommen, den Verdacht auf Joe und mich zu lenken? Wer hat die Sicherheitsdirektion angerufen?«

»Susi, das habe ich doch schon gesagt, sie hat angerufen. Ich habe nichts davon gewusst.«

»Wem haben Sie von der Geschichte erzählt?«

»Susi, nur Susi.«

»Und ich soll Ihnen glauben, dass Sie die kleine Sommer gegen Mitternacht angerufen haben, bloß weil Sie von irgendeinem Verwandten gehört haben, dass Joe mit mir gesehen wurde? Unsinn.«

»Lassen Sie mich los!« Er schlug meine Hand, mit der ich ihn am T-Shirt gehalten hatte, weg und taumelte einige Schritte zurück.

»Nicht weiter!«, warnte ich ihn.

»Ich ...«, begann er. Jetzt zitterte er augenscheinlich. Gut so. »Ich habe mit ihr telefoniert. Woher hätte sie es sonst wissen sollen?«

»Es gab kein Telefongespräch.«

Ihm blieb der Mund offen. Bluffen. Das hatte auch bei der Intendantin funktioniert.

»Woher soll sie es sonst gewusst haben?«, fragte er langsam.

»Vielleicht hat sie es gar nicht gewusst? Vielleicht hat jemand anderer Chefinspektor Müller angerufen? Noch einmal: Es gab dieses Telefongespräch nicht. Sie behaupten, es habe dieses Telefongespräch gegeben. Was sollten Sie ihr ausrichten? Worum ging es denn in diesem angeblichen Telefongespräch?«

»Ich sollte ihr ausrichten, dass ... dass sie ein anderes Kostüm bekommt.«

»Unsinn! Sie hat heute das Kostüm an, das seit Wochen im Skript steht. Rosa Kleid, rosa Rosen, rosa Schaukel.«

»Ein anderer Schnitt.«

»Du liebe Güte. Also: Wenn Sie jetzt nicht mit der vollen Wahrheit herausrücken, dann sehe ich mich gezwungen, Chefinspektor Müller alles zu erzählen, was ich schon weiß. Und diese angebliche Telefonangelegenheit wird seinen Verdacht erhärten, dass Sie mit den Morden zu tun haben.« Langsam glaubte ich selbst daran. Ich hatte mich in Rage geredet. Dabei konnte ich mir schwer vorstellen, dass dieses schmächtige und eilfertige Bürschchen Scheinwerfer niedersausen ließ oder junge Frauen vom Schnürboden stürzte. Kraft war allerdings dafür nicht nötig. Nur ein guter Plan. Und viel Glück. Er wirkte mir weder besonders raffiniert noch besonders vom Glück verfolgt. Sein Vater saß im Aufsichtsrat einer großen Sponsorfirma, hatte ich gehört. Regieassistenz klang wichtig, in einem so großen Stab konnte das allerdings auch eine ganz unwichtige Funktion sein. Die Arbeit machten die Produktionsassistentinnen, er war ein besserer Laufbursche. Zumindest hatte ich seine Aufgabe in den letzten Wochen so erlebt.

Er schwieg und starrte ins Leere. Er schien krampfhaft zu überlegen, wie viel ich wusste.

»Sagen Sie es!«, herrschte ich ihn an. Ich hatte gar nicht gewusst, dass ich solche Töne draufhatte. Aber die Nähe zum Kühlkeller trug wohl dazu bei.

Ein tiefer Seufzer. »Ich kann nicht. Ich habe es versprochen.«

»Sie lassen sich lieber in die ganze Sache mit hineinziehen? Wenn Sie es mir erzählen, kann ich dafür sorgen, dass Sie nicht zu Unrecht mit den Morden in Verbindung gebracht werden. Ich kann schreiben, dass Sie nichts davon gewusst haben. Wenn es die Wahrheit ist. Aber dazu muss ich die Wahrheit erst einmal kennen.«

»Es hat doch nichts mit den Morden zu tun!«, rief er gequält.

»Es gab keinen Anruf. Ist das richtig?«

Er nickte und sah zu Boden. Weit weg hörte ich das Scheppern der Klingel. Die Pause war vorbei. Der Regieassistent sah nach oben. »Ich muss gehen.«

»Nicht, bevor Sie alles erzählt haben.« Ich versuchte, ganz ruhig zu klingen. »Es ist besser für Sie, glauben Sie mir. Und es ist vielleicht auch besser für die Person, die Sie decken. Was also ist passiert, nachdem Sie von unserem Ausflug zum Heurigen erfahren haben?«

Er starrte auf die vergilbten Plakate, die einen gewissen Magic Manuel ankündigten.

»Ich …«, begann er und räusperte sich. »Ich war bei Susi. Sie hat mit allem nichts zu tun.«

»Lassen Sie die Kleine aus dem Spiel! Sie werden bei ihr gewesen sein. Um Mitternacht. Oder in der

Morgendämmerung. Halten Sie mich wirklich für so dumm?«

»Sie ist kein Kind mehr. Sie ist fünfzehn ... oder zumindest fast.«

»Gut, sie ist fünfzehn. Was haben Sie bei ihr gemacht?«

»Was macht man in der Nacht?«

Ich stutzte.

Er sah mich trotzig an. »Sie ist meine Geliebte.«

Das Kind mit den blonden Zöpfen und ihren Papa-Liedchen?

»Wenn ihr Vater nicht so ein Tyrann wäre, wüssten schon alle davon. Susi will, dass wir gemeinsam auftreten. Sie hat gesagt, wir machen das Duo Heimo und Susi. Ich kann singen, wirklich. Und wir machen es wie die Coolen Kerle. Witzige Texte, nicht den alten Scheiß. Steiles Outfit. Aber weil ihr Vater so ein Tyrann ist, darf niemand etwas davon wissen. Und sie muss tun, als ob sie ein Baby wäre.«

»Und ihre Eltern wissen es?«

»Nein, weil ihr Vater ...«

»... so ein Tyrann ist. Das habe ich schon begriffen. Also schleichen Sie sich in der Nacht zu Ihrer Susi.«

»Es ist ihr Geld, das neue Haus ist alles von ihrem Geld bezahlt worden. Und sie darf das Haus nicht verlassen, wenn ihre Eltern nicht wissen, wo sie hingeht.«

»Sie ist noch nicht einmal fünfzehn.«

»Ohne ihr Geld würden ihre Eltern immer noch in einer Zweizimmerwohnung leben müssen.«

»Okay, Susi öffnet also ihre blonden Zöpfe und lässt Sie ins Zimmer.«

»Werden Sie nur nicht zynisch. Wir lieben uns.«

Ach herrje.

»Ich bin der Einzige, der Susi als Frau akzeptiert.«

Ich nickte. »Als Frau.«

»Sie ist eine Frau. Sie ist viel reifer, als es ihrem Alter entspricht, das macht das Geschäft. Sie arbeitet, seit sie elf ist. Und ihre Eltern tun so, als wäre sie noch immer elf. Und alle Fans sollen das auch glauben. Können Sie sich vorstellen, was das für ein Leben ist?«

»Und wenn Sie Lust haben, schleichen Sie sich ins Haus und nehmen Susi als Frau ernst.«

»So ist es nicht. Sie sagt mir, wann ich kommen darf. Oder sie gibt mir ein Zeichen. Wenn sie mich braucht, steht der Blumenstock auf der rechten Seite des Fensters, sonst steht er auf der linken Seite.«

»Und Sie stehen unter dem Fenster und schauen nach, ob Frau Susi Sie braucht.«

Er sah mich mit großen Augen an. »Ja, so ist es. Ich liebe Susi eben.«

»Und Susi bestimmt, was getan wird.«

»Susis Vater ...«

»Schon gehört. Also, Sie sind zu Susi, der Blumentopf stand auf der richtigen Seite. Kommen Sie entsprechend dem alten Volksbrauch über eine Leiter?«

»Aber nein! Wenn ihre Eltern schlafen gehen, sperrt Susi die Eingangstür auf, und ich schleiche mich nach oben.«

»Und wenn die Eltern dahinter kommen? Sie sind immerhin ein erwachsener Mann. Zumindest dem Alter nach. Und Sie lassen sich auf solche Spielereien ...«

»Ich muss auf Susi Rücksicht nehmen. Ich respektiere ihre Wünsche. Ich bin der einzige Mensch, der ihre Wünsche respektiert.«

»Und dafür dürfen Sie mit dem halben Kind schlafen.« Er wurde mir immer widerlicher.

»Sie ist kein Kind. Sie sagt, was ich tun soll. Sie sagt, was ich darf und was ich nicht darf.«

Ja, ja.

»Also in dieser Nacht sind Sie bei Ihrer Susi gewesen. Und Sie haben ihr erzählt, dass Joe Platt und ich gemeinsam gesehen worden sind.«

»Ja, ich erzähle ihr alles.«

»Und wer kam auf die Idee, es dem Chefinspektor zu erzählen?«

»Darüber haben wir gar nicht geredet. Wir haben dann überhaupt wenig geredet.«

Ich war wohl inzwischen zu alt, um mir Sex zwischen einer Vierzehnjährigen und einem knapp Zwanzigjährigen vorurteilsfrei vorzustellen. Wie alt war ich beim ersten Mal gewesen? Sechzehn. Immerhin zwei Jahre älter. Und der Typ, mit dem ich es unbedingt probieren musste, war siebzehn gewesen. Es schien schon eine Ewigkeit her zu sein. Es war eine Ewigkeit her. »Also war es die Idee der kleinen Sommer.«

Er fuhr auf. »Nennen Sie sie nicht immer die kleine Sommer!«

»Na, groß ist sie gerade nicht.«

»Sie ist zart.«

»Zartes Fleisch.«

Zum ersten Mal sah er zu Boden.

»Und Sie haben nichts davon gewusst, dass sie mit Müller reden will?«

»Sie erzählt mir nicht alles, muss sie auch nicht.«

»Aber Sie erzählen ihr alles.«

»Wenn sie fragt ...«

»Was fragt sie Sie denn so?«

»Na, über die Produktion. Und über die Leute. Nichts Besonderes. Wir reden eben. Wir können über alles reden.«

»Noch einmal: Sie wussten nichts davon, dass Susi Sommer mit Chefinspektor Müller geredet hat?«

Er schüttelte den Kopf und murmelte: »Es hat mich sogar gewundert. Weil sie Müller nicht leiden kann. Und weil sie gesagt hat, dass sie die Information von mir hat. Normalerweise redet sie nicht über mich. Sicherheitshalber. Bis wir alle überraschen und als Duo auftreten. Und wenn das nicht klappt, werde ich ihr Manager.«

»Wenn sie selbst darüber entscheiden kann. Es dauert schließlich noch einige Jahre, bis sie vor dem Gesetz erwachsen ist.«

Er zuckte mit den Schultern. »Ich warte.«

Ich schüttelte ihn. »Von diesem Gespräch werden Sie Ihrer Susi nichts erzählen. Gar nichts. Kein Wort! Sonst bringe ich alles an die Öffentlichkeit. Können Sie sich vorstellen, was passiert, wenn bekannt wird, dass der Regieassistent den Kinderstar verführt hat? Da kann Sie niemand schützen, nicht einmal Ihr Vater.«

»Ich habe sie nicht verführt«, schrie er, »und mein Vater hat mich nie beschützt!« Sein verzweifelter Blick ließ mich beinahe Mitleid empfinden.

»Ach, dann war sie wohl die treibende Kraft?«

Er nickte. »Sie hat es mir erlaubt. Sie hat mich in ihre Garderobe geholt und hat es mir erlaubt. Immer mehr. Damit ich weiß, dass sie mich liebt. Zuerst ...«

»Keine Details!« Das hätte mir gerade noch gefehlt. »Hauen Sie ab!«

Er flüchtete nach oben und schlug die Tür zu. Ich lehnte mich gegen die graue Betonwand. Ich musste nachdenken.

»Oj«, sagte Vesna. Vesna hatte ich ganz vergessen. »Da haben wir kleine Sommer nur nach Größe eingeschätzt, Mira Valensky.«

Ich nickte. Die Kameraleute nannten sie spöttisch »Engelchen«, der eine Tontechniker hatte sie als »das tückische Kind« bezeichnet. Tückisch schien zu stimmen, aber sie war kein Kind mehr. Jedenfalls verstand sie sich selbst nicht mehr als Kind. Mit fast fünfzehn versteht sich kein junges Mädchen so. Ihre Rolle auf der Bühne war die eines Kindes mit blonden Zöpfen, blauen Augen und glockenheller Stimme. Wir alle hatten uns davon täuschen lassen.

»Ich glaube dem Mann«, sagte Vesna, »nicht genug selbstbewusst, um Star ins Bett zu bringen, selbst wenn es Kinderstar ist.«

Warum nur hatte Susi Sommer Chefinspektor Müller informiert? Hatte sie wirklich Angst gehabt? War es reine Bösartigkeit gewesen? Hatte sie Müller schon öfter informiert? Ich versuchte mich zu erinnern. Es hatte schon einmal eine Situation gegeben, in der Müller etwas von einer zuverlässigen Quelle und Zeugenschutz geredet hatte. Die kleine, unschuldige Sommer hatte geplaudert. Ihr konnte man alles glauben, was hätte ein Kind auch schon für ein Interesse zu lügen? Ein aufgewecktes Kind, ein besonders guter Zeuge. Natürlich!

Der Streit zwischen Joe und Langthaler war nur ans

Licht gekommen, weil ein Zeuge davon erzählt hatte. Der Zeuge hatte sie streiten gehört, wollte aber nicht gehört haben, dass Joe das Zimmer verlassen hatte, bevor der Scheinwerfer heruntergekracht war.

»Susi Sommer schnüffelt«, sagte Vesna. »Wenn ich Brote bringe, finde ich sie überall. In anderen Zimmern. Sie war auch in der Küche. Köchin ist ein Fan und macht ihr besondere Sachen.«

»Ja, das kann stimmen. Susi ist damals auch im Zimmer der Produktionsassistentin gewesen und hat das Bild von Downhill-Sepp betrachtet. Sie sieht eine ganze Menge. Die Frage ist nur, ob sie weiß, was sie sieht. Und wem sie es weitererzählt.«

Vesna stand auf einen Besen gestützt da und schüttelte den Kopf. »Der Assistent hat gesagt, er erzählt ihr alles, sie erzählt ihm nicht alles.«

»Wenn ich Recht habe, dann ist Susi Sommer in großer Gefahr.«

Vesna nickte. »Sie hat viel getäuscht.«

»Und sie wurde vom Mörder geschickt eingesetzt. Wir müssen herausbekommen, wem sie die Geschichte von mir und Joe noch erzählt hat.«

»Andere Liebhaber?«

Ich schüttelte zweifelnd den Kopf. »Kann ich mir nicht vorstellen. Und wir müssen herausbekommen, ob es Susi Sommer war, die den Chefinspektor schon damals beim Mord an Langthaler informiert hat.«

»Polizist wird das nicht sagen.«

»Droch kann das herausfinden.«

Ich durfte jetzt keine Zeit verlieren. Die Sicherheitsvorkehrungen für die Show waren deutlich intensiviert worden. Auch Susis Schaukelfahrt würde vorher getestet werden. Aber alles ließ sich bei einer solchen Produktion nicht kontrollieren. Schon gar nicht, wenn der Mörder aus den eigenen Reihen kam. Susi Sommer brauchte besonderen Schutz. Mit wem sollte ich darüber reden? Mit der Intendantin? Ich war froh, solange sie nicht an mich dachte. Dem Regisseur? Ich kannte ihn kaum. Joe? Er schien Susi Sommer ganz gern zu mögen, zumindest war er einer der wenigen, die sie anders behandelten als ein lästiges, aber unvermeidbares Requisit. Joe. Natürlich.

13

Die kleine Sommer bekam einen eigenen Security-Mann beigestellt, der am Rand der Bühne wartete, während die zweite Produktionsassistentin mit ihr noch einmal die Auftrittspositionen übte. Der Tod des Frohsinn-Mädels hatte viel der üblichen Probezeit gekostet. Ich saß an einem der unzähligen leeren, mit rotweiß karierten Tischtüchern gedeckten Tische im Zuschauerraum und betrachtete Susi Sommer mit neuen Augen. Sie war tatsächlich klein für ihr Alter. Ihre Brüste waren kaum entwickelt. Aber wahrscheinlich drückte das enge Oberteil ihres rosa Kostüms alles platt, was schon da war. Ihr Gesicht wirkte kindlich. Aber blonde Zöpfe suggerieren geradezu, dass ihre Trägerin ein Kind ist. Sie hatte gelernt, ihre Rolle als Kind zu spielen. Im Interesse ihrer Karriere durfte sie nicht älter werden. Süß und unschuldig musste sie wirken, das brachte die Kassen zum Klingeln. Und ihre Eltern spielten mit. Als Manager hatte ihr Vater jedenfalls Einfluss darauf, mit welchem Image sein Star verkauft wurde. Und vielleicht war es dem Vater ganz recht, Susi so lange wie möglich als Kind betrachten zu können.

Obwohl: Susi hatte ihrem Vater einige Male offen Widerstand geleistet. Sie verdiente das Geld. Das ließ sie ihre Eltern auch spüren. Sie wehrte sich. Und der

Regieassistent? Fand sie bei ihm tatsächlich die Liebe, die ihr sonst zu fehlen schien? Die Bestätigung, dass sie kein Kind mehr war? Wurde sie auch von ihm ausgebeutet und benutzt? Oder hatte sie längst den Spieß umgedreht und benutzte ihn?

Ich rief Droch an. Sein Informant Zuckerbrot war über das Wochenende verreist. Vor Montag würden wir nicht erfahren, ob Susi Sommer die Zeugin für den Streit zwischen Langthaler und Joe gewesen war.

Zwei Stunden noch bis zur Livesendung. Die ersten Busse mit Fans trafen ein. Am Rand des Parkplatzes waren einige Verkaufsstände für Fanartikel aufgebaut worden: Es gab knallgrüne Stoffkühe mit Glocken, auf denen »Cooler Kerl« stand, aber auch Lebkuchenherzen und herzförmige Kissen mit dem Gesicht von Susi Sommer sowie T-Shirts mit der Aufschrift »Super-Sommer-Hitparade«, stilisierte grüne Trachtenhüte, Schals, Hosen aus Lederimitat und Socken. Alles schien Absatz zu finden. Die CDs und Musikkassetten würde es nur im Foyer der Halle zu kaufen geben, unmittelbar vor und nach der Show. Ich sah einen Bierkrug mit einem Bild von Joe und überlegte, ihn zu erstehen. Für den Fall, dass ich mich später einmal erinnern wollte ... Ein aufdringlicher Geruch nach Langos und fetten Würsten machte sich breit.

Ich ging wieder hinein. Die Spannung stieg, und das hatte nicht nur mit der näher rückenden Livesendung zu tun. Niemand schien dem anderen noch über den Weg zu trauen.

»Hauen Sie ab!« Das war die Stimme von Susi Sommer. Sie klang schrill. Wütend? Ängstlich? Ich lief zu ihrer Garderobe.

»Ich fürchte mich nicht, lassen Sie mich in Ruhe und beschützen Sie jemand anderen. Sie gehen mir auf die Nerven. Ich muss mich konzentrieren. Ich brauche Ruhe. Verschwinden Sie sofort aus meiner Garderobe!«

Der Security-Mann stand unbehaglich da und stieg von einem Fuß auf den anderen. »Es tut mir Leid, das ist mein Auftrag. Ich darf nicht ...«

»Ich sage Ihnen, was Sie dürfen! Mein Vater wird Sie hinauswerfen. Und wir werden uns über Sie beschweren.«

»Ich muss bei dir bleiben, auch in der Garderobe.«

»Ich muss mich umziehen. Und wer hat Ihnen erlaubt, mich zu duzen? Ha?«

»Ich ... Entschuldigung ... Sie ... ich kann nichts machen. Ich muss hier bleiben.«

»Hinaus!«

Die Kleine hatte Nerven. Die Kleine? Die junge Frau. Sie sollte froh sein, dass sie einen eigenen Bewacher bekommen hatte.

Chefinspektor Müller und zwei seiner Mitarbeiter tranken im Gang Kaffee aus Plastikbechern. Ich verspürte keinerlei Lust, mit ihm zu reden.

Vesna hatte es geschafft, zur Hilfsgarderobiere befördert zu werden. Ihre Cousine war wieder zum Küchendienst erschienen, Vesna sollte in der Massengarderobe allen zur Hand gehen, die Hilfe brauchten.

Sollte irgendetwas Eigenartiges passieren, würde sie mich über das Handy informieren. So jedenfalls hatten wir uns das ausgedacht. Joe saß bei der Maskenbildnerin und ließ sich sein Bühnengesicht verpassen. Ich winkte ihm durch die offene Tür zu und versuchte, nicht allzu genau hinzusehen.

Eine Stunde noch bis zur Show. Ich hoffte, dass sich die Wut der Intendantin gelegt hatte. Aber angeblich würde sie heute ohnehin nicht in die Halle kommen. Und morgen würden wir weitersehen. Joe hatte mich an einem der Randtische im Zuschauerraum untergebracht, ganz nahe beim Bühnenaufgang. Mit mir am Tisch würden einige Familienangehörige der Stars sitzen.

Ich war dankbar, dass ich noch immer meinen Sonderausweis hatte. In der Hektik schien sich niemand daran zu erinnern, dass mich die Intendantin nicht mehr dabeihaben wollte. Das Medieninteresse war enorm. Während üblicherweise bloß einige Medienleute und Fotografen kamen, um etwas über die Atmosphäre hinter der Bühne, über die Gäste und Prominenten im Publikum zu berichten, war diesmal auch der ganze Pulk von Kriminalberichterstattern, Chronikjournalistinnen und Schlüssellochreportern erschienen. Ihre Plätze waren gut, aber ich stellte mit Befriedigung fest, dass ihr Weg zu den Bühnenaufgängen und zu den Ausgängen weiter war als der meine. Beziehungen musste man eben haben. Ich grinste zu den Journalisten-Tischen hinüber. Auch meine Fotografin war hier. Die Medien hätten durch eine Pressekonferenz mit dem stellvertretenden

Fernsehdirektor, dem Regisseur und Joe zufrieden gestellt werden sollen. Aber statt Informationen hatte es bloß uninteressante Ankündigungen und vage Vertröstungen gegeben. Wirklich zufrieden stellen konnte die meisten meiner Zunft ohnehin nur ein weiterer Mord. Ich hoffte gegen meine eigenen beruflichen Interessen, dass sie unzufrieden bleiben würden.

Hinter der Bühne herrschte hektische Betriebsamkeit. Besucherströme ergossen sich nun in den Saal. Der Geräuschpegel stieg beinahe bedrohlich an. Eigens für diesen Abend engagiertes Personal servierte Bier, Wein, Brote und Salzgebäck. Alkoholfreie Getränke schienen weniger gefragt zu sein.

Noch eine halbe Stunde. Alle, die nicht direkt mit der Produktion zu tun hatten, wurden aus dem Bereich hinter der Bühne verbannt. An den Bühnenaufgängen waren Sicherheitsleute in Jeans und Super-Sommer-Hitparade-Leibchen postiert worden. Sie hatten den strikten Auftrag, niemanden, aber auch gar niemanden auf die Bühne oder durch die seitlichen Bühnentüren in den Garderobenbereich zu lassen. Trotzdem wusste ich, wie ich notfalls auch während der Live-Übertragung zu den Garderoben kommen konnte. Nämlich von außen, wie Vesna herausgefunden hatte. Die Tür, die von der Küche ins Freie zu den Müllcontainern führte, würde offen bleiben. Sollte etwas passieren, sollte mich Vesna über ihr Handy verständigen. Das war auch der Hauptgrund, warum es mir lieber war, nicht beim Journalistenpulk, sondern an einem Seitentisch zu sitzen. Wenn etwas geschah, würde ich nicht gleich den ganzen Tross in Aufregung versetzen. Da war mir das Gewitzel, dass ich offenbar schon mehr Joes Freundin als Redakteurin sei, deutlich lieber. Wer zuletzt lacht ...

Das Publikum wurde nun eingestimmt. Diesmal war es für den Einpeitscher nicht so einfach, die ungeteilte Aufmerksamkeit zu bekommen. Zweitausend an Tischen sitzende, miteinander schwatzende und trinkende Menschen zum Zuhören zu bewegen, ist eben eine andere Aufgabe, als in einem Fernsehstudio ein brav auf seinen Stühlen wartendes Publikum zu belehren. Irgendwann erreichte die Lautstärke des Animateurs die Schmerzgrenze, und der Lärm der Menschenmasse wurde leiser. Jetzt lief ab, was vor jeder Show ablief. Zuerst wurde das Klatschen geübt, dann das Lachen. Joe kam auf die Bühne, machte Witzchen, die auch nicht besser waren als vor einer Woche, und zog sich wieder zurück. Genau zu diesem Zeitpunkt vor der letzten Show war Langthaler erschlagen worden.

Aufmerksam betrachtete ich die Bühne. Kameraleute standen bereit, Assistenten hielten Kabel. Die Kulisse stellte eine eigenartige Kombination aus hochalpiner Bergwelt, Kornfeld und Bauernstube dar. Von einem Berg würde Susi, wenn alles gut ging, in der Schaukel niederschweben. Ähren waren zu so genannten Kornmandln zusammengebunden, kunstvoll hineinverflochten leuchteten Mohn- und Kornblumen um die Wette. Im Vordergrund waren zwei grobe Holztische aufgestellt. Auf den dazu passenden Stühlen mit ihren herzförmigen Holzlehnen würden einige der Stars nach ihrem Auftritt Platz nehmen, aber auch der Elvis-Verschnitt, der Bürgermeister und irgendwelche sonstigen Honoratioren.

Die Kennmelodie der Show ertönte, das Rotlicht der Kamera eins blinkte auf, Joe trat mit strahlendem Lächeln und ausgebreiteten Armen auf die Bühne. Applaus brandete auf. Alles lief genau nach Plan.

Die Schuhplattler schuhplattelten, die Frohsinn-Mädel schluchzten das Zirkuslied nur für die tote Gabi, die Leute im Saal und das Millionenpublikum vor den Bildschirmen. Die zehnjährigen Zwillinge weinten nicht, sondern sangen um ihr Leben als zukünftige Stars, der lokale Elvis-Verschnitt gefiel weniger als der gesangsfreie Auftritt des Bürgermeisters. Es wurde gejodelt, und Susi Sommer glitt von der Spitze des Kulissenberges, als ob sie kein Wässerchen trüben könnte. Blumenumkränzt saß sie in ihrem rosa Kleidchen in der Schaukel, streute rosa Rosen und sang: »Rosen riechen gut, aber Rosen haben Dornen, Papa.« Eine Rosenknospe fiel Joe, der getreu der Regieanweisung gebannt nach oben starrte, vor die Füße. Er hob sie auf und steckte sie an seine Trachtenjacke, die heute gelb, aus grobem Leinen und ohne Hirsch war. Allemal ein Fortschritt. Joe half dem Mädchen aus der Schaukel, professionell nahm es schräg vor einem Kornmandl seinen Platz auf der Bühne ein und sang das Lied zu Ende. »Eine Rose hat er mir geschenkt, Papa, weil er so sehr an mir hängt, Papa. Doch ein Dorn tat mich schmerzen, und ich sagt' in meinem Herzen, bleibst der Erste du, Papa.« Der kurze, weit schwingende Rock des Kleidchens wippte, in die Zöpfe waren golden schimmernde Bänder gebunden. Und in der Nacht ließ Susi Sommer den blassen Regieassistenten zu sich ins Zimmer. Oh, wenn du wüsstest, Papa.

Abgesehen von einem gezerrten Fußgelenk, das sich der Elvis-Verschnitt bei einem gewagten Sprung zuzog, verlief die Show ohne besondere Vorkommnisse. Einmal mehr machte das Fernsehpublikum die Coolen Kerle aus den Bergen zu den Siegern der Hitparade. Susi Sommer wurde knapp Zweite, mit strahlendem, aber schmallippigem Lächeln nahm sie einen riesigen rosa Blumenstrauß entgegen. Der dritte Platz ging an die Frohsinn-Mädel. Das Zirkuslied war an die Herzen gegangen. Gemeinsam mit allen sang Joe das Schlusslied und winkte in die Kamera mit dem Rotlicht. Susi Sommer bedachte den Leadsänger der Coolen Kerle mit einem bitterbösen Blick und warf dann Kusshändchen ins Publikum. Frenetischer Applaus, Stars umringt von Autogrammjägern, die auch von den Sicherheitsleuten nicht abgehalten werden konnten, die Bühne zu stürmen. Strahlende Gesichter bei den Fans, zufriedene Gesichter bei den Mitwirkenden. Es war, als hätte es die Morde nie gegeben.

Sollte ich dem Chefredakteur vom Liebesleben der kleinen Sommer erzählen? Solche Geschichten werden gerne gelesen. Sie hatte mich und Joe verpetzt – also wäre es nur logisch, wenn ich jetzt sie ... Wollte ich mich wirklich mit diesem rosaroten Kinderstar und seinem spätpubertären Liebhaber auf eine Stufe stellen? Außerdem war noch gar nicht heraus, ob es wirklich Susi gewesen war, die den Chefinspektor angerufen hatte. Aber was sonst hatte ich dem Magazin zu bieten? Gut, da war die Sache mit den Kosten der Hitparade und den sinkenden Zuschauerzahlen. Aber das würde den Chefredakteur nicht vom Hocker reißen. Und die Leserschaft wohl auch nicht.

Ich hatte keinerlei Lust auf die Feier nach der Show und verließ die Halle. Der Parkplatz war von zerknüllten Servietten, Taschentüchern und Werbeprospekten übersät. Fast wäre ich auf eine Autogrammkarte von Joe getreten. Ich hob sie mit spitzen Fingern auf. Ich nahm sie mit. Warum auch nicht? Ich habe nun einmal etwas gegen die Verschmutzung öffentlicher Plätze.

14

Einen Tag Ruhe. Wie lange war es schon her, dass ich in meiner Hängematte auf dem Balkon gelegen hatte? Auf einem Teller lagen die letzten Brösel der Blätterteigpastetchen, mit denen ich mich verwöhnt hatte. Die eine Hälfte war mit einer Mischung aus Crème fraîche, Trüffelpastete und Eidotter gefüllt gewesen, die andere mit faschierten Shrimps und Frischkäse. Kurz im heißen Rohr überbacken, lauwarm nach und nach aufgegessen. Es war Sonntag, ausnahmsweise schien die Sonne, und am Tag zuvor hatte es keinen Mord gegeben. Gismo seufzte vor Zufriedenheit und rollte sich vorsichtig wie selten auf meinem Bauch ein. Ich las in einem Kochbuch aus dem 19. Jahrhundert. Altösterreichische Rezepte. Der Kriminalroman, den ich schon vor einigen Wochen begonnen hatte, lag am Boden. Momentan hatte ich genug von derartigen Dingen. Joe war für drei Tage nach Berlin geflogen.

Kein Stress, keine Verwirrung der Gefühle oder sonstige Anstrengungen. Einfach Frieden und etwas Sonne. Ich hatte den Anrufbeantworter eingeschaltet. Wer mich auch erreichen wollte, ich würde nicht zum Telefon gehen. Ich wollte an nichts anderes als an interessante alte Kochrezepte denken. Irgendwann musste ich eingeschlafen sein.

Von fern hörte ich das Telefon läuten. »Hallo, hier ist der Anschluss von Mira Valensky. Ich bin zurzeit nicht zu Hause.« Zufrieden drehte ich den Kopf zur Seite und döste weiter.

Hämmern. Hemmungsloses Pochen an die Tür. Ich fluchte, noch bevor ich richtig wach war. Gismo stieß sich von meinem Bauch ab und sprang auf den Boden. Die Katze hatte Übergewicht. Eindeutig. Vielleicht war etwas mit der netten Frau Schneider. Oder es brannte. Oder ... ich kletterte aus der Hängematte. Der linke Arm war mir eingeschlafen. Leise vor mich hin schimpfend öffnete ich die Wohnungstür. Vesna.

»Du hast doch einen Schlüssel, Vesna.«

»Heute ist nicht Arbeitszeit, sondern Privatzeit. Ich will dich nicht privat stören, Mira Valensky.«

»Vesna, du weißt, dass du nicht störst ... zumindest im Prinzip nicht.«

Vesna nickte und meinte: »Du hast geschlafen, Mira Valensky.«

»Habe ich. Heute ist frei, und die Sonne scheint. Warum hast du nicht angerufen?«

Vesna sah mich empört an. »Viermal. Dann denke ich: Entweder ist sie fort, oder es ist was passiert.«

»Da hast du dich doppelt getäuscht. Komm rein!«

»Ich habe nachgedacht«, sagte Vesna, während sie automatisch in die Küche ging. »Wir müssen mit der Putzfrau im Fernsehsender reden.«

»Habe ich schon getan. Habe ich dir doch erzählt. Die Serbin, die bei Langthaler zusammengeräumt hat, hat nichts gesehen.«

»Gibt es nicht. Ich kenne keine Putzfrau, die nichts

sieht. Außerdem brauchen wir Putzfrau von diesem toten Sepp.«

»Das sind bloß Künstlergarderoben, die werden von allen möglichen Menschen benutzt. Außerdem ist die zuständige Putzfrau sicher befragt worden.«

»Von Polizei.«

»Ja, und auch wenn Müller nicht gerade ...«

»Glaubst du, Mira Valensky, dass ich Polizei mehr sage, als gemusst?«

Ich schüttelte den Kopf.

Eine Stunde später saß ich zum zweiten Mal am Tisch zwischen den Spinden des Umkleideraums. Wir hatten Glück gehabt, die Serbin war da. Und die Serbin war gemeinsam mit zwei weiteren Frauen auch für den Gang zuständig, in dem die Downhill-Sepp zugewiesene Garderobe lag. Vesna redete kroatisch auf die Frau ein. Die Antworten waren kurz, der Gesichtsausdruck der Serbin blieb skeptisch. Sie schüttelte den Kopf. Vesna wurde lauter. Das Kopfschütteln wurde heftiger. Mir war das Ganze peinlich. »Vesna, du musst sie doch nicht anschreien, sie ist eine Serbin, ich weiß ...«

Sie sah mich erstaunt an. »Ich bin nicht im Krieg.«

»Was ist los?«

»Ich weiß nichts«, sagte die Serbin.

»Sie weiß etwas«, entgegnete Vesna.

Wieder heftiges Kopfschütteln.

»Sie brauchen sich nicht zu fürchten«, beschwichtigte ich sie.

»Sie muss sich nicht vor mir fürchten«, fauchte Vesna.

»Aber ...«

Jetzt war die Serbin auf der Seite von Vesna. »Vor Kollegin keine Angst, Frau.«

»Okay, dann erzählen Sie ihr, was am Abend los war, als Downhill-Sepp starb.«

»War ich nicht da.«

»Aber in der Nacht?«

Die Serbin nickte. »Aber ich habe nichts gefunden.«

»Was haben Sie gefunden?«

»Nichts.«

Wieder ein Wortschwall auf Kroatisch, jetzt antwortete die Putzfrau.

Zum Schluss nickte Vesna und sah äußerst zufrieden aus. »Sie hat etwas gefunden. Ein Glas. Eine Medizinschachtel. Eine Medizinflasche. Im Abfalleimer.«

»Das kann nicht sein, der Abfalleimer ist durchsucht worden, ich habe die Inventarliste gesehen, da war der Inhalt des Abfalleimers im Zimmer von Downhill-Sepp aufgelistet.«

Die Serbin wurde lebendiger und schüttelte den Kopf. »Nicht sein Zimmer. Gang. Gang ums Eck.«

Genauere Nachfragen ergaben, dass die Putzfrau offenbar das gefunden hatte, was vom Waschbecken der Garderobe verschwunden war. Und sie hatte es mit heimgenommen. Man wusste schließlich nie, wofür man Medizin brauchen konnte. Und ein Glas konnte man auf jeden Fall verwenden.

»Aber nicht gestohlen, es war aus dem Mist. Viel ist im Mist.«

»Klar, da brauchen Sie sich keine Sorgen zu machen.«

Sie hatte die beiden Medikamente noch, vielleicht

war es möglich, Fingerabdrücke zu identifizieren. Am Glas würden keine mehr sein, das hatte sie schon zu oft verwendet.

»Wo stand denn der Abfalleimer«, fragte ich.

Sie zeichnete mit großem Geschick eine Skizze. Ich würde nachprüfen, wessen Garderoben am nächsten zum Fundort gelegen waren. Jedenfalls: Der Fundort war weiter vom Eingang zum Übertragungsstudio entfernt als Downhill-Sepps Garderobe. Entweder hatte jemand einen Umweg gemacht, um die Medikamente loszuwerden, oder es war jemand gewesen, dessen Zimmer im hinteren Abschnitt des Ganges lag.

Die Putzfrau versprach, die Medikamentenverpackungen nur mehr mit Handschuhen anzufassen und sie in ein Plastiksäckchen zu geben. Ich wollte sie am Abend bei ihr abholen.

Am nächsten Vormittag war klar: Die Garderoben und Büros, die nach dem Zimmer von Downhill-Sepp und nach dem Standort des Abfalleimers kamen, gehörten Susi Sommer und, unterbrochen durch eine Toilettenanlage, Langthaler, der Produktionsassistentin und Joe. Sowohl das Tablettenfläschchen als auch die Medikamentenschachtel waren fast leer.

Ich erinnerte mich an den Abend, an dem Downhill-Sepp gestorben war und ich die kleine Sommer zum ersten Mal gesehen hatte. Mit aufgerissenen Augen hatte sie im Gang gestanden, nur ein paar Meter von ihrer Garderobe entfernt. Als ich sie angesprochen hatte, war sie um die Ecke gelaufen. Ihre Hände waren leer gewesen. Aber was hatte sie gesehen?

Mir blieb nichts anderes übrig. Wenn ich mich nicht der Behinderung von Ermittlungen schuldig machen wollte, musste ich Müller die Medikamente und das Wasserglas übergeben. Die Unterredung mit ihm fand in seinem Büro statt und war unerfreulich wie immer.

»Woher soll ich wissen, was Sie mir da unterjubeln?«

»Herzlichen Dank für das Beweismaterial, Frau Valensky.«

»Wofür sollte ich mich bedanken? Dass Sie mir etwas unterschieben, um Ihre Thesen zu untermauern? Oder dass Sie dieses Beweismaterial wochenlang vor mir versteckt haben?«

»Ich habe es gestern Abend bekommen.«

»Woher?«

»Ich habe es Ihnen bereits gesagt: Es wurde in einem Abfalleimer im Gang in der Nähe von Downhill-Sepps Garderobe gefunden.«

»Und dort wird der Mist nur alle paar Wochen ausgeleert?«

»Nein, aber die Person, die die Sachen gefunden hat, hielt es nicht für wichtig.«

»Nicht für wichtig? Beweismaterial zu unterschlagen? Immer vorausgesetzt, dass Ihre Geschichte stimmt.«

»Die Person hielt es nicht für Beweismaterial.«

»Wen decken Sie?«

»Niemanden. Ich habe bloß mein Wort gegeben, den betreffenden Menschen nicht in die Sache hineinzuziehen. Sie haben mein Wort ...«

»Darauf werde ich mich verlassen«, höhnte der Chefinspektor.

»Verdammt nochmal, untersuchen Sie doch die Sachen auf Fingerabdrücke! Vielleicht haben Sie dann den Täter. Oder zumindest eine konkrete Spur.«

»Und darf ich wetten: Die Fingerabdrücke Ihres geliebten Herrn Platt werden nicht drauf sein.«

»Weiß ich nicht. Aber ich nehme es nicht an, weil er mit der ganzen Sache nicht mehr zu tun hat, als dass er unglücklicherweise der Moderator dieser Hitparade ist.«

»Aber einer von denen hat mit der Sache eine ganze Menge zu tun. Und wer ist dann der eine?«

»Ihr Job.«

»Vielen Dank für das Vertrauen! Bisher kam es mir so vor, als wollten Sie selbst Sherlock Holmes spielen – oder Miss Marple, wenn Ihnen das lieber ist.«

»Deswegen waren Sie ja auch so besorgt um mich, dass Sie dem Chefredakteur von meinem Privatleben erzählen mussten.«

»Ich habe Sie gesucht. Ich musste handeln. Vergessen Sie nicht: Es gibt bereits drei Tote.«

»Wie lieb von Ihnen.«

»Wäre besser gewesen, ich hätte nichts getan. Dann könnten Sie vielleicht nicht mehr Ihren Mund aufreißen. Journalistinnen, die sich in Polizeiarbeit mischen. Als ob dieser Fall nicht kompliziert genug wäre.«

»Also bringe ich Ihnen Beweismaterial, und Sie sind mir dankbar.«

»Sonst noch etwas?«

»Nichts.«

»Dann also herzlichen Dank!«

»Wann erfahre ich von den Fingerabdrücken?«

»Wer glauben Sie, dass Sie sind? Meine Vorgesetzte?«

»Nur eine kleine Redakteurin, die aber einiges weiß. Ich könnte jedenfalls schreiben, dass Sie nun diese Medikamente haben und nichts darüber verlauten lassen.«

»Laufende Ermittlungen.«

»Laufende Story.«

Ich starrte wütend auf das Bild hinter seinem Kopf. Es zeigte ein Schiff der kaiserlich-königlichen Kriegsmarine. Von damals, als Österreich noch Schiffe besaß und einen Zugang zum Meer hatte. Lange her. Das in Öl gemalte Schiff war die einzige persönliche Note in dem kleinen, abgenutzten Büro. Es machte mir Müller nicht sympathischer.

15

In den nächsten Tagen stellte sich heraus, dass keine Zeitung die Beziehung zwischen mir und Joe erwähnenswert fand. Und auch der Verdacht gegen Joe hatte sich nicht weiter erhärtet. Da es nichts Neues zu berichten gab, verschwand die Story von den Titelseiten. Gleichzeitig erschütterte die nächste Katastrophe die Welt des Chronikjournalismus: Miss World war ein Mann. Umoperiert. Die Transgendergemeinde triumphierte, Schwule waren begeistert, und Lesben kicherten. Man konnte sich wirklich auf nichts mehr verlassen. Eilfertig wurden Geschichten von dem Papst, der eine Frau gewesen sein soll, aufgewärmt. Man wühlte in Biografien, und ein Schriftsteller, den die meisten der einschlägigen Redakteure und Redakteurinnen bisher gar nicht gekannt hatten, stand plötzlich im Mittelpunkt, weil er als Frau auf die Welt gekommen war.

Logisch, dass sich auch die Titelseite des Magazins mit diesem Thema beschäftigte. Die Morde in der Volksmusikszene waren auch für den Chefredakteur nicht mehr so wichtig. Gnädig erteilte er mir jedoch den Befehl, für alle Fälle weiter an der Sache dranzubleiben.

Die Intendantin war noch immer schlecht auf mich zu sprechen. Das hatte jetzt allerdings weniger mit dem Umstand zu tun, dass ich ihr einiges im Zusammenhang mit Joe verschwiegen hatte, als damit, dass ich über ihre Probleme mit der Super-Sommer-Hitparade Bescheid wusste. Dabei erwähnte ich diesen Aspekt in meiner Reportage ohnehin nur mit zwei Sätzen. Ich trat die schleppenden Ermittlungen breit, erzählte etwas zu ausführlich über die Stimmung unter den Volkstümlern und stellte die Geschichte der spät, aber doch aufgefundenen Medikamente in den Mittelpunkt. Viel Platz hatte ich ohnehin nicht zur Verfügung. Die Story war von sechs Seiten in der Vorwoche auf eine Doppelseite geschrumpft. Fast die Hälfte des Platzes nahm ein Foto der Frohsinn-Mädel ein, auf dem sie neben einem holzgeschnitzten Zirkuspferd standen und ganz offensichtlich ihr Zirkuslied sangen. »Die Show muss weitergehen«, lautete die Bildunterschrift. Sie stammte nicht von mir.

Ich beschloss, die Intendantin und Joe zum Essen einzuladen. Intendantinnen haben im Allgemeinen Besseres zu tun, als sich am Abend mit irgendwelchen Journalistinnen zu treffen. Zumindest glauben sie das. Also bot ich ihr Joe, und sie kam.

Ich verwöhnte die beiden mit einem rustikalen Essen. Zwar konnte ich mich nicht aufraffen, etwas wirklich Bodenständiges zu kochen, aber venetische Landküche passte ohnehin viel besser zu einem weiteren verregneten Sommertag. Dieser Sommer würde wohl als der kälteste und unfreundlichste in die Geschichte eingehen. Die Sarde in Saor, mit Zwiebeln marinierte

Sardinen, hatte ich schon zwei Tage zuvor zubereitet. Der Trick dabei ist, die in grobe Ringe geschnittenen Zwiebeln anzubraten und dann nicht in verdünntem Essig, sondern in Prosecco mit einem Spritzer Essig gemeinsam mit Zimt und Rosinen bissfest zu dünsten. Der Sud wird über gebratene Sardinen geleert, und das Ganze kommt für einige Tage zugedeckt in den Kühlschrank. Als Antipasti servierte ich außerdem noch grobe Salami, Sopressa genannt, mit einer Petersilsauce – viel frische Petersilie, etwas Knoblauch, ein wenig Zitronensaft und Olivenöl werden vermischt – und gelben Tomaten.

Joe und die Intendantin nickten nahezu feierlich. Dann kamen schwarze Spaghetti mit Tintenfischen in der eigenen Tinte an die Reihe. Während sich die Intendantin mit Joe über Marketingstrategien unterhielt, gab ich Butter und Olivenöl in eine Pfanne, röstete die vorbereiteten Tintenfischstücke mit einem zerrissenen Peperoncino und Knoblauch scharf an, goss frische Tinte darüber und ließ sie kurz aufwallen. Inzwischen waren die Nudeln bereits fertig. Eine äußerst schwarze Angelegenheit, aber auch sehr aromatisch. Ich öffnete dazu eine Flasche Pinot Grigio, meine beiden Gäste tranken ganz schön schnell.

Ich versuchte, das Gespräch auf die Morde zu lenken, aber die Intendantin blockte ab. »Wir wollen uns doch nicht dieses wunderbare Essen verderben lassen, oder? Lasst uns später darüber reden.«

Joe nickte. Gut, sie war seine Chefin.

Es folgten meine geliebten Gnocchi mit Butter und Salbei, die machen sich mehr oder weniger von selbst. Seit es in Wien hinter der Floridsdorfer Brücke die Filiale einer italienischen Supermarktkette gab, konnte ich gute, frische Gnocchi spottbillig einkaufen. Und auch schwarze Nudeln, Büffelmozzarella und vieles mehr. Ich ließ nun Butter mit etwas Salz und zerrissenen Salbeiblättern aufschäumen, wartete, bis die Butter braun war, und leerte sie dann über die Gnocchi. Parmesan darüber reiben und fertig.

Joe sah mich an. »Wenn ich das alles essen soll, muss ich drei Wochen lang hungern«, sagte er.

»Selbst schuld, wenn du schön sein musst.«

»Also ich finde, es lohnt sich, für dieses Essen drei Wochen lang zu hungern«, murmelte die Intendantin und spießte mit Genuss zwei Gnocchi auf. Irgendwie kam die Konversation nicht so recht in Gang, wenn ich mit am Tisch saß.

Joe erzählte von seinem Auftritt als Gastmoderator in Berlin und aß maximal die Hälfte seiner Portion. Egal, der Höhepunkt der Primi kam erst, die Pasta e fasoi aus aromatischen venetischen Bohnen, Zwiebeln und Knoblauch, mit viel Thymian, etwas Butter und der nötigen Menge Rinderbrühe zum Aufgießen. Diese dicke Suppe musste ich nur mehr aufwärmen und frisch gekochte Pastastücke einrühren. Ich kostete und nickte. Ich sollte mich auf das Kochen beschränken. Aber ich musste Geld verdienen. Und einiges aufklären. Ich durfte die Intendantin nicht weglassen, bevor ich mit ihr nicht über die Morde geredet hatte. Ich musste ihr verständlich machen, dass es mir um die Aufklärung des Falls ging und nicht nur um meine Reportage.

Ich servierte und goss auf jeden Teller noch einige Tropfen Olivenöl. Dann wartete ich, bis die Intendantin gekostet hatte und gerade zu einem Lob ansetzen wollte.

»Statt schöner Worte will ich etwas anderes von Ihnen«, sagte ich mit einem möglichst strahlenden Gastgeberinnenlächeln. »Ich möchte, dass Sie mir vertrauen und mir sagen, wer Ihnen verdächtig erscheint.«

Sie lächelte auch und schüttelte den Kopf. »Ich vertraue Ihnen, ich war wütend, und dann haben Sie mich auch noch mit der Quotensache bedroht. Aber an sich vertraue ich Ihnen. Jemand, der so kocht, kann kein ganz schlechter Mensch sein.« Sie zwinkerte vergnügt.

Ein Hoch auf Pasta e fasoi.

»Aber: Ich weiß nicht, wen ich wirklich verdächtige. Mir scheinen beinahe alle verdächtig und dann doch wieder niemand. Das ist das Seltsame an der Geschichte: Kaum ergeben sich Verdachtsmomente in die eine Richtung, werden sie durch Verdachtsmomente in eine andere Richtung entschärft.«

Jetzt hörte auch Joe gespannt zu. Immerhin wollte er wissen, ob die Intendantin auch ihn verdächtigte.

»Sie zähle ich jedenfalls nicht dazu, habe ich nie getan«, sagte die Intendantin zu Joe. Stimmt, das hatte sie nicht. Warum eigentlich nicht? Und warum strahlte Joe jetzt, als ob er einen Oscar gewonnen hätte?

»Es muss jemand sein, der an der Produktion beteiligt ist«, beharrte ich.

»Ich weiß nicht«, erwiderte sie. »Vielleicht lenkt jemand auch nur geschickt den Verdacht auf unser Team.«

»Jemand von außen?«

»Vielleicht ist es auch ein Tontechniker oder ein Hilfsbeleuchter.«

»Oder die Garderobiere? Ich sehe aber keine Motive.«

Jetzt mischte Joe sich ein. »Jedenfalls ist in der letzten Zeit nichts mehr passiert, und die Super-Sommer-Hitparade ist nächste Woche zum Glück vorbei.«

Ich kam mir sensationsgeil vor. »Ich wollte nicht ...«

»Natürlich nicht, Mira«, sagte Joe und legte mir mit einem Lächeln seine Hand auf den Arm.

»Natürlich nicht, meine Liebe«, sagte die Intendantin.

Natürlich wollte auch ich nicht, dass noch etwas geschah. Bloß: Ich konnte nicht so ganz daran glauben.

Als Hauptspeise hatte ich mich für einen Rombo in Balsamico-Essig entschieden. Es ist nicht so leicht, in Wien guten, frischen Fisch zu bekommen. Aber ich hatte einen Großhändler gleich bei den Gasometern in Simmering entdeckt, der in erster Linie Restaurants belieferte. Ich war eine gute Kundin, und die Fischverkäufer hatten mich zu meinem Glück ins Herz geschlossen.

Der Steinbutt war prächtig, seine Augen glänzten blank, die Kiemen waren von jenem Rosa, das Frische signalisiert. Ich schob ihn in einer Pfanne mit etwas Olivenöl ins heiße Rohr. Vielleicht war er etwas groß für drei Personen, aber jedenfalls eindrucksvoll. »Zehn Minuten Pause«, verkündete ich und öffnete einen Sauvignon aus der Südsteiermark.

Die Intendantin erzählte Schnurren von ihrem früheren Job in der Kulturszene. Es schien mir, als wollten mich beide vom Thema Mord ablenken. Dann schrillte die Küchenuhr. Ich goss einige Esslöffel besten Balsamico-Essigs über den Fisch, deckte die Pfanne wieder zu, schaltete das Rohr aus und ließ ihn fünf Minuten ziehen. Unter vielen Ahs und Ohs zerlegte ich den Fisch am Tisch und beträufelte die Filets mit dem Saft.

Ich weiß nicht, aber ich hatte auch diesmal den Eindruck, dass Joe und ich, was gutes Essen anging, nicht auf derselben Welle schwammen. Vor allem die schwarzen Spaghetti schienen ihm den Appetit genommen zu haben. Die Intendantin hingegen aß, bis sie nicht mehr konnte. Und als Zeichen der Versöhnung gab ich ihr sogar das Rezept für den Rombo.

Der Rest der Woche verlief ereignislos. Ich langweilte mich auf den Proben für die nächste Show der Super-Sommer-Hitparade. Inzwischen war ich in der Lage, die Musik einfach zu ignorieren. Ich nahm sie nicht mehr wahr. Vielleicht war das das Überlebensrezept. Als ich Joe davon erzählte, fand er einmal mehr, ich sei überheblich. Aber er sagte das ganz lieb. Wenn es nicht um venetische Küche ging, verstanden wir uns nach wie vor ausgezeichnet.

Vesna hatte wieder ihre übliche Putzarbeit aufgenommen und war verärgert, dass ich ihr nichts Neues erzählen konnte. Sie überlegte ernsthaft, sich bei der Reinigungsfirma zu bewerben, die die Fernsehanstalt betreute.

»Ohne Arbeitserlaubnis?«

»Meinst du, da sind wirklich alle angemeldet, Mira Valensky?« Sie lachte spöttisch.

Ich schnüffelte ein wenig hinter der Produktionsassistentin her, ohne jedoch etwas Bedeutsames herauszufinden. Die Intendantin hatte ich von der Liste der Verdächtigen gestrichen. Jemand, der so essen konnte, war keine Mörderin. Da vertraute ich meiner Intuition als Köchin.

Siegbert Heinrich wurde angeboten, in jeder volkstümlichen Hitparade ab Herbst fünf Minuten über echte Volksmusik und Originalinstrumente zu gestalten. Vorausgesetzt, dass er nicht über die volkstümliche Schlagermusik lästerte. Heinrich nahm an. Ich sah ihn bei den Proben, und er meinte, die Sendung sei zwar schrecklich und trage zur Volksverdummung bei, aber auf der anderen Seite seien die Einschaltquoten hoch. Und so könne er sehr vielen Menschen etwas über echte Volksmusik erzählen. Er müsse es einfach tun.

Die Security-Männer waren bereits abgezogen worden. Es gab im TV-Zentrum strengere Eingangskontrollen als früher, das schien zu reichen. Trotzdem machte ich mir Sorgen. Aus Susi Sommer hatte ich nichts Vernünftiges herausgebracht. Weder mit Schmeicheleien noch mit Drohungen, andernfalls ihr Verhältnis mit dem Regieassistenten auffliegen zu lassen. »Er geht mir ohnehin auf die Nerven«, hatte sie kaltschnäuzig gesagt. »Außerdem würde ich alles abstreiten.«

»Du bist vielleicht die Nächste, wenn du etwas gesehen hat. Du hast etwas gesehen, oder?«

Sie lächelte spöttisch. »Hab ich nicht, ich weiß gar nicht, was Sie sich einbilden.«

Beweise hatte ich keine. Und besonders schutzbedürftig wirkte sie eigentlich nicht. Sie war ein aufmüpfiger Teenager mitten in der Pubertät, beladen mit all den Problemen, die ein Leben als Kinderstar mit sich brachte. Außerdem ließ ihr Vater sie kaum mehr aus den Augen. Und wenn ich den Eindruck hatte, er wolle eher seine Goldgrube vor Schaden bewahren als seine Tochter beschützen, dann hatte das sicher mit meiner Abneigung gegen Eltern so genannter Wunderkinder zu tun.

16

Mit der kommenden Show würde die Super-Sommer-Hitparade zu Ende gehen. In der nächsten Ausgabe des Magazins sollte die ursprünglich geplante Reportage über das Leben der Stars der Volksmusikbranche erscheinen, angereichert mit den Mordgeschichten und der Erkenntnis, dass das Leben trotz allem weiterging.

Wieder einmal zwei Stunden vor der Livesendung. Erstaunlich, wie schnell so etwas zur Routine werden kann. Die Stars trafen ein, begrüßten einander, gingen in ihre Garderoben, machten Stimmübungen. Manager stritten sich um die besten Termine für ihre Schützlinge bei den vier Maskenbildnerinnen. Die weniger bedeutenden Mitwirkenden fieberten in der Massengarderobe ihrem Auftritt entgegen. Junge Menschen mit Kopfhörern und Minimikros schwirrten wichtig durch die Gänge, holten Menschen vom Empfang ab und brachten sie dorthin, wo sie die Verantwortlichen haben wollten. Der Regieassistent wich dem neuen Regisseur nicht von der Seite, und eine der Vorarlberger Spitzenklöpplerinnen verirrte sich auf dem Weg zur Toilette.

Mir war langweilig. Eine junge Frau, die ein hautenges, bauchfreies Top trug, kam auf mich zu. Vielleicht sollte ich doch ein paar Kilo abnehmen. Unsinn. Von einem solchen Aufzug trennten mich nicht nur zwanzig Kilo, sondern auch zwanzig Jahre. Sie sah auf meinen Identitätsausweis. »Frau Valensky? Die Intendantin sucht Sie. Sie möchten bitte rasch in ihr Zimmer kommen.« Offenbar war der Intendantin auch langweilig. Alles lief wie geplant, Zeit für ein Schwätzchen unter Freundinnen der italienischen Küche.

Sie empfing mich selbst, am Samstag hatten ihre beiden Sekretärinnen frei. Wir gingen in ihr Zimmer, sie schloss sorgfältig die Tür. Der gläserne Designerschreibtisch war inzwischen durch einen einfachen großen Schreibtisch aus Nussholz ersetzt worden. Klare Linienführung, lange nicht so protzig, besserer Stil. »Ich weiß nicht, ob es wichtig ist. Jedenfalls ist Susi Sommers Vater übel geworden, vermutlich hat er einen Kreislaufzusammenbruch. Aber es könnte natürlich auch etwas anderes sein ...«

»Was sagen die Ärzte?«

»Unser Arzt meint, es ist der Kreislauf. Ungefährlich, aber seltsam. So als ob er zu viele Beruhigungsmittel genommen hätte. Es kann aber auch eine natürliche Schwäche sein.«

»Beinahe alle nehmen hier Aufputscher oder Tranquilizer oder beides. Weiß man, ob er auch ...?«

»Er ist kaum ansprechbar, seine Frau sagt Nein. Sie ist mit ihm ins Krankenhaus gefahren. Der Zwischenfall ist niemandem aufgefallen. Wir wollen nicht für künstliche Unruhe sorgen, noch dazu, wenn für ihn keine Gefahr besteht.«

»Aber vielleicht für seine Tochter.«

Die Intendantin wusste mittlerweile vom Verhältnis

zwischen der kleinen Sommer und dem Regieassistenten. Sie hatte sich entschlossen, vorläufig nicht einzugreifen. Was ging sie das Privatleben irgendwelcher Mitarbeiter oder Interpretinnen an? Strafbar war es nicht, Susi Sommer war vierzehn.

»Ich werde ihr auf den Fersen bleiben.«

»Ich möchte nicht, dass Sie sich in Gefahr ...«

»Nur für alle Fälle. Bisher war alles geplant, sorgfältig überlegt. Daran wird sich wohl nichts ändern. Wenn sie nicht allein ist, kann nichts passieren. Und ich werde die kleine Sommer nicht allein lassen.«

»Wahrscheinlich ist an meinem Verdacht ohnehin nichts dran. Kreislaufversagen, das kommt vor.«

Ich nickte. Es würde nicht ganz einfach sein, Susi Sommer im Auge zu behalten. Sie mochte mich nicht besonders. Sie schien jede Person abzulehnen, die ihren Aktionsradius beschränkte. Wenn sie bockig reagierte, konnte ich ihr etwas von einem Starportrait erzählen, das ich über sie schreiben wollte. Das würde ihr sicher gefallen.

»Ich möchte die kleine Sommer nicht aufregen, deswegen habe ich Chefinspektor Müller nicht informiert. Er ist aber im Haus. Wenn Sie auch nur den geringsten Verdacht haben ...«

Ich verzog den Mund.

»Okay, wenn Sie einen Verdacht haben, dann entscheiden Sie, ob Sie mich, Müller oder den Hauswachdienst verständigen wollen. Aber da bin ich mir auch nicht sicher ...«

»Es wird schon nichts passieren. Ich lasse unseren rosaroten Kinderstar nicht aus den Augen, und nichts wird passieren.«

Und so schien es auch zu sein. Ich war auf dem Weg zu Susi Sommers Garderobe, als ich die Kleine auf dem Gang sah. Heute trug sie eine kurze Lederhose, ein kariertes Leibchen und goldene Bergschuhe. Sie schien es eilig zu haben. Was hatte sie dort hinten verloren gehabt? Okay, sie schnüffelte gerne. Schnüffeln konnte gefährlich werden.

Ich überlegte. Vielleicht hatte der Mörder Susis Eltern aus dem Weg haben wollen. Nun konnte er in der Hektik vor der Sendung oder in den leeren Gängen und Garderoben während der Übertragung zuschlagen. Er könnte es zumindest versuchen. Oder sie, die Mörderin. Susi Sommer wusste eine ganze Menge.

Wenn es mir gelang, sie unbemerkt im Auge zu behalten, könnte ich vielleicht erfahren, wer hier etwas gegen die volkstümliche Unterhaltungsbranche hatte. Beobachten und im richtigen Moment einschreiten. Oder, wenn genug Zeit war, Müller herbeitrommeln. Oder sonst jemanden. Susi Sommer sprach gerade mit dem Regieassistenten. Nie wäre ich auf die Idee gekommen, dass dieses halbe Kind und der Assistent ...

Ich zog mein Handy und mein Telefonbuch aus der Tasche. In dem Trubel, der auf dem Gang herrschte, fiel es gar nicht auf, dass ich da war und was ich tat. Für alle Fälle programmierte ich die Nummern von Müller, der Intendantin und von Joe ein. Unsinn, Joe konnte ich vergessen, der hatte vor der Show anderes zu tun.

Auch auf Vesna würde ich verzichten müssen. Leider. Sie war viel eher als ich zur Detektivarbeit geboren. Unauffällig und mutig. Beides Eigenschaften, die mir fehlten. Jedenfalls schwor ich mir, kein Risiko einzugehen.

Der Regieassistent eilte davon. Die Hälfte eines Ziehharmonika-Sextetts verstellte mir den Weg. Wo war Susi Sommer? Ich reckte den Hals. Sie ging auf die Tür des Sendesaales zu. Jetzt schon? Nein, sie passierte die Tür und ging am Studiotrakt entlang. Auf der anderen Seite des Sendesaals war eine weitere Tür. Sie ging auch an dieser Tür vorbei. Sie schien ein festes Ziel zu haben.

In diesem Teil des Gebäudes war es merklich ruhiger. Regieabwicklung, Aufenthaltsraum und das Zimmer der Maskenbildnerinnen lagen auf der anderen Seite. Hinter irgendeiner dieser Türen musste der Leadsänger der Coolen Kerle in seinem Whirlpool plätschern. Meine Fotografin hatte ihn vor zwei Wochen aufgenommen: nackt bis auf eine knallgrüne Badehose mit der Aufschrift »Cooler Kerl« und mit einer ebenso grünen Quietschente im Arm.

Ich drückte mich an die Wand. Susi Sommer verschwand auf die Toilette. Da konnte ihr wohl nichts passieren. Sicher war sicher. Ich öffnete vorsichtig die Tür. Im Waschraum war niemand. Ich kniete mich möglichst lautlos auf den Boden, spähte unter den Türen ins Innere der drei Kabinen und kam mir lächerlich vor. Was, wenn jetzt jemand hereinplatzte? In der mittleren Kabine waren ein paar dünne Beine mit goldenen Bergschuhen an den Füßen zu sehen, die anderen beiden Kabinen schienen leer zu sein. Ganz leise verzog ich mich wieder nach draußen und ging einige Meter weiter.

Ein Kameramann kam vorbei und winkte mir, ich winkte unverbindlich zurück. Nur kein Gespräch jetzt.

Eine Stunde bis zur Übertragung. Auf der Bühne konnte ich die kleine Sommer nicht beschützen. Joe. Ich sollte mit ihm reden, dann wäre er wenigstens gewarnt. Es war zwar unwahrscheinlich, dass ausgerechnet auf offener Bühne, vor den Augen von Millionen Zuschauern etwas geschah, aber wer konnte das mit Sicherheit behaupten? Vielleicht plante der Mörder das als Höhepunkt und Finale der Mordserie.

Wahrscheinlich wäre es überhaupt am besten, dem gar nicht mehr so kindlichen Kinderstar die Wahrheit zu sagen. Dass ihr Vater vielleicht einen Kreislaufzusammenbruch gehabt hatte, dass ihr Vater aber vielleicht auch bewusst ausgeschaltet worden war. Sie würde schon die Nerven bewahren. Vielleicht täte ihr, überheblich wie sie war, ein kleiner Schock sogar ganz gut. Und dann würde ich mit ihr zu Chefinspektor Müller gehen. Und dann?

Verdammt, wenn in diesem Gang wenigstens mehr Menschen unterwegs wären. Dann wäre es nicht so schwierig, sie unauffällig im Auge zu behalten. Susi Sommer war noch immer auf der Toilette. Ich stellte mich in eine Fensternische und wählte Joes Nummer. Vielleicht hatte ich Glück. Vielleicht hatte er sein Handy noch nicht abgeschaltet. Ich brauchte Unterstützung, zumindest moralische. Es läutete einmal, zweimal, dreimal. Ich drückte den Apparat so fest ans Ohr, dass es schmerzte. Es wurde abgehoben.

»Joe?«, flüsterte ich.

»Es tut mir Leid, Herr Platt darf jetzt nicht gestört werden. Mit wem spreche ich?«

Es war der Regieassistent. Unverkennbar. Egal.

»Mira Valensky. Wo ist er? Geben Sie ihn mir!«

»Er ist in seinem Zimmer und wollte sich eine Viertelstunde entspannen.«

»Dann rufe ich ihn in seinem ...«

»Er hat das Telefon umgeleitet.«

Verdammt, Joes Zimmer lag auf der anderen Seite des Sendesaales, an der Hauptachse, viel zu weit entfernt, um hinüberzulaufen, ihn zu informieren und hier rechtzeitig auf dem Posten zu sein, wenn die kleine Sommer endlich geruhte, aus der Toilette zu kommen. Wahrscheinlich rauchte sie heimlich eine Zigarette. Ich grinste nervös und wollte gerade nachsehen, ob mein Verdacht stimmte, als die Tür aufging. Gleichzeitig hörte ich das entfernte Gemurmel von Stimmen. Ein Mitarbeiter der Öffentlichkeitsabteilung des Senders, gefolgt von mindestens dreißig Menschen, kam in Sicht. »Wir nähern uns jetzt dem Herz des Senders, meine Damen und Herren. Büros werden Sie ja schon anderswo gesehen haben, manche von Ihnen vielleicht zu oft.« Immer witzig, vielleicht würde er es noch zum Moderator bringen.

Einige kicherten pflichtschuldigst.

»Als Nächstes passieren wir einige Einzelgarderoben unserer Stars. Sie werden verstehen, dass wir sie so kurz vor der Sendung nicht stören können. Aber wie Sie wissen, ist in Ihrem Gewinn auch die Teilnahme an der Party nach der Sendung eingeschlossen. Da werden Sie ausführlich Gelegenheit haben, mit allen Mitwirkenden zu plaudern.«

Susi Sommer hatte sich wieder in die Toilette zurückgezogen. Ich konnte es ihr nicht verdenken. Mir wurden neugierige Blicke zugeworfen, ein älterer Mann kam mir sogar nahe genug, um meinen Identitätsausweis lesen zu können. Sein Gesicht war maximal zwanzig Zentimeter von meiner Brusttasche entfernt. Für ihn schien ich kein Mensch, sondern bloß ein unter Umständen interessantes Schauobjekt zu sein. Ich drehte mich abrupt zur Seite und lehnte mich gegen eine Tür. Ich mag es nicht, wenn man mir so auf den Leib rückt. Beleidigt hastete er dem Tross nach.

Die Tür war nur angelehnt gewesen und ging auf. Eine Besenkammer. Ein gutes Versteck. Von hier aus konnte ich die Tür zu den Toiletten sehen und den Großteil des Ganges überblicken. Die Managerin der Coolen Kerle aus den Bergen kam mit einem ihrer Schützlinge um die Ecke. »Wir haben sie fest im Griff. Wenn ihr es heute noch einmal schafft, können sie nicht Nein sagen.«

Der Musiker nickte.

Susi steckte den Kopf aus der Tür, schien zu glauben, dass die Luft rein war, und kam heraus. Ich drückte mich in das Dunkel der Besenkammer. Entweder war ihr langweilig, oder sie wollte wieder einmal spionieren. Zwei Minuten noch, dann würde ich sie einfach packen und ...

Ich spähte auf den Gang und traute meinen Augen nicht. Mein Herz pochte laut. Und das hatte nichts mit Liebe zu tun. Joe. Joe Platt. Er hätte in seinem Zimmer sein sollen. Was tat er hier? Es würde eine vernünftige Erklärung dafür geben. Sicher. Auch dafür, dass er sich so nahe wie möglich an der Wand hielt und jede der unsäglichen Grünpflanzen dazu benutzte, in Deckung zu gehen. Joe war eindeutig hinter Susi Sommer her. Die Kleine hatte ihn nicht bemerkt. Hatte er mich gesehen? Offenbar nicht. Ich blieb in meiner Besenkammer. Unterdessen ging der Kinderstar zielstrebig weiter. Susi Sommer schaute auf die Uhr. Hatte sie eine Verabredung? Eine Verabredung mit Joe? Am Ende des langen Ganges lag ein für alle zugänglicher Balkon. Man konnte hinausgehen, frische Luft schnappen und den prächtigen Ausblick auf den Wienerwald genießen. Man konnte aber auch hinunterfallen. Hinuntergestoßen werden. Ein Geräusch. Joe zuckte zusammen und drückte sich gegen einen Philodendron. Mein Atem ging flach. Niemand kam. Susi Sommer ging unbeirrt Richtung Balkon.

Bieg ab, Engelchen! Geh in den Seitengang, dort wo die Coolen Kerle planschen, wo auch noch ein paar andere auf ihren Auftritt warten. Sorge dafür, dass du nicht allein bist. Schnüffle herum, gehe ihnen auf die Nerven, aber bitte, bieg ab und lasse es nicht zu, dass ich etwas tun muss.

Joe sah sich um. Kein Zweifel, niemand sollte wissen, dass er hier war und nicht in seinem Büro. Soviel ich wusste, hatte er sich vor einer Sendung noch nie in sein Büro zurückgezogen. Er brauche vor einer Sendung keine Ruhe, sondern dieses Gefühl der angespannten Hektik und die vielen Menschen, hatte er mir einmal erzählt. Hier war außer Susi Sommer und mir niemand. Ich fingerte nach meinem Handy. Ich musste ...

Susi Sommer bog ab. Ich atmete auf. Joe Platt bog

auch ab. Ich überlegte fieberhaft. Im Seitengang lagen die Garderoben. Und sonst? Keine Ahnung. Auf dieser Seite des Sendesaales war ich selten gewesen. Vielleicht gab es ein Treppenhaus. Ich schob mich aus der Besenkammer. Von Joe Platt war keine Spur. Wo war er? Egal, ich lief möglichst lautlos bis zum Seitengang. Die kleine Sommer öffnete gerade ohne anzuklopfen eine der Garderobentüren und trat ein. Ich schlich näher. Fürchten konnte ich mich später.

Wenn Vesna bloß da gewesen wäre. Susi Sommer hatte die Tür einen Spalt offen gelassen. Es war die Garderobe des Leadsängers der Coolen Kerle. Man konnte den Whirlpool blubbern hören.

»Hallo«, sagte Susi Sommer gerade.

»Was machst du hier?«, kam es wenig begeistert aus der Wanne.

»Ich bin nur gerade vorbeigekommen.«

»Hau ab, ich bade.«

»Als ob ich noch nie einen nackten Mann gesehen hätte?«

»Schwirr ab!«

»Ich würde an deiner Stelle nicht so mit mir reden.«

»Ich rede, wie es mir passt.«

»Hast du nicht Angst, dass dir auch etwas passieren könnte?«

»Mir? Wieso?«

»Vielleicht mag es jemand nicht, wenn man mich schlecht behandelt.«

»Klar. Hau ab!«

»Du bist überhaupt nicht cool.«

»Raus!«

»Na ja, wenn du meinst ...«

Ich schob mein Gesicht näher an den Spalt. Wo war Joe? Was sollte dieser Abstecher der kleinen Sommer? Sie wickelte sich einen Zopf um den rechten Zeigefinger und starrte auf die Wanne.

»Zum letzten Mal. Nerv mich nicht!«

»Ich nerve dich? Einen schönen Föhn hast du da.« Sie nahm einen chromglänzenden Föhn von der Schminkkommode. Sie schaltete ihn spielerisch ein und aus. Sie war wirklich nervtötend.

Der Föhn. Der Whirlpool. Die kleine Sommer.

»In Wirklichkeit warst du gar kein so guter Sänger«, sagte sie langsam. Sie ging auf den Whirlpool zu und schaltete den Föhn ein. Keine Zeit mehr. Zu spät. Alles falsch gedacht. Gehetzt sah ich mich um. Die Steckdose. Ich hechtete nach vorne, riss an der Schnur.

Susi Sommer schrie auf. Es klang schrill und empört. Ein Wutschrei. Der silberglänzende Föhn ging im Pool unter. Der Coole Kerl war aufgesprungen. Auch schon ein Erlebnis. Er zitterte und brachte kein Wort heraus. Kein Wunder, das war knapp gewesen. Susi Sommer drehte sich blitzschnell um und wollte fliehen. Joe hielt sie fest. Sie wehrte sich, sie spuckte, biss und fauchte wie ein wildes Tier. Der Coole Kerl stand noch immer mit offenem Mund da. Ich warf ihm ein Handtuch zu und packte unser Engelchen am Arm.

»Ausgesungen«, sagte ich und schaffte es nicht, Joe in die Augen zu sehen. Für einige Minuten hatte ich tatsächlich geglaubt, dass er ...

»Ausgesungen?«, schrie sie. »Ich lasse mich hier

nicht festhalten. Mich werdet ihr nicht töten! Mich nicht! Polizei!« Ihre Stimme war geschult und entsprechend laut. Ihre Frechheit war erstaunlich.

Ich rief die Intendantin an. Ich rief Müller an. Noch eine halbe Stunde bis zur Übertragung. Als beide beinahe gleichzeitig angehastet kamen, hatten sich die restlichen Coolen Kerle aus den Bergen bereits um uns versammelt. Derjenige, der gerade noch einmal davongekommen war, schlüpfte schweigend in seinen blitzblauen Overall. Auf der Brust prangten in Grün das Wort »Cool« und daneben ein stilisierter Auerhahn.

Susi Sommer hatte inzwischen zu weinen begonnen. Mit Reue oder Verzweiflung hatte das freilich nichts zu tun. »Sie wollten mich umbringen«, jammerte sie den Chefinspektor an, »ich habe mich so gefürchtet!«

Mir blieb beinahe die Spucke weg. Aber nur beinahe. »Wir wollten die Kleine in dieser Garderobe umbringen? Wie? Warum? Warum hier?«

Ich erzählte, was passiert war, und erfuhr, dass die Intendantin nach mir auch Joe vom Ausfall des Sommer-Vaters verständigt hatte.

»Und dann kam der Regieassistent und erzählte mir, dass ein deutscher Sensationsreporter hinter mir her sei. Er habe ihn abwimmeln können, aber es sei besser, wenn ich für die nächste Viertelstunde im Zimmer bliebe. Normalerweise hätte ich das auch getan«, fuhr Joe langsam fort, »aber in Verbindung mit der Geschichte von Susi Sommers Vater ... jedenfalls gab ich ihm mein Handy, ging ins Zimmer und tat so, als ob ich seinen Rat befolgen würde. So knapp vor der Übertragung konnte er natürlich nicht vor meinem Zimmer stehen bleiben. Also verließ ich den Raum einige Minuten später und begann mich nach Susi Sommer umzusehen.«

»Lüge, alles Lüge«, schluchzte diese, »er wollte mich umbringen. Weil ich die Sache mit dieser Kuh da erzählt habe.« Mit »dieser Kuh da« war offenbar ich gemeint.

»Das stimmt«, mischte sich Müller zum ersten Mal ein. »Fräulein Sommer hat mich angerufen und mir von Ihrem Verhältnis erzählt.«

Als ob wir das nicht schon längst gewusst hätten.

»Ich habe mich bloß da hereingeflüchtet, und jetzt sagen sie, ich hätte ihn umbringen wollen.« Weinen konnte unser Star, das musste man ihm lassen.

Noch zwanzig Minuten bis zur Übertragung.

»Ich kann mir nicht vorstellen ...«, sagte die Intendantin.

»Sie hat versucht, den Föhn in den Whirlpool zu werfen.« Verdammt, das war völlig klar. Jetzt passte alles zusammen: Sommers angeblich harmlose Schnüffeleien, die falschen Verdächtigungen.

Die Intendantin sah den Leadsänger der Coolen Kerle an. Er war noch immer etwas blass. »Ja«, sagte er, »der Föhn liegt jetzt noch drinnen.«

»Ich habe nur mit dem Föhn gespielt, und dann ist diese Journalistin hereingestürzt, und er ist ins Wasser gefallen.«

Der Regieassistent kam und blieb wie angewurzelt in der Tür stehen. »Es ist höchste Zeit ...«

Ich packte ihn am Arm. »Hat Ihnen Ihre Susi aufgetragen, dass Joe Platt in seinem Zimmer bleiben soll? Wer ist der Sensationsreporter, vor dem er sich verstecken musste?«

»Gesehen habe ich ihn nicht«, murmelte er, »aber es gab das Gerücht, und da muss man reagieren. Susi? Warum hätte sie damit etwas zu tun haben sollen?«

Natürlich, unser Lederhosenfräulein hatte mit nichts etwas zu tun.

Egal, ich konnte sagen, was ich wollte. Müller war nicht bereit, die Kleine als Täterin ernst zu nehmen. Und auch der Intendantin schien es wichtiger zu sein, dass die Show reibungslos über die Bühne ging.

Die Schminkmeisterin renovierte Susi Sommers Gesicht, bis sie wieder wie ein unschuldiges Engelchen aussah. Dem Coolen Kerl verpasste sie etwas mehr Farbe als sonst. Mir war flau im Magen. Ich blieb im Dunkeln hinter der Bühne stehen, als die Super-Sommer-Hitparade begann.

Susi Sommer. Wo war sie gewesen, als die Morde geschehen waren? Ein Kind wird nicht ernst genommen. Es kann bald wo sein. Wer merkt sich so etwas? Nach dem Tod von Downhill-Sepp hatte ich sie auf dem Gang gesehen. Mit weit aufgerissenen Augen. Vielleicht hatte sie Angst gehabt, entdeckt zu werden.

Der Mord an Langthaler. Wer hatte Müller davon informiert, dass Joe mit Langthaler gestritten hatte? Diese Person musste zur fraglichen Zeit in der Nähe des Büros des Regisseurs gewesen sein. Susis Garderobe war nicht weit entfernt. Müller hatte seine Informantin völlig unverdächtig gefunden – weil sie ein Kind war und wie ein Kind wirkte. Und Susi Sommer war klein genug, um sich hinter dem lebensgroßen Poster in Langthalers Zimmer verstecken zu können.

Der »Unfall« des Frohsinn-Mädels: Susi Sommer kannte sich mit der Liftkonstruktion aus. Sie hätte gemeinsam mit der jungen Frau auf den Schnürboden fahren können. Sie wogen zu zweit sicher nicht mehr als achtzig oder neunzig Kilo. Vielleicht hatte sie dem Frohsinn-Mädel etwas zeigen wollen. Ein Schubs reichte, wenn man nicht darauf gefasst war. Gewagt wäre eine solche Aktion trotzdem gewesen. Aber Nerven hatte Susi Sommer, das hatte sie nicht bloß auf der Bühne immer wieder unter Beweis gestellt. Und: Was hätte passieren können? Wäre sie bemerkt worden, hätte sie mit tränenerstickter Stimme erzählt, dass dem Frohsinn-Mädel plötzlich schwindlig geworden sei.

Und heute war der Coole Kerl aus den Bergen an der Reihe gewesen.

Aber warum? Was war das Motiv? Auch um das herauszufinden, musste man endlich damit aufhören, sie als unschuldiges Kind zu sehen.

Waren auf den Medikamentenpackungen Fingerabdrücke gefunden worden? Hatte Chefinspektor Müller das Fläschchen und die Schachtel überhaupt auf Fingerabdrücke hin untersuchen lassen? Ich ging nach draußen. Sechsstimmiges Ziehharmonikagedudel drang aus den Lautsprechern. Droch war zu Hause. Er versprach, mich anzurufen, sobald er etwas wusste.

Downhill-Sepp hatte angeblich für junge Mädchen geschwärmt. Für sehr junge Mädchen. Die Produktionsassistentin hatte behauptet, dass ihr das Foto des Sängers mit der Widmung »Auf ewig dein« von der kleinen Sommer untergejubelt worden sei. Was, wenn das Foto ursprünglich für die kleine Sommer bestimmt gewesen war? Warum hatte sie dann aber Downhill-Sepp umgebracht? Aus Rache? Verschmähter Liebe? Sie war eine junge Frau und trotzdem noch ein halbes Kind. Ein Mensch, der seine Grenzen nicht kannte. Nicht kennen konnte. Susi Sommer war in eine Rolle gedrängt, der sie längst entwachsen war. Gleichzeitig war sie ein Star, der sich alles erlauben konnte. Oder fast alles, solange es dem Image nicht abträglich war.

Mich hatte die Kleine im Kühlkeller entsorgen wollen. Ich hatte mich zu sehr für die Vorfälle interessiert. Wenn es jemanden gab, der sich in der unsäglichen Kulturhalle sehr gut auskannte, dann sie. Was hatte Vesna erzählt? Der Kinderstar war von der Köchin mit besonderen Aufmerksamkeiten verwöhnt worden. Es gehörte nicht viel dazu, dem Regieassistenten ein Briefchen auf den Tisch zu legen. Ich war dumm genug gewesen, in die Falle zu tappen.

Und dann war es ihr gelungen, den Verdacht auf die Produktionsassistentin und auf Joe zu lenken. Ich war überzeugt, dass Susi Sommer ein Stück von Joes Angelschnur abgeschnitten und am Haltemechanismus des Scheinwerfers befestigt hatte. Sie ging überall aus und ein. Sie fiel nicht auf.

Ob der Regieassistent Bescheid gewusst hatte?

Wohl kaum. Er hatte nicht die Nerven für solche Aktionen. Sie hatte ihn benutzt und ihm dafür etwas körperliche Liebe gegeben. Sie war ihr Leben lang selbst benutzt worden.

Offenbar hatte Droch seinen Freund Zuckerbrot nicht erreicht. Oder Zuckerbrot wusste nichts von den Medikamenten, nein, er musste davon wissen.

Joe, der Coole Kerl und ich hatten gesehen, wie sie den Föhn in den Whirlpool werfen wollte. Er war auch ins Wasser gefallen, aber erst nachdem ich dazwischen gesprungen war und in letzter Sekunde den Stecker herausgezogen hatte. Ein unschuldiges Kind.

Und die Medikamente? Fingerabdrücke wären gut, aber wären sie ein ausreichender Beweis? Susi Sommer könnte behaupten, dass sie bei Downhill-Sepp in der Garderobe gewesen sei, lange vor seinem Tod, versteht sich. Und da habe sie sich die Medikamente näher angesehen.

Den Absturz des Frohsinn-Mädels hatte niemand beobachtet. War es dem nicht einmal fünfzehnjährigen Mädchen gelungen, perfekte Morde zu begehen? Konnte sie ungeschoren davonkommen? War das die Rache für diese Scheinwelt mit ihren falschen Gefühlen?

Ich hob meinen Kopf und lauschte. Susi Sommer sang mit glockenheller Stimme. »Flieg, Schmetterling, flieg! Flieg über Täler und auch Hügel, schwinge deine güld'nen Flügel bis zum Himmel steil empor. Flieg, Schmetterling, flieg, flieg über Bäche und das

Feld, schön ist diese unsre Welt, und die Liebe winkt als Sieg.«

Welche Liebe? Welcher Sieg? Ich wusste plötzlich nicht mehr, ob ich weitermachen wollte.

Da läutete das Handy. Es meldete sich Zuckerbrot. »Ich dürfte es Ihnen eigentlich nicht sagen«, begann er.

»Ja.« Deswegen rief er wohl an.

»Also, es hat keine verwertbaren Fingerabdrücke gegeben. Bloß die von der Putzfrau.«

»Von wem?«

»Ja, so dumm sind wir auch nicht. Keine Angst, sie bekommt keine Schwierigkeiten. Ihre Papiere sind in Ordnung, und sie hat nichts Unrechtmäßiges getan.«

Also keine Fingerabdrücke. »Sind Sie im Dienst?«

»Bereitschaft.«

»Es hätte beinahe wieder einen Mord gegeben.«

»Beinahe?«

Ich berichtete ihm in groben Zügen.

»Ich kann Müller nicht dreinpfuschen. Er leitet die Sonderkommission.«

»Sie sind der Experte für Mord.«

»Er ist der Vertraute des Innenministers.«

»Auch eine Auszeichnung. Hören Sie, können Sie nicht herkommen?«

»Wenn er mich nicht darum ersucht, keine Chance. Wir haben unsere Dienstwege.«

»Und Akten. Und Amtswege. Und ...«

»Ordnung ist notwendig. Außerdem habe ich keine Lust, mit Ihnen ...«

Verdammt. Keine Fingerabdrücke.

Sie hatte sich umgezogen und saß in Jeans und T-Shirt im Zimmer der Intendantin. Die blonden Haare waren mit einer blauen Schleife zu einem Pferdeschwanz gebunden. Sie sah keinen Tag älter aus als auf der Bühne. Sie wusste, wie sie sich zu präsentieren hatte: als Kind. Rund um sie hatten Müller, der Regieassistent, der Leadsänger der Coolen Kerle aus den Bergen, die Intendantin, Joe und ich Platz genommen.

»Wenn Sie mich verhören, verlange ich einen Anwalt«, sagte sie zu Müller.

»Ich verhöre Sie nicht. Wir versuchen gemeinsam zu klären, was heute vor der Sendung vorgefallen ist. Wenn ich dich ... Sie verhören wollte, dann würde ich die anderen aus dem Zimmer schicken.« Er sah uns missbilligend an.

»Das ist mein Büro«, erwiderte die Intendantin, »und ich habe Sie alle hergebeten.«

»Ich habe schon gesagt, was passiert ist. Und auch, dass der Mörder hier sitzt«, sagte Susi Sommer und zuckte mit keiner Wimper, als sie auf Joe deutete.

Joe schüttelte den Kopf.

»Er wollte mich in eine stille Ecke locken und umbringen. Weil ich zu viel über ihn weiß. Aber ich habe es gemerkt und bin in die Garderobe geflüchtet. Und jetzt wollen er und seine Komplizin mir einen Strick daraus drehen.«

Müller wandte sich an den Leadsänger: »Wie sehen Sie das Ganze?«

Er zuckte ratlos mit den Schultern. »Sie ist hereingekommen, und ich habe sie gebeten zu gehen. Ich muss vor einem Auftritt meine Ruhe haben. Dann hat sie mit dem Föhn gespielt. Und sie hat gefragt, ob ich nicht auch Angst hätte, ermordet zu werden.«

»Na, weil ich Angst gehabt habe. Vor Joe Platt.«

»Ich weiß nicht ... dann ist alles gleichzeitig passiert. Susi ließ den Föhn fallen, und sie«, er deutete auf mich, »stürzte ins Zimmer und riss den Stecker aus der Steckdose.«

»Wollte Susi Sommer den Föhn absichtlich ins Wasser werfen?«

»Ich weiß nicht ... zuerst habe ich das schon gedacht, aber jetzt ...«

»Wollte ich natürlich nicht. Er ist mir aus der Hand gefallen, als sie mich gestoßen hat.« Sie sah mir in die Augen. Ausdruckslos. Aus ihr hätte eine gute Schauspielerin werden können.

Da fiel es mir wieder ein. »Der letzte Satz, den Susi Sommer gesagt hat, war: ›Du warst gar kein so guter Sänger.‹« Ich sah erwartungsvoll in die Runde. »Nicht: Du bist gar kein so guter Sänger, sondern du warst. Sie hat von ihm bereits in der Vergangenheit gesprochen.«

»So ein Blödsinn! Sie waren ja draußen. Sie wollen mir bloß etwas anhängen, um Ihren Joe zu entlasten.«

Der Coole Kerl aus den Bergen sah nachdenklich drein. »Ich glaube, das stimmt. Sie hat ›warst‹ gesagt.«

Susi Sommer sprang auf. »Das ist doch alles Blödsinn, lass dir das doch nicht einreden! Warum hätte ich das wohl sagen sollen? Und was gibt es für Beweise? Ha?«

Ich bemerkte, wie der Regieassistent zunehmend

blasser wurde. Offenbar hatte auch er, spät, aber doch, begonnen, zwei und zwei zusammenzuzählen.

»Sie haben mit Susi Sommer vor der Sendung gesprochen. Was hat sie gesagt?«, fragte ich ihn.

Er schreckte auf. »Wir haben ganz normal miteinander geredet, nichts Besonderes.«

»Sie hat gesagt, dass ihr Joe auf die Nerven geht und dass Sie ihn ihr für eine Zeit vom Hals schaffen sollen, oder?«

»Das ist nicht wahr. Sie hat gesagt, dass sie sich vor ihm fürchtet.«

»Das habe ich, und ich weiß, warum. Er wollte mich ...«

»Und deswegen sollten Sie ihn mit einer Ausrede in seinem Zimmer festhalten. War es nicht so?«

»Und wenn?«

»Es hat keinen Reporter von einem Schmierblatt gegeben.«

»Also gut, ich habe versucht, Susi Sommer zu schützen. Ist das ein Verbrechen?«

»Susi hat Sie darum gebeten.«

»Ja, natürlich. Das heißt ...«

»Das heißt, dass sie versuchen wollte, Joe auch den Mord im Whirlpool anzuhängen. Allein im Zimmer – das ist kein besonders gutes Alibi. Normalerweise wäre er vor der Sendung mitten im Vorbereitungstrubel gewesen, umgeben von Menschen.«

Die kleine Sommer stürzte sich wie eine Furie auf mich. »Er wollte mich umbringen, und er wollte auch ihn umbringen. Joe hasst ihn! Weil die Coolen Kerle viel erfolgreicher sind! Weil er viel mehr Geld verdient! Und mich hasst er auch. Alle hasst er, weil er bloß der Moderator ist. Und ich bin ihm auf die Schliche gekommen. Denken Sie doch an die Angelschnur, oder haben Sie das schon vergessen? Ha?«

Müller saß da und schwieg.

»Wer war Ihr Zeuge für den Streit zwischen Langthaler und Joe Platt?«, fragte ich ihn.

Müller sah sich in der Runde um. »Es war eine Zeugin. Susanne Sommer.«

»Eben«, schrie Susi Sommer, »ich habe es gehört, und Joe wollte, dass die Zeugin verschwindet. Ich habe viel gehört und gesehen!«

»Es beweist, dass du in der Nähe warst«, erwiderte die Intendantin.

»Es beweist, dass er mich loswerden wollte.«

Es hatte Momente gegeben, in denen selbst ich davon überzeugt gewesen war.

Der Kinderstar hob triumphierend den Kopf und sah Joe ins Gesicht. »Und ich weiß noch etwas.«

Alle starrten Susi Sommer an.

»Es gibt einen Beweis, dass er die Coolen Kerle hasst.« Sie machte eine künstliche Pause. Ein wirklich talentiertes Kind.

»Er hat ihre ganze Sammlung der Gold- und Platin-CDs zerstört. Aus lauter Eifersucht.«

Joe schüttelte völlig perplex den Kopf.

Sie wandte sich an den Leadsänger. »Du hast sie immer mit. In so einem Album. Habe ich Recht?«

Er nickte.

»Ich habe gesehen, wie er alles zerstückelt hat. Und er hat mich dabei wahrscheinlich ertappt. Und das sollte mein Todesurteil sein.«

»Was ist?«, fragte der Chefinspektor nicht gerade präzise.

Der Coole Kerl räusperte sich. »Ich habe die meisten dieser CDs immer mit, das stimmt. Sie sind eine Art Talisman. Ich habe Lampenfieber, und da schaue ich mir dann die Gold- und Platin-CDs an.«

»Und wo sind sie jetzt?«

»In der Garderobe. Ich habe sie nicht angesehen, nachdem ...«

Susi Sommer triumphierte. »Sie sind nicht da. Sie sind im Kasten von Joe Platt. In seinem Zimmer.«

»Gehen wir!«, sagte Müller.

Schweigend ging unser Grüppchen die Treppen hinunter, an dem inzwischen verlassenen Sendesaal vorbei bis zu Joes Zimmer. Joe sperrte auf.

»Dort habe ich sie gesehen«, sagte Susi und deutete mit ausgestrecktem Finger auf einen halbhohen Kasten.

Mit versteinertem Gesichtsausdruck schob Joe die Tür auf.

»Da!«, schrie Susi Sommer und holte hinter einigen Videokassetten eine Hand voll kaputter CDs hervor. Einzelne Stücke waren verbogen, andere in mehrere Teile zersprungen. Es musste eine ziemliche Arbeit gewesen sein, sie so zuzurichten. Joe war fassungslos.

»Greifen Sie sie nicht an!«, befahl Müller.

»Als ob der Fingerabdrücke hinterlassen würde.«

Unmöglich. Warum sollte Joe so etwas tun? Es war kindisch. Von einem halben Kind inszeniert. Kindisch, aber verdammt schlau. Jetzt redeten alle durcheinander. Der Coole Kerl weinte fast. Ich versuchte, mich aus dem Tumult auszuklinken. Ganz ruhig. Was war mein erster Gedanke gewesen? Dass es viel Zeit gebraucht haben musste, die Preise so zuzurichten. Zeit, die Susi Sommer hier sicher nicht gehabt hatte. Das wäre zu riskant gewesen.

Unbemerkt verließ ich das Zimmer. Sommers Garderobe lag nur einige Türen weiter. Sie war nicht abgesperrt. Auf dem Boden lag die niedliche Lederhose, das karierte T-Shirt hatte sie auf die Bettbank geworfen. Schminksachen, eine Reisetasche. Irgendwo musste es Spuren geben. Und was, wenn sie die Reste im Waschbecken hinuntergespült hatte? Der Papierkorb. Leer. Ganz leer. Seltsam. Wo hatte sie ihre Abschminkwatte hingetan? Wohin benutzte Taschentücher oder was weiß ich noch alles? Ich durchsuchte ihre Reisetasche. Nichts.

Ich hastete zum Abfalleimer am Gang und begann, ihn zu durchwühlen. Kaffeereste rannen mir über die Finger, Zigarettenasche klebte sich daran fest. Ich grub tiefer. Da stieß ich auf einen Plastiksack. Zugeknotet. Ich zog ihn heraus, öffnete den Knoten. Wattepads, Taschentücher, eine leere Tube Hautcreme und glänzende Splitter, platin- und goldfarben.

Diesmal war sie zu weit gegangen. Diesmal hatte sie ihr Ablenkungsmanöver selbst in die Falle gelockt.

Nachdem Müller ihr klargemacht hatte, dass es für die Spurensicherung kein Problem sein würde, abgesprungene CD-Partikel in der Garderobe zu finden, gab sie auf. Aber sie bewahrte Haltung. Und sie brannte jetzt förmlich darauf, uns alles zu erzählen.

»Das mit dem Tod von Sepp war eher ein Zufall. Aber es tut mir nicht Leid, gar nicht. Er hat es verdient. Er hat mich sitzen lassen. Sepp hat gesagt, dass er mich liebt. Und ich habe ihn auch geliebt, wirklich. Aber dann hat er sich zu fürchten begonnen. Und schuld war Joe Platt. Sepp hat mir erzählt, dass Joe Platt ihm gedroht hat, alles auffliegen zu lassen, wenn er sich weiter mit mir trifft. Sepp war ein Feigling. Seine Karriere war ihm wichtiger, und deswegen hat er Schluss gemacht.«

Ich sah Joe an. Das Gerücht hatte also gestimmt. Downhill-Sepp, Volksmusikstar und Skilegende, hatte auf junge Mädchen gestanden, auf sehr junge.

»Es war ganz einfach: Ich habe aus den meisten Zimmern ein paar Tabletten mitgenommen und noch von seinen welche dazugetan. Alles, was ich gefunden habe. Und das habe ich in seinen Lieblingsisotonicdrink getan. Ich wusste, dass er nach dem Auftritt gleich in die Garderobe gehen würde. Das hat er immer gemacht. Ich habe auf ihn gewartet und ihm den Drink gegeben und gesagt, dass ich nicht mehr böse bin. Dann bin ich gegangen. Aber ich habe nicht genau gewusst, was passieren würde. Ich wollte bloß, dass es ihm schlecht geht, richtig schlecht. So schlecht, wie es mir gegangen ist, als er mich allein gelassen hat. Und als ich dann erfahren habe, dass er tot ist, habe ich sicherheitshalber das Glas und seine Medikamente in den nächsten Abfalleimer geworfen. Alle sind herumgestanden und haben geredet. Sepp war schon zugedeckt. Und niemand hat auf mich geachtet.«

Auf der Bühne war sie ein Star. Sonst ein Kind, nicht der Rede wert.

»Langthaler hat mich schikaniert. Und er hat mich wie ein Baby behandelt. Ständig hat er mich lächerlich gemacht. Und weil bei Sepp alles so gut geklappt hat, habe ich mir etwas Neues ausgedacht. Vor seinem Scheinwerfer haben alle Angst gehabt. Sein Licht ist so hell, dass man nichts mehr sieht. Als Langthaler einmal nicht da war, habe ich ihn mir genau angeschaut. Und da bin ich auf die Idee mit der Schnur gekommen. Joe Platt ist schuld daran, dass Sepp mich verlassen hat und sterben musste. Also habe ich die Schnur von ihm genommen. Kein Problem. Niemand schließt hier ab. Und jeder weiß, dass Langthaler vor der Show für ein paar Minuten in sein Zimmer geht. Ich habe alles vorbereitet und mich hinter seinem blöden Poster versteckt. Es war ein super Zufall, dass Joe Platt gekommen ist und mit ihm gestritten hat. Joe ist wieder gegangen, und bums.«

So einfach war das. Und bums.

»Und das Frohsinn-Mädel?« Müller sah sie gespannt an.

Susi Sommer machte eine wegwerfende Handbewegung. »Die war dumm. Sie hat gesehen, wie ich in der Nähe von Langthalers Zimmer das Jeanshemd weggeworfen habe. Ich hatte darunter eh ein T-Shirt an, aber das Hemd hatte ein paar Blutspritzer abbekommen, und da habe ich es weggeworfen. In der Nacht kommen die Putzfrauen. Und das Hemd hat auch nicht mir gehört, ich bin ja nicht blöd, sondern der Produktionsassistentin Elisabeth Korinek. Sie hatte es immer in ihrem Zimmer hängen. Jedenfalls hat mich das Frohsinn-Mädel ein paar Tage später nach dem Hemd gefragt, und ich habe gesagt, dass sie sich getäuscht hat. Und dann habe ich sie bei Gelegenheit mit hinaufgenommen. Zuerst wollte sie nicht, aber ich habe gesagt, dass die Bühne von oben ganz anders aussieht, ganz toll. Und ich habe gespottet, dass sie wohl zu feig ist, dass sie sich nichts traut, gar nichts. Also ist sie mitgefahren. Oben habe ich gesagt, sie soll zur Decke sehen. Und schon ist sie gefallen. Es hat niemand gehört. Es hat gar nicht viel Lärm gemacht.«

»Und heute sollte der nächste Mord passieren.«

»Das hat er von seinem idiotischen Whirlpool. Und es ist total wahr, was ich zu ihm gesagt habe: Er ist gar kein guter Sänger. Es ist eine Frechheit, dass mir diese Typen den ersten Platz wegnehmen. Super-Sommer-Hitparade heißt es. Super-Sommer, das bin ich. Wir haben uns schon ausgedacht, wie das vermarktet werden kann. Ich muss die Hitparade gewinnen. Dann bin ich Super-Susi-Sommer, die Susi-Super-Sommer. Mir hätte der erste Platz gebührt, das hat auch mein Vater gesagt.«

»Den du vergiftet hast.«

»Vergiftet? Also wirklich nicht. Ich habe ihm nur ein paar Schlaftabletten gegeben. Ich habe gewusst, dass da nichts passieren kann. Er hat mich nicht mehr aus den Augen gelassen. Selbst schuld. Er wäre froh gewesen, wenn wir diese Coolen Typen endlich vom Hals gehabt hätten. Hat er selbst gesagt, immer wieder. Es ist total ungerecht, dass die alles gewinnen. Und dann sind sie auch noch so arrogant. Für die existiere ich doch gar nicht.«

»Und das Ganze wolltest du Joe Platt in die Schuhe schieben.«

»Hätte doch fast funktioniert.« Sie sah mich boshaft an. »Selbst seine Freundin hat geglaubt, dass er es war.«

Für einen Moment. Für einige Minuten. Verdammt, ich würde mich von der Kleinen nicht provozieren lassen.

»Und der Mord am Manager der Kastelruther Spatzen?«, fragte Müller.

Sie riss die Augen auf. »Den können Sie mir wirklich nicht anhängen.«

»Du hast ihn gekannt.«

»Na klar, das war unvermeidlich. Aber er ist erschlagen worden, in irgendeinem deutschen Kaff. Sehe ich so aus, als könnte ich einen erwachsenen Mann erschlagen?«

Nein, das war wohl wirklich nicht möglich. Aber die anderen Morde hatte sie begangen. Und auch danach sah sie nicht aus. Man hatte ihr die Pflichten einer Erwachsenen aufgebürdet und vergessen, dass sie ein junges Mädchen war. Star und Kind. Alles und nichts. Sie hatte verloren.

»Ich werde erzählen, wie ich missbraucht worden bin. Und ausgenutzt. Von allen. Vor allem aber von den Toten. Und die Geschworenen werden mir glauben. Und ich werde meine Geschichte verkaufen. Wenn Sie das schreiben, was ich jetzt erzählt habe, werden wir Sie verklagen.« Das ging an meine Adresse. Ein Herzchen. Mein Mitleid war völlig fehl am Platz. Ich wollte auffahren, aber Joe hielt mich zurück. Ich sah es in seinen Augen. Auch er hatte ein zu weiches Herz.

17

Ich fütterte Gismo mit dunklen Oliven. Sie verschlang eine nach der anderen, ohne den Blick von mir zu wenden. Um die nächste Olive nicht aus den Augen zu lassen? Weil sie wusste, dass die Oliven ein Abschiedsgeschenk waren? Frau Schneider würde gut für sie sorgen. Zu gut. Und Vesna war schließlich auch noch da.

Ich legte ihr die letzten vier Oliven hin und schulterte meine Reisetasche. »Ciao«, sagte ich. Gismo fraß und schaute. In ein paar Tagen würde ich ohnehin wieder zurück sein.

Zu Mittag hatte ich meine Reportage abgeliefert. Ich musste raus. Dringend. Eigentlich hatte ich Joe mitnehmen wollen. Drei, vier Tage gemeinsam im Veneto. Aber ich hatte es mir wieder anders überlegt. Ich war mir nicht sicher, ob er mein Faible für acht- oder zehngängige Menüs teilen konnte. Und am Wochenende moderierte er bereits die nächste volkstümliche Musiksendung. Keine Ahnung, wie das mit uns weitergehen würde.

Ich warf die Tasche in den Kofferraum und fuhr los. Als Erstes würde ich mir von Gianni einen Campari-Prosecco servieren lassen. Danach würde ich zu Armando fahren, an meinem Lieblingstisch sitzen und zwischen den Gängen mit seiner Frau Ave plaudern. So gut ich es eben auf Italienisch konnte. Und danach würde ich einen Grappa trinken. Und noch einen.

Was tust du, wenn du niemandem trauen kannst – am wenigsten dir selbst?

In Zürich verschwindet ein junger Wissenschaftler spurlos. In Florida ermordet eine junge Frau offenbar ohne Grund und äußerst kaltblütig einen Mann und tötet danach sich selbst. Als Adrienne Cope, die Schwester der Täterin, den Fall recherchiert, stößt sie auf zahlreiche Unstimmigkeiten, eine Spur in die Schweiz – und auf den Psychiater Jeff Duran, der neben ihrer Schwester nur noch einen weiteren Patienten behandelt. Hat Duran Nikki Cope in den Tod getrieben? Adrienne ist fest davon überzeugt, bis sie feststellt, dass nichts ist wie es scheint – und ein Killer Jagd auf sie beide zu machen beginnt ...

ISBN 3-404-14823-1

BASTEI
LÜBBE

Kann es sein, dass eine Stadt wie Stuttgart, in der Nüchternheit und Anstand regieren, sich in einen Käfig verwandelt? Einen Käfig, in dem hochnervöse Figuren in ein kriminelles Spiel geraten, das durch immer neue Regeln und Regelbrüche beschleunigt wird?

Es kann! Stuttgart ist die Falle, in die alle tappen.
Der Mann heißt Szirba. Er ist Auslandswiener und unschuldig. Als leicht verletzter Zeuge eines Verbrechens wird er ins Spital eingeliefert. Und muss bald feststellen, dass man ihn lieber tot als verletzt sehen möchte. Seine Flucht entwickelt sich zum tragisch-komischen Parforceritt durch eine unwirkliche Stadt.

Der andere Mann heißt Jooß. Er ist der Killer. Aber leicht hat er es auch nicht.
Ich will nichts beschönigen: Ich töte Menschen. Menschen, die es vielleicht verdient haben, vielleicht nicht. Ich bin nichts anderes als ein Kellner, der ein Essen serviert, an dem einer stirbt. Ich wähle das Opfer nicht aus, wie der Kellner nicht bestimmt, wer das Lokal betritt.

ISBN 3-404-14507-0

BASTEI LÜBBE

In einem Wäldchen bei Moskau wird die schrecklich zugerichtete Leiche einer Frau gefunden – der Kopf ist zertrümmert, ein Teil des Gehirns fehlt. Es ist bereits der zweite Mord dieser Art. Die Spur führt zu einer Tierversuchsstation, wo eine Gruppe von Wissenschaftlern Experimente an Menschenaffen durchführt, und von dort weiter ins Moskauer Museum für Vor- und Frühgeschichte. Dort entdeckt Nikita Kolossow, Chef der Mordkommission, menschliche Schädel, denen vor zigtausend Jahren die gleichen Verletzungen zugefügt wurden. Ist die Mordwaffe womöglich ein prähistorisches Werkzeug? Und warum sind stets ältere Frauen die Opfer? Der Polizeireporterin Katja Petrowskaja lassen diese Fragen keine Ruhe. Gemeinsam mit Kolossow macht sie sich auf die Suche nach dem Täter.

ISBN 3-404-14769-3

BASTEI LÜBBE